W0359728

Melanie Francesca

Il Maestro

CAIRO

Della stessa autrice:

L'occidentale
La donna perfetta
L'angelo

Questa è un'opera di fantasia. Nomi, personaggi, luoghi e avvenimenti sono il prodotto dell'immaginazione dell'autrice o, se reali, sono utilizzati per conferire veridicità alla narrazione e quindi in modo fittizio. Ogni riferimento a fatti o persone viventi o scomparse è puramente casuale.

© 2022 RCS MediaGroup S.p.A., Milano
Proprietà letteraria riservata

Disegni di Melanie Francesca

Published by arrangement with Delia Agenzia Letteraria

ISBN 978-88-309-0231-2
Prima edizione: aprile 2022

IL MAESTRO

Ai miei figli

«Io sono la porta.»
Il Maestro

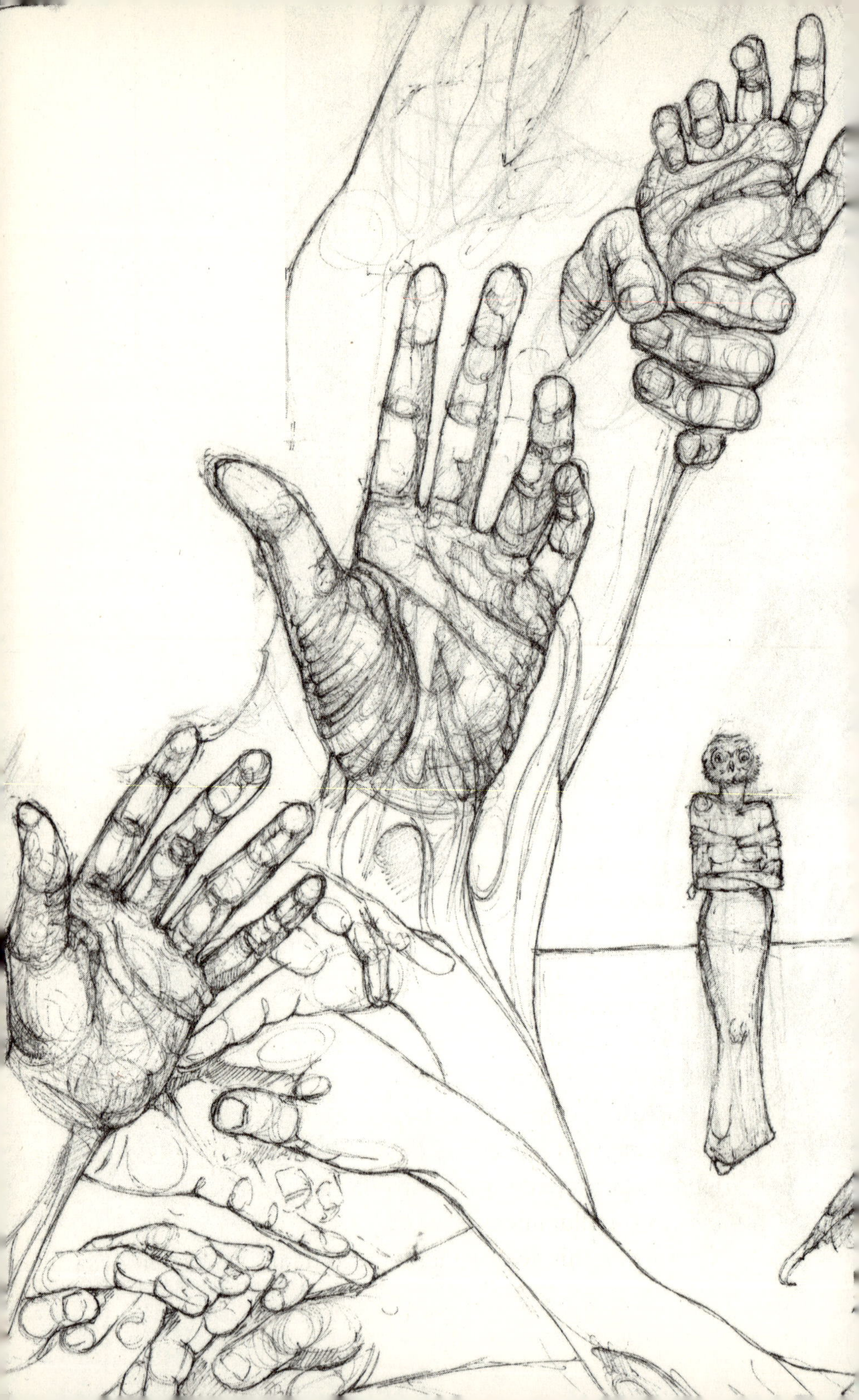

Prefazione

di Francesco Alberoni

Artista poliedrica e versatile, Melanie Francesca, con svariate esposizioni internazionali, oltre tredici libri all'attivo e partecipazioni a diversi noti programmi televisivi, spazia dall'arte alla scrittura, mantenendo la sua immagine di modella e personaggio di fama.

Nelle sue opere si ritrova l'attenzione a un'umanità unita, la cui multiculturalità, sperimentata in prima persona dall'artista che ormai da anni vive ed espone negli Emirati Arabi, lungi dall'essere un ostacolo, diventa uno dei maggiori punti di forza.

Riflettendo su un passato comune, Melanie Francesca crea per l'osservatore un'esperienza artistica totalizzante, fornendogli gli strumenti per immergersi completamente in un viaggio al di fuori di spazio e tempo definiti.

Storia e tradizioni rivivono, tanto nelle opere artistiche, quanto in quelle letterarie, grazie a uno stile giovane e audace capace di colmare il gap tra le epoche. Uno stile che deriva, forse, dall'esperienza di vita dell'artista, donna occidentale, in un paese permeato da una cultura secolare, ma ancora assolutamente viva.

Quasi una mitologica Pandora, Melanie Francesca ci

ricorda che i contrasti, i chiaroscuri e le contraddizioni fanno parte della vita di ciascuno di noi, che la bellezza riluce ulteriormente emergendo dalle tenebre e che in tutto ciò risiede la forza e la potenza del genere umano.

L'artista ha il coraggio di riflettere con lucidità sulla vita e, non senza una punta di smaliziata ironia, di aprire a tutti noi una finestra su queste sue meditazioni, superando paure e pregiudizi, lasciandosi trasportare da ciò che sente dentro di sé e desidera condividere come espressione della sua anima.

Dai libri, alle poesie, alle opere, l'arte di Melanie Francesca è un incalzante invito a godersi l'esperienza e le mille sfaccettature e sfumature che il mondo, oggi come un tempo, può offrirci.

Prima parte
La lotta

È scoppiata la pandemia

St. Moritz, 28 febbraio 2020

In Europa è scoppiata la pandemia. All'improvviso tutto quello che davamo per scontato non esiste più. Ci siamo ritrovati barricati in casa e, se usciamo per andare solo al supermercato, guardiamo in cagnesco gli altri pensando che siano untori. Soprattutto quelli che in fila non mantengono la distanza «sociale», perché comprarsi il pane oggi può costarti la salute.

In questi giorni abbiamo imparato a rinunciare agli abbracci e ai baci e, soprattutto, ci siamo distaccati da quel che ci sembrava ovvio, come fare un giro in bicicletta, chiacchierare al bar o passeggiare per strada senza mascherina, sentendo l'aria fresca sul volto. Ci siamo resi conto di non sapere nulla sul virus che ha distrutto la normalità della nostra vita né quanto durerà questa situazione.

Per la prima volta dopo decenni, forse dall'ultima guerra mondiale, ci sentiamo impotenti di fronte a ciò che sta accadendo.

Forse le nostre nonne, o mamme, si ricorderanno del panico della guerra: tutti tappati in casa, i viveri che scarseggiavano, l'incertezza sul futuro. Anch'io sono corsa immediatamente a fare scorte di generi alimentari: cibo in scatola, pasta, surgelati in quantità industriali per far fronte all'imminente catastrofe.

Ogni giorno nel remoto hotel di St. Moritz dove mi trovo in vacanza con mio marito e i ragazzi, arrivano giornali inglesi e tedeschi con titoli apocalittici. Leggo ipnotizzata le inquietanti teorie secondo cui il virus sarebbe un'arma batteriologica proveniente da laboratori cinesi, un'entità biologica diffusa dal wet market di Wuhan – spazio dove in scarse condizioni di igiene si mescolano animali d'allevamento a quelli selvaggi, macellati o vivi – o al contrario una manovra americana per attaccare la Cina e la sua strabordante potenza economica. Mio marito, che ragiona come un uomo d'affari che si basa su dati e numeri, rimane perplesso di fronte alla mia mania di vedere cospirazioni ovunque.

«Non capisci niente di politica» mi ripete con il tono che si riserva a un bambino di tre anni (o a una bionda senza cervello, nella tipica logica maschile). «Vuoi smettere di leggere questi stupidi siti italiani veterocomunisti che vedono il male in ogni cosa?»

Nonostante i miei sforzi, mi accorgo di non avere alcuna credibilità ai suoi occhi: ho una cascata di capelli indiscutibilmente platino che bollano inesorabilmente il carattere effimero dei miei pensieri e la mia *mise* da Barbie non aiuta.

Tuttavia l'intrigante pista dell'oscura congiura continua a stregarmi. «L'Italia viene colpita nel cuore dell'economia lombarda» proseguo per convincerlo «dove si trovano le industrie più importanti del paese... Ti sembra un caso o è la manovra del nuovo ordine mondiale il disarmare uno stato senza colpirlo con un sistema vecchio come le guerre, ma con un'arma batteriologica che lo isolerà in una quarantena senza fine, per portarlo sull'orlo del fallimento e comprarlo con lo sconto?»

Mi interrompo di fronte a mio marito che mi guarda con gli occhi sbarrati e sento che sta per emettere un sospiro di estrema sopportazione. Sono un'eretica per lui, serio businessman che crede solo nella realizzazione del prossimo vaccino.

Dal momento che è impossibile accennare a una sola di queste piste interpretative, ho deciso che andrò a imbottire bimbi e sottoscritta di vitamina C, zinco, pappa reale e tutti gli integratori necessari per rafforzare il sistema immunitario. Cercherò di tornare alla mia quotidianità fatta di rituali casalinghi invece che sognare di essere un intrepido agente segreto alla scoperta della verità sul virus.

Mio marito deve tornare negli Emirati per un incontro di lavoro e mentre mi bacia prima di salire sul taxi mormora con il cuore affranto: «E se fosse l'ultima volta che ci vediamo? Per favore vieni presto ad Abu Dhabi».

In quel momento mi sembra così bello quest'amore rinato, dopo la tensione degli anni passati, che stento a credere di aver percorso quel che ho vissuto con lui.

Mahmoud ci saluta dal finestrino, ha gli occhi lucidi. Io sento un buco allo stomaco, come ai primi tempi dell'innamoramento, vent'anni fa. Ma questa è la passione: quando, dopo tanto tempo, invece di lasciarti scegli di innamorarti nuovamente della stessa persona, te la ritrovi davanti *come nuova*.

Il diritto d'essere felici

Abu Dhabi, marzo 2020

Mentre in Italia c'è il coprifuoco da più di un mese, la Svizzera si appresta solo ora a chiudere tutto e a sospendere i voli. Acchiappiamo il penultimo aereo prima del blocco degli aeroporti e partiamo per gli Emirati sotto la spinta insistente di Mahmoud che ci vuole con sé al più presto, non ne può più dell'incertezza che ci possa capitare qualcosa così lontano dalle sue ali protettrici.

Questo suo lato paterno mi ha sempre fatto sentire a casa, incredibilmente tutelata, uno dei motivi per cui con lui ho costruito una famiglia.

In questi ultimi mesi, da quando mi sono trasferita in Svizzera, lui si è sciolto nello zuccheroso corteggiamento dei quindicenni. Non manca serata che non mi bombardi di cuoricini della buonanotte, se siamo lontani, o giornata che non mi videotelefoni a tutte le ore, il che sembra recuperare di botto il vuoto della tensione che si era accumulata negli ultimi tempi.

Abu Dhabi è un'isola felice sul mare, i miei bimbi potranno nuotare ogni giorno dopo aver studiato da remoto. Nella prospettiva di una quarantena, resteremo isolati come su una barca in mare aperto.

Leggo che il virus, a quaranta gradi, forse muore. Speriamo...

In viaggio sono la prima a essere travolta dal panico del contagio: nella lounge dell'aeroporto di Zurigo dimentico tutte le teorie complottiste e inveisco con la signora della reception che si è avvicinata a mia figlia senza mascherina; proibisco ai ragazzi di toccare qualsiasi cosa, li costringo a proteggersi con doppia mascherina e guanti di lattice. Mi scandalizzo che nessuno sull'aereo porti la protezione e che le hostess si accostino pericolosamente al viso dei presenti come se fossero immuni da ogni tipo di contaminazione. Chiedo che nessuno parli con noi se non dalla distanza di due metri.

Sono diventata l'imbarazzante dittatore sanitario che non avrei mai voluto essere. Il che mi fa sentire in dovere di spiegare, con molta retorica, che queste misure servono per salvaguardare gli anziani che dovrò incontrare ad Abu Dhabi (penso a mio marito di vent'anni più vecchio di me), anche se sono giorni che una sorda e inconfessabile paura si sta muovendo nel mio stomaco: ho il terrore che il virus possa infettare pure me.

Mentre il viaggio prosegue relativamente calmo, alzando le mascherine appena mettiamo il naso fuori dal nostro comodo sedile per andare in bagno, all'uscita ci aspetta una coda lunghissima, un serpente di persone assembrate come in un rave party. Capisco che è la fila per i turisti, io mi dirigo verso quella dei residenti che per fortuna è semivuota. Dopodomani chiuderanno i voli agli stranieri e sto assistendo a un'immigrazione di massa.

Ci riadattiamo alla lussuosa vita emiratina adagiandoci in una culla di soffice rilassamento, almeno io. I miei figli invece si sfogano scorrazzando tutto il giorno con la barca lungo le spiagge deserte che circondano la nostra casa, che affacciandosi sull'acqua sembra una zattera gigantesca sospesa sul limpido mormorio delle onde.

Mio marito è adorabile, ci vizia, e lo vizio pure io. Ora non litighiamo più, l'abbiamo fatto per anni ma adesso abbiamo imparato che l'amore non si chiede, si dà. O, forse, l'ho imparato io. Fatto sta che da qualche tempo trabocco costantemente di tanta gioia, che ho sviluppato amore per tutto ciò che mi circonda, indipendentemente dal fatto d'esser ricambiata. Questo mi dà una serenità e una felicità che non deriva dalla situazione che vivo con gli altri.

Mentre guardo i miei ragazzi che hanno il privilegio di nuotare e muoversi sulla spiaggia, mi sento all'improvviso a disagio. Penso ai bambini che in questo periodo sono costretti a stare chiusi in appartamenti di cinquanta metri quadri. Ragazzi che non possono più fare sport, con mamme sempre più nervose e padri frustrati che forse urlano per un nonnulla, mi immagino i traumi familiari vissuti in questo stato d'allerta.

Le pagine dei giornali di tutto il mondo sono piene dei numeri dei morti, delle curve di diffusione del contagio, le foto delle bare sono ovunque, nell'aria gravita un opprimente senso di tristezza e cominci a chiederti se ti resti ancora il diritto di svegliarti grato di essere vivo quando attorno a te c'è la guerra.

Penso che gli eroi in questa tetra atmosfera sono i più deboli: le persone obbligate a vivere in miniappartamenti con tre figli e con l'incertezza della cassa integrazione che non arriva, o i medici che combattono quotidianamente la battaglia contro il virus in trincea, spesso rischiando la vita.

Penso che sia sparito, in tutto il mondo, il diritto di essere felici.

L'arte della presenza

Parigi, 1999

«Tutto parte dall'*auto-osservazione*» disse il Maestro. «Dovete guardarvi come se steste vedendo un film alla televisione, vi studiate muovervi e fare le cose che fate, provare sentimenti di gioia e dolore: ecco, l'unica maniera per svegliarvi *è essere presenti.*

«Quando sentite tormento perché il fidanzato vi ha lasciato, dovete *esplorarvi nella pena.* Vi sentite traditi, tristi, soli? Esaminatevi e dite: "Ecco quanto soffre questa povera Eleanna, o Matteo, o Paola... Io invece sto bene. Ma dov'è l'io? Chi è questo io?". *Io* è il vostro vero voi. L'io che esiste al di là della vostra persona, che può essere felice o triste, alta o bassa, magra o grassa... Non importa, la personalità non siete voi.

«Voi siete solo quello che ci sta dentro, la abita, come si sta in un vestito. Il corpo è il vostro indumento, il vostro veicolo. Voi lo muovete, pensate con una mente che in realtà non è nemmeno vostra: appartiene alla dimensione terrena ma non è che il risultato di una lunga evoluzione di millenni. La mente crede di esistere perché è cosciente, pensa, risolve, ma è anche lei puro istinto, riflette i cambiamenti ormonali del vostro fisico dovuti a stress o rilassamento.

«Voi non siete il corpo o la mente, ribaltate il postulato cartesiano *cogito ergo sum*, che fa parte del passato, voi venite da una dimensione che *è e basta*. Per raggiungere questa dimensione *siate l'osservatore*. Quando sarete l'osservatore nulla vi farà più paura, e non significherà perdere la gioia di vivere perché guarderete dall'esterno quella beatitudine, assentandovi in un silenzio zen.

«Quando vi osserverete cominciando a essere presenti a voi stessi, la felicità sarà solo più grande perché l'assaporerete meglio conoscendo da dove viene...»

«E da dove viene?» chiese Eleanna.

Point Break, 2020

Abu Dhabi, marzo 2020

Oggi, 26 marzo 2020, hanno chiuso tutti gli aeroporti degli Emirati. Un velo di immobilità è calato nell'aria e i telefonini cominciano a squillare verso le otto con la sirena del coprifuoco. Ti avvisano di restare a casa, come del resto *stay at home*, *resta a casa*, è la prima cosa che ti dice il tuo telefono quando provi a chiamare un tuo amico ancor prima di far partire la soneria.

È strano quanto questa sensazione di sospensione sia così tangibile da farci sentire come in un film di fantascienza. Da parte mia continuo a essere la responsabile di attente ispezioni sanitarie: quando l'autista ci porta la spesa mi assicuro che si sia cambiato i guanti appena uscito dal supermercato, gli faccio depositare i sacchetti accanto alla porta e aspetto del tempo prima di estrarne il contenuto come se si trattasse di maneggiare una bomba batteriologica.

So di essere, come al solito, l'espressione della più pura contraddizione: penso che il mondo stia per affrontare il grande reset economico mondiale (e mio marito, amico di Bill Gates e assiduo frequentatore di Davos, ne è uno dei fautori), e nello stesso tempo sto collaborando con la mia germofobia a seminare il panico quotidiano nelle nuove generazioni.

Lo so, i miei figli mi vedono come un'ipocondriaca. Hanno deciso di dirmi sempre di sì, forse hanno paura di contraddirmi come si fa con le pazze.

Eppure è tutto così chiaro: questo virus è arrivato nel momento storico ideale per trasformare la nostra vita, trasportandola dal piano fisico a quello digitale in un attimo. Lo penso solo io? Certo è che, dopo solo una settimana, lo smart working è ormai una consuetudine mondiale, e la nuova modalità di scuola a distanza, fatta di chat e di lezioni virtuali, con la schiera di teste incasellate sullo schermo del computer, è la nuova forma di comunità che i nostri figli non fanno fatica a riconoscere come normale.

Se fossi un uomo d'affari, investirei tutto il mio patrimonio in Zoom e Google Meet, o in nuove forme di comunicazione sulla rete.

Il passaggio che tutti ci aspettavamo da qui a una ventina d'anni, quello nella dimensione più eterea del cloud internettiano, sta in realtà avvenendo adesso subendo un'accelerazione che il virus ha favorito, chiudendoci nelle case e bloccandoci in un isolamento che ci ha costretti ad aprire le uniche esclusive porte di comunicazione: quelle del web. È come se questa malattia stesse segnando un passaggio epocale, costringendoci a fare quel salto quantico che non ci decidevamo a fare.

I vecchi, esclusi da internet e dai social, come i poveri, gli outsider e tutti coloro che sono finiti in ospedale e stanno riprendendosi dopo settimane di terapia intensiva, forse sono gli unici che appartengono ancora al vecchio mondo. Coloro che stanno in casa hanno sfondato le porte della fantasia e si sono proiettati in un universo che nella sua virtualità è più reale della realtà. Ogni incontro si consuma sullo schermo, i familiari sono le persone con cui viviamo fisicamente, ma in realtà il nostro io naviga nella rete e lì soffriamo e ci commuoviamo.

L'essere umano da animale sociale sta diventando prepotentemente un *animale virtuale*. Questo virus sta creando una specie nuova: l'*homo tecnologicus*.

Di fronte all'enormità di questo cambiamento, la nostra vita passata sembra remota, perfino il modo di considerare le cose che avevamo fino a due mesi fa è diventato obsoleto.

Mi vedo anni fa, ragazzina viziata che cercava di farsi largo nel caos delle proprie emozioni: una bionda di nome Anna, dalla bellezza solare e un po' ingenua, alle prese con due bambini e un marito che lei percepiva come invadente e dominante. A Dubai mi sentivo prigioniera, volevo lasciare al più presto quella città alla ricerca di una dimensione più genuina di vita.

Dubai era la capitale dei divertimenti, mancavano solo le slot machine per trasformarla in una vera Las Vegas. Migliaia di escort, che arrivavano da ogni parte del globo sotto le coperture più stravaganti – cantanti, PR, artiste, modelle e influencer – stridevano con i minareti che a intervalli regolari, durante la giornata, sancivano un'ufficiale devozione ad Allah. Poi, di notte, imperversavano gli spettacolini più audaci, spesso goduti privatamente nelle camere dei lussuosi hotel dove tutto il vicinato russo e mediorientale giungeva per consumare le più ardite fantasie sessuali.

Durante il Capodanno e il Gran Premio di Formula Uno a Dubai sembravano esserci tutti i cosiddetti vip: i calciatori con famiglia, i personaggi dello spettacolo, le influencer instagrammatiche più agguerrite, ognuno a scattare selfie con sfondo dubaiano, a meravigliarsi della velocità degli ascensori dei palazzi futuristici e dei paesaggi esotici creati all'interno degli hotel estremamente eleganti e puliti, del deserto e della sua magia. Tutti a fare il bagno anche se io non ricordo di aver mai messo piede nel mare nella stagione invernale, chi vive davvero a Dubai il bikini lo indossa all'inizio del caldo vero.

Dubai era diventata il pied-à-terre dell'Occidente che voleva rilassarsi e divertirsi. Lo shopping era meraviglioso se conoscevi gli itinerari giusti: ti immergevi nell'Emirates Mall con la pista da sci incorniciata di ristoranti che ti servivano cioccolata calda e croissant, o nel Dubai Mall, tra i chilometri di marmo lucente e vetrine scintillanti che correvano attorno all'acquario.

A Dubai comprare era un'esperienza quasi mistica, ma non sapevi dove stava il confine tra economia e bellezza... In fondo anche le nostre chiese rinascimentali erano un inno alla prosperità economica, oltre che a Dio. Ecco: forse a questo sontuoso rinascimento architettonico mancava il respiro dell'aldilà. Il che faceva restare i centri commerciali delle vere e proprie cattedrali del denaro, dove tra chilometri di marmi pregiati, colonne, balaustre, scale mobili e vetrine che facevano a gara con le copertine di *Vogue*, si celebrava il valore fondamentale del benessere. Perché spendere era, più che una necessità, un'*esperienza*. I brand della moda erano diventati una nuova forma d'arte.

Così funzionavano anche gli hotel, i ristoranti, le macchine che solcavano la giostra della fiaba mediorientale, il turista si portava via un pezzetto di Paradiso per poi risvegliarsi nel centro di Roma e farsi male alla caviglia sul marciapiede che il comune trascurava da decenni. Lo scintillio delle cattedrali, fossero esse di Dio o del denaro, era nuovamente lontano dagli ultimi.

Anch'io ero immersa in questa società in cui i valori consistevano nell'acquisto dell'ultimo modello di Ferrari e nell'esibire il proprio yacht nei porti più esclusivi del Mediterraneo. Eppure, sebbene allora quello fosse il mio mondo, non mi sembrava di dargli valore. Sentivo la responsabilità della crescita dei miei bimbi, lontana dalla mia famiglia di origine, in una realtà remota che aveva preso forma nella figura di un marito che avvertivo fortemente accentratore e inquietante. Ai miei scomposti tentativi di emanciparmi riprendendo il mio lavoro di scrittrice, lui reagiva con prepotente gelosia. Io mi infuriavo causando ancora più rabbia e sospetto, finché frustrata non mi sottomettevo, restando umilmente a casa e respirando pace per un periodo. Appena ricominciavo a sognare di pubblicare i miei libri, tornando alla mia vita di prima, cadevo in una lotta logorante che mi toglieva il respiro.

Ora tutto questo mi sembra assurdo. Vi ho già detto quanto mio marito sia diventato tenero, quasi amorevole, come adesso che se ne sta uscendo dallo studio tutto allegro dopo aver gridato un'ora con il personale. Ridacchio perché non ha cambiato carattere, sono semplicemente cambiata io. Ho imparato a non rispondergli male, a ricambiare un urlo con un bacino. Si fa soffice all'improvviso dicendo «come sei buffa» e scoppia a ridere. Mi abbraccia e va a cercare qualcun altro a cui sbraitare. Lui è fatto così: è burbero con attitudini da boss, ma è buono. Con lui vale la legge del cobra: se ti avvicini con la mano a un cobra e sei estremamente rilassato lui non ti attacca, ma basta la minima agitazione per scatenare il suo morso. Così sono costretta a diventare impassibile come un guru indiano. Perché non ci sono arrivata prima?

Ora ridiamo insieme come ai primi tempi. Non è più tragico, Mahmoud, ha una paura tremenda del Covid e canta a squarciagola girando per i corridoi: «Virus vieni a prendermi, ti sfido!», battendo i pugni sul petto come un gorilla e sghignazzando. È il suo modo di esorcizzare il male, c'è chi prega e chi fa il guerriero. O chi come me crede ai poteri soprannaturali dell'organismo sentendosi una specie di fatina.

In fondo mi assomiglia: siamo sempre stati due burloni. Ma a un certo punto io sono diventata la vittima del suo humor nero. È stato il nostro periodo buio, dopo il parto difficile della bambina, quando per tre anni ho sofferto di debolezza fisica per la gravidanza problematica. Senza fede e preghiere non ne saremmo uscite vive, Haya e io.

Verso la fine del 2016 cercavo dunque di restare in equilibrio in quell'ingarbugliato ménage casalingo. Non mi aiutava il fatto che i miei domestici fossero spariti all'improvviso: dovevo trovare al più presto qualcuno per sopravvivere alla faticosa routine di moglie di lusso. Negli Emirati vivere circondati da una folta schiera di camerieri era piuttosto normale, e la ricerca della maid perfetta era diventato ormai un leitmotiv della mia esistenza.

Guanti gialli

Dubai, gennaio 2017

Me lo avevano detto tutti che non era una buona idea assumere una domestica che ripeteva «Allah» a ogni passo e indossava il niqab pure in casa. Era una fondamentalista, me ne resi conto quando, stanca per il viaggio e frustratissima di essere tornata a Dubai dalle vacanze di Natale, l'avevo vista dirigersi verso la porta con i guantoni gialli delle pulizie per portare il cane a spasso.

I guanti servivano per proteggerla dalle influenze malefiche della nostra povera cagnolina maltese «perché i cani sono *haram Madamè, salah salah!*». Lo aveva detto alzando gli occhi al cielo, puntando l'indice verso l'alto e portandosi l'altra mano al cuore. Per i musulmani più ortodossi non era possibile toccare un cane senza poi lavarsi prima della preghiera, il che poteva pure passare, se la domestica non avesse assunto l'atteggiamento autoritario di un generale. Segno che per lei la religione, più che un diritto alla felicità, era un dovere che la rendeva superiore a ogni cosa, soprattutto a me in quanto Anna, inutile pallida e bionda Madame.

Anche Mahmoud, quando gli avevo parlato della nuova domestica, mi aveva invitato a lasciar perdere: «Perché tenerla, Anna? Non resisterai tu, né lei. È un'estremista». Il che, detto da un marito islamico, avrebbe dovuto farmi riflettere.

In effetti Noura avrebbe dovuto insospettirmi fin da quando, durante i giorni di prova, lasciava ululare la soneria del suo telefono come un minareto, facendomi credere di avere un muezzin in cucina. Ed era pure irritante il fatto che lei alzasse gli occhi al cielo invocando Allah ogni volta che sbagliava qualcosa. Quando rovinò dieci magliette durante uno dei suoi distratti lavaggi, si difese con una preghiera e una risata: «Sono solo magliette, Madame, è Allah ciò che conta!».

Al che le risposi: «Allora ripagamele perché sono solo soldi, è Allah che conta!».

Ovviamente la chiusi lì, dal momento che non ho mai chiesto risarcimenti per lo sterminio barbarico del vestiario da parte dei miei assistenti. Tuttavia quel suo «niente è sbagliato, signora, è sbagliato uccidere o rubare, il resto non è sbagliato, Allah vede cosa sto facendo» messo là a ogni piè sospinto, mi dimostrava quanto la maid stesse usando Allah come uno scudo, a riprova della propria indiscutibile perfezione. Allah la vedeva, ma io ero comunque preoccupata.

Disperata, consultai Mirza, il mio autista e ormai consigliere tuttofare, per vedere il da farsi.

Mirza arrivò, un po' arrancante e con il fiato corto come al solito. Ascoltò il mio sfogo e si offrì di parlarle del cane. Dopo lunghe trattative lei accettò di non uscire ogni volta bardata come un astronauta, ma di lavarsi semplicemente le mani dopo la «contaminazione» canina.

Mi buttai in internet alla ricerca di agenzie che sembravano fornire domestiche superefficienti, fermandomi su quella di proprietà governativa, che prometteva solide garanzie di serietà. Preso l'indirizzo, Mirza mi portò in un largo ufficio che assomigliava a una sede postale metropolitana, con la reception dal personale in tailleur e l'immancabile arabo in kandura che donava un tocco di tradizione in quel luogo dalle sfumature gelidamente moderne.

La filippina in gessato mi sorrise dicendo: «Can I help you, Mam?», con la solita vocina da Cappuccetto Rosso. Gentilmente, con la cartellina in mano, mi indicò dove andare tra un labirinto di stanze numerate. Mi stavo dunque trovando nel più moderno e inquietante supermercato di domestiche che potesse esistere su questo pianeta.

Superai una porta a vetri ed entrai in una stanzetta asettica dove l'unico accessorio era un iPad sul tavolo bianco che serviva a selezionare la donna di servizio ideale tra una lista di candidate. Dovevo solo premere il pulsante sullo schermo per scegliere la favorita. Poi si sarebbe trattato di passare alla cassa, come al supermercato, dove con la carta di credito avrei pagato la cameriera fornendo dati e indirizzo.

Mi guardai attorno disorientata, non avevo mai visto tante maid in un colpo solo. Erano di tutte le etnie e tipologie: asiatiche o africane, alte e basse, grasse e magre, minute e giganti... Ma tutte accomunate da un mesto sorriso di rassegnazione. Mi vennero i brividi, era come trovarsi in un film fantapolitico.

Dopo aver assistito a dieci interviste registrate, espressi le mie tre preferenze, schiacciai il pulsante e l'iPad annunciò, con voce gentile e robotica: «Maria sta arrivando e la ringrazia. Dopo il colloquio premere uno dei due tasti, quello verde se vuoi Maria, quello rosso se vuoi passare alla prossima candidata».

Così, come se queste signore fossero un pacco da recapitare via posta. In effetti di questo si trattava: di pacchi postali, almeno all'apparenza. Un business gigantesco, conseguenza dell'immigrazione di massa delle filippine, tutte impiegate nel settore assistenziale, sia domestico che ospedaliero.

Un mondo di affetti e relazioni diviso in due, di qua a rassettare, cucinare e crescere i bambini di altre, di là figli, marito e genitori in una vita parallela fatta di assenza.

A Dubai le filippine erano diventate la maggioranza, il corpo consistente di una società che le vedeva impiegate anche in uffici e negozi, facendo degli Emirati e di tutto il Middle East in genere la propria seconda patria. E il loro potere era cresciuto, alimentato da un benessere che rendeva le donne ricche sempre più pigre e sempre più *Madame*, nome scomodo e avvilente, inventato per designare le padrone di casa occupate in qualsiasi attività che invece di crescere i figli contemplassero manicure e shopping compulsivo.

Il governo aveva deciso che tutto questo era un business troppo redditizio per non essere sfruttato. Al prezzo di tremilacinquecento dirham – mille dollari, di cui solo circa cinquecento andavano alla maid con una tassa di entrata di duemila dollari – gli incassi erano cospicui.

Potevo quindi scegliere la mia nuova domestica come dal menu di un ristorante o dallo scaffale di un supermercato dove le ragazze aspettavano in fila, nel corridoio, pronte a emettere gridolini di gioia appena venivano chiamate, se qualcuno sceglieva proprio loro dopo magari due settimane di attesa.

Maria entrò timidamente, si sedette e raccontò di essere una donna di quarant'anni arrivata a Dubai da una settimana. Al ricordo del marito e dei cinque figli lontani si mise a piangere, lasciandomi piena di malinconia.

Anche le altre interviste procedettero zoppicanti: la domestica che sembrava ispirata da Dio e quella con aria estatica che sperava che diventassi la sua Madame perché «la trovo molto dolce, signora!» si alternarono a coloro che la vita aveva indurito in un'espressione quasi arcigna o incomprensibilmente vuota. E così via, intervista dopo intervista, finché mi ritrovai con l'averle rifiutate tutte...

L'isola della famiglia

Abu Dhabi, marzo 2020

Sono seduta sul sofà, nella luminosa saletta davanti alla piscina, il blu celeste dell'acqua contro lo sfondo idilliaco delle mangrovie che si affacciano sulla lingua di mare davanti a casa. Si respira sole e sale, la mattina, e gli uccelli si gettano a capofitto nell'acqua appena intravedono il movimento di un pesce. Ne indovini parecchi, sotto la tavola immobile del mare, liscia e smeraldina a nascondere una vita segreta. Poi guardo il computer con il quotidiano aperto sullo schermo, torno con una fitta allo stomaco alla pandemia che ha immobilizzato il mondo. Tutti barricati in casa, l'economia a pezzi, leggo che è la prima volta che ci si trova di fronte a una tale richiesta di servizi di terapia intensiva in Italia. La vera emergenza, penso, consiste in ospedali impreparati all'emergenza.

Oggi sui giornali si riflette su tutto: sui tagli alla sanità pubblica, sui valori fondamentali, sulla prevenzione mancata, sulla lotta all'inquinamento in favore dell'energia pulita... Quante persone vivono in un'aria così inquinata da perdere la salute anzitempo? Questo virus non ci sta forse insegnando quanto la cosa più importante per vivere, ancor prima del cibo e dell'acqua, sia proprio l'aria che respiriamo?

Guardo la mia bambina che sta facendo i compiti, sento il rumore delle onde che si infrangono sul porticciolo del nostro patio, e sono estremamente grata a Dio per la grazia di questo posto fatato, per il fatto che Haya studi tutto il giorno con un senso di responsabilità più grande dei suoi nove anni. Fra lezioni con compagni e professori, sullo schermo del computer le distanze sembrano per un momento cancellate.

Anche Amir lavora all'aperto con l'iPad sul tavolo, sullo sfondo di un mare che continua a gridare la sua perfezione, il tramonto con le cavallette che intonano concerti serali e l'ultima aria fresca di questa stagione.

Il virus obbliga tutti a stare chiusi nelle proprie case, a confrontarci con i nostri cari portando allo scoperto litigi e riconciliazioni; finalmente abbiamo tempo visto che non dobbiamo correre in metropolitana al lavoro e lo smart working ci risolve il problema di stare lontani dai figli. Paradossalmente, allontanandoci da tutti, il virus ci insegna la necessità di *abbracciarci in famiglia.*

Spiaggia o iPhone

Dubai, gennaio 2017

Ho sempre combattuto per avere figli diligenti e sani, mettevo regolarmente le verdure in tavola, anche se all'inizio nessuno mangiava nulla. Dopo la centesima volta che imponete i broccoli allo sguardo di un figlio senza costringerlo ad assaggiarli, ma solo a sbirciarli con la coda dell'occhio, lui comincerà prima a esserne incuriosito e poi a mangiarli. Il trucco è sempre stato una dolcissima perseveranza.

Il discorso si allarga agli altri ambiti che riguardano la nutrizione della mente e dell'anima. Sacrificio di sé e del proprio tempo, costanza... Se siete una mamma vi riconoscerete appieno in queste parole.

Mi rivedo nella donna che ero tre anni fa, ancora senza domestica, mentre giuravo a me stessa che sarei diventata una madre più severa, domani. Quel giorno stavo raccogliendo, come tante, i frutti dell'eterna lotta tra il cedere più libertà tecnologica ai figli e quella di togliergliela del tutto. Quanto era lecito lasciare che i bambini si divertissero davanti a uno schermo?, pensavo mentre trascinavo il delfino gonfiabile e la pala da giardino verso la spiaggia per riuscire a fare un castello di sabbia che fosse degno di tale appellativo.

Sapevo che la tecnologia era il nostro futuro e chi non stava al passo coi tempi sarebbe stato destinato a morire. Haya, in seconda elementare, avrebbe dovuto portare il suo iPad a scuola a partire dal secondo semestre, mentre Amir, in quinta, lo usava ormai quotidianamente da diversi anni: per fare ricerche su Google, i compiti, presentazioni in keynote, esercitarsi in matematica.

Non volevo che i miei bambini cadessero nella trappola dello schermo, nell'ipnosi dei giochi digitali che a mio avviso avrebbero lobotomizzato il loro cervello e la loro anima ancora in crescita, bisognosa di contatto umano e concretezza per restare in equilibrio. Stremata da questa lotta impossibile, avevo ceduto al ricatto sociale concedendo mezz'ora al giorno ad Amir, passando per una delle madri più conservatrici della scuola. Le concessioni arrivavano in cambio dello sport: se Amir faceva un'ora di ginnastica, meritava quindici minuti in più di tempo digitale.

Invece il telefono mi spiazzava. Dopo una serie di battaglie e di tentativi di nascondere il cellulare, Amir sfoggiava ormai liberamente sotto i miei occhi il suo smartphone. Se ne serviva per chattare con gli amici, fare ricerche su Wikipedia, rispondermi quando era fuori casa. Una mattina, mentre ci stavamo dirigendo verso la spiaggia, Amir mi sorprese con un colpo basso, dicendo che il suo amico Aian aveva comprato l'ultimo iPhone appena uscito. Mi riferì che questo suo amico era andato al Dubai Mall per mettersi in coda insieme a una lunga fila di esaltati fin dalle tre di notte.

«Mente» gli dissi inorridita, certa che la mamma non potesse essere una donna senza scrupoli, una che accettava che il figlio di dieci anni passasse la notte, in coda, in un centro commerciale.

C'erano madri che cedevano ai capricci dei figli con leggerezza, senza considerare che quei figli sarebbero cresciuti pensando che avere l'ultimo modello di un telefono, un orologio, una macchina, una donna, fosse davvero una conquista.

«Papà lo ha già prenotato su internet» mi sfidò Amir con la calma zen di chi ha le spalle coperte. L'eterna lotta tra padre e madre, tra tecnologia e natura, pensai rifiutandomi di trasformare il mio amato pargolo in uno zombi tecnologico, vittima dell'ideologia dell'obsoleto. Così presi la pala da giardino in acciaio, quella per piantare le rose, cominciai a scavare nella sabbia con la foga degna di Indiana Jones e insieme ci perdemmo a costruire un castello di sabbia a difesa delle onde del mare.

Anche Bill Gates limitava internet ai figli

Dubai, gennaio 2017

Mi sentivo intrappolata nella guerra con i figli tra il mondo digitale e quello cosiddetto reale. Mentre la mattina dopo andavamo a scuola, in macchina, enunciai un principio fondamentale che sarebbe stato applicato in casa da quel momento in avanti: «*La realtà virtuale non è virtuale, è più reale di quella concreta, bambini*». E per avvalorare questa ipotesi dichiarai che non avrebbero avuto il permesso di entrare in internet prima di mettersi una «webjacket», così come uno, d'inverno, si mette il cappotto per uscire e non prendere freddo.

Perché il web e i giochi connessi che imperversavano tra i ragazzi *erano molto più eccitanti* del mondo reale. Al punto che si faceva fatica a scostarsene, visto che appena te ne distaccavi ti trovavi di fronte a una realtà che era più materica, e quindi lenta, faticosa, pesante.

La droga del mondo virtuale era in agguato, e lo sapevano bene anche Bill Gates e Steve Jobs, che ai figli avevano limitato il tempo da passare in internet per evitare dipendenze. Ci credevano proprio loro, i fondatori di un sistema in cui una massa sempre più grande di persone sarebbe stata schiavizzata dalla tecnologia, che per dominare il mondo non dovevi farti dominare dalla tecnologia. Se il web era una porta simile all'aldilà, dissi dunque ai miei figli, per entrarci avrebbero dovuto indossare una giacca o un'armatura immaginaria che avrebbero levato tornando alla realtà presente. E questo avrebbero dovuto ricordarselo ogni volta. Io stessa ripetevo: «Ti sei messo la giacca?», vedendoli sullo schermo.

Quel pomeriggio, mentre tornavo a casa dalla spiaggia, accaldata e assetata con la pala in mano, guardavo i miei piccoli correre verso il cancello ed elaboravo quasi incredula la mia profezia: «Un giorno il web sarà installato direttamente nella nostra testa come un microchip e non avremo bisogno del telefonino per entrare in Instagram, basterà cambiare *mode* con un pensiero e incontrare direttamente i tuoi amici come in una telefonata ologrammatica».

E intanto Instagram e Facebook mi sembravano un cimitero. Mentre digitavo nomi e scorrevo foto, infatti, mi sembrava di vedere tante piccole lapidi, una città dove di quelle persone c'era solo l'immagine del passato. E non era questione di foto postata in un'«ora» che diventava subito «ieri», era il fatto che appena entravi lì dentro venivi aggredito inesorabilmente da un fiume di volti, azioni, movimenti, filmati, che sembravano il riflesso inanimato della vita.

Entrai nel giardino, aiutai i bambini a togliersi la sabbia con una doccia e li avvolsi nell'asciugamano prima di spedirli in casa, nell'aria condizionata.

Mi domandai come sarebbe stato l'odore della sabbia digitale sulla pelle, in un futuro mondo ologrammatico, in grado di offrire solo il surrogato di questa prepotente bellezza.

Io sono la porta

Parigi, 1999

«Consegnerete a me computer e telefonini» disse il Maestro. «D'ora in poi potrete sentire le vostre famiglie una volta al mese, non di più.»

A tutti venne un brivido: il Maestro stava richiedendo la loro libertà? Voleva imprigionarli nel proprio universo come una di quelle sette in cui la gente si perde dimenticandosi per sempre della propria identità passata?

In fondo, a quanto Eleanna ne sapeva, questa poteva davvero essere una setta: un gruppo di dodici ragazzi senza famiglia alle spalle, pescati dalla strada, che abitavano in questa villa persa nel bosco, con un giardino da favola, dieci stanze e sette bagni, due grandi sale e i cavalli nella stalla adiacente. E il Maestro che assomigliava a Gesù Cristo: i capelli soffici abbandonati sulle spalle, l'incedere elegante, gli abiti sobri, la tonaca bianca di un monaco e soprattutto lo sguardo che sembrava tuonare anche durante un sorriso infuocando l'atmosfera.

Eleanna era stata «catturata» mentre scendeva dal treno, indossava i suoi soliti stivaloni pieni di cerniere alla Blade Runner e la giacca indiamantata di teschi che gridavano «basta» al mondo. Il Maestro l'aveva approcciata con quei suoi occhi capaci di scrutare l'anima e le aveva dato un biglietto: «Chiama quando sei pronta». Lei aveva osservato il biglietto da visita con il pentagramma, la stella di Davide e le parole: «*Io sono la porta*».

«No, non è quel che credete» sembrava leggere nei pensieri dei suoi discepoli. «Non sono qui per confiscare la vostra anima, ma per liberarla. Non sono qui per costruire sbarre attorno a voi, ma per togliere quelle delle convinzioni in cui siete nati. Per raggiungere la libertà dovete prima dimenticarvi le cose a cui siete abituati, l'*abitudine* è la vostra grande nemica. Quella che usate per vedere il mondo e che vi ha insegnato la società in cui siete cresciuti. Io sono qui per tagliare i ponti con quella società, fino a che sarete pronti a rientrarvi...»

Si sedettero attorno a lui, cercando di credere che forse l'uomo che si faceva chiamare Maestro era solo un vecchio che rifiutava il progresso in nome dei bei tempi andati. Lo ascoltarono ugualmente.

Fermare il tempo

Parigi, 1999

«Io non distruggo niente» cominciò il Maestro. «Sono favorevole a internet, che uso quotidianamente e con cui lavoro. Mai fino a oggi siamo stati così avvantaggiati nel procurarci in tempo reale informazioni, possiamo scaricare libri con un clic, vedere video in cui le persone si fanno conoscere e comunicano con il mondo. Ma bisogna stare attenti a non restare prigionieri di questa enorme bellezza. Internet è un mondo altrettanto reale di quello reale. E a volte il mondo cosiddetto reale non è affatto reale quanto pensiamo.»

Il Maestro fece una pausa, soffermandosi con lo sguardo ardente su ognuno di loro. «Per vedere cosa è reale bisogna sprofondare nel momento e *fermare il tempo*.»

Si guardò nuovamente attorno e sospirò.

«Pensate a quando la testa vi gira perché fate mille cose e correte qua e là e vi ritrovate con gente che non vi interessa e invece di astrarvi come vorreste fare e fuggire via da tutte quelle chiacchiere inutili, vi fermate, fate un bel respiro e cominciate a guardare cosa vi sta succedendo davvero nel cuore. E vi assicuro che in questo modo fate delle belle scoperte. Perché la vostra attenzione non è più rivolta fuori, alla giostra degli eventi che vi circondano, siano essi vicini o lontani da voi, come l'amica che ti racconta che il marito la tradisce o l'amico che ti mostra l'ultima foto della sua Ferrari fiammante... No: attraverso quelle lacrime o quelle chiacchiere voi guardate il vostro cuore, cosa vi sta succedendo, la vostra voglia di piangere e sbadigliare o la vostra rabbia, e solo allora capite che non c'è differenza, è tutto la stessa cosa.

«*Il mondo non è là fuori, ma dentro di voi*, e qualsiasi evento, da quando vi alzate al mattino a quando andate a dormire la sera, non succede fuori, ma *dentro*, perché è *lì che voi vivete le cose*.

«Voi siete venuti al mondo per sperimentare la materia. Se troppe situazioni invadono la vostra vita e voi provate stress, la testa comincia a galoppare tra mille stimoli in una fretta maledetta che vi rende nervosi, e quindi *assenti*, assorbiti solo da quello che dovreste fare perché vi dite che è giusto così, ed è la vostra mente a dettarvelo, *questo vuol dire che vi state confondendo e dimenticando di voi stessi, qui e adesso... Vi state scordando del vostro cuore*.

«Perché adesso, respirando a fondo, state bene o state male? *Adesso*, riuscite a percepire il vostro corpo mentre ascoltate queste parole? Riuscite a sentire di avere mani e piedi, ascoltare il sangue che circola nelle vene? Dove stanno la gioia e il dolore, adesso?

«*La udite la voce del vostro corpo quanto è diversa da quella della mente*?»

Ecco, ci risiamo, pensava Eleanna, il Maestro era tornato a essere ermetico. Le cose succedevano fuori, continuamente, come si poteva diventare indifferenti? E anche se lo diventavi, succedevano lo stesso. Se magari ti muore un amico, come fai a restare imperturbabile, quell'amico non te lo restituisce nessuno.

Certo, se entri in internet vieni trasportato dalla corrente, una notizia tira l'altra, il bombardamento mediatico, una sorta di realtà sommersa dove puoi affogare nello stordimento se non sai nuotare.

Il Maestro continuava: «Devi *concentrarti* sempre, prima di alzarti al mattino e di andare in ufficio. Respira il tuo *adesso* prima di entrare in rete, perché se non lo fai rischi di esser spazzato via dalla marea di informazioni, volti, corpi, sorrisi e lacrime che ne fanno parte e che possono farti sbalzare l'umore da una parte all'altra facendoti dimenticare *che quel mondo là fuori esiste solo per te*.

«Senza di te quel mondo esisterebbe solo per gli altri e in maniera differente, perché ognuno ha occhiali diversi per interpretare la vita: rosa, blu, gialli, grigi, ottimisti, pessimisti... Concentrati bene, perché *tutto quello che vedi là fuori è solo un aiuto per scoprire cosa c'è dentro di te, una scusa, e in realtà tu vedi solo quello che già ti appartiene*. In internet come nel mondo che credi reale: è solo una maniera per rivelare chi sei.

«*Ecco come si fa a fermare il tempo: si capisce che l'esterno è lì solo per te, che tu sei più importante degli eventi e stai imparando a trasformare la tua vita in felicità*.

«E quando ti concentri su questa felicità stai finalmente fermo e tutto ti gira attorno, come un sole fa con il resto dei pianeti, perché ognuno di noi è una stella dell'universo, luminosa e meravigliosa...».

«Non c'è quindi differenza tra la realtà materiale e quella di internet? Sono tutte e due irrealtà rispetto all'unica verità della nostra anima?» Akenathon, uno dei discepoli, ripeté il concetto che stava spiegando il Maestro, per vedere di aver capito bene.

«No, non farebbe differenza se le due irrealtà fossero ugualmente pericolose. Ma quella della rete è più rischiosa» specificò il Maestro, indurendo il tono di voce, come per avvertirli.

«Perché?» chiese Eleanna.

«Esiste un solo pericolo quando vivete tanto in internet come la tua generazione, Eleanna. È quello di perdere te stesso, non tanto perché la surrealtà internettiana sia meno reale della realtà materiale che è altrettanto fittizia, ma perché è più veloce, e in brevissimo tempo sei così bombardato che la quotidianità fisica perde d'interesse, di fascino.

«Ma perdere di fisicità diventando pura mente ti fa diventare *una persona intellettuale* che ha perso ogni contatto con il *cuore*, che invece cresce con la vicinanza tra esseri umani.

«La realtà virtuale fa sì che sia solo la mente a svilupparsi, con qualche emozione di malinconia o aggressività che ha ben poco a che vedere con i sentimenti reali, sviluppati tra amici o familiari, quelli che causano scontri anche violenti, ma ti migliorano.

«La generazione digitale che sta nascendo è immersa in una dinamica che addormenta ulteriormente l'essere umano e la sua anima. *Che invece ha bisogno di vibrazioni per fiorire, quelle che si sentono cantando insieme, ballando e ridendo e abbracciandosi, o al contrario perfino litigando in un vero scambio di energia.*

«Ecco perché noi siamo una famiglia, in un'epoca in cui la famiglia è stata distrutta in Occidente da chi odia l'uomo, per maturare insieme attraverso l'incontro e lo scontro, per dialogare. Ecco come *chi odia l'uomo* sta cercando di seppellirlo in un cimitero internettiano dove non esiste più il confronto. E se ci dai un'occhiata, si tratta proprio del tentativo terribile di far morire la sua anima.

«Se l'essere umano passa troppo tempo nella realtà virtuale si addormenta così tanto, che *chi odia l'uomo può usarlo e divorarlo* senza che lui se ne accorga. L'anima può espandersi solo attraverso le vibrazioni della natura e di un altro essere umano, se si appiattisce nella conoscenza nozionistica diventa astratta, puro cervello, e il cervello non è anima, ma materia. L'anima si eleva anche con l'arte, *ma la bellezza è una vibrazione, e la vibrazione passa per il corpo.*

«La virtualità della rete è un mondo di zombi intellettuali destinati a perdere la propria anima. Per questo io vi sottrarrò ai computer, vi impedirò di accedere a internet. Voi vivrete per lunghi periodi isolati, per imparare i miei insegnamenti. *Questo è un corso di risveglio*, e se volete risvegliarvi alla vostra anima rendendovi conto di muovervi in una tuta spaziale, dovete consegnarmi ogni gadget che possedete.

«State già dormendo, in questo corpo fisico, non permetterò che il mondo dello schermo vi narcotizzi ancora di più...»

Lockdown ad Abu Dhabi

Abu Dhabi, 25 marzo 2020

Il coprifuoco è arrivato anche negli Emirati, proprio mentre New York chiude i battenti e il mondo va in modalità lockdown, con milioni di persone barricate in casa. Rimangono aperti solo i negozi di prima necessità come farmacie e supermercati, le strade del pianeta diventano deserte.

Le città emiratine vengono invase da droni che di notte, dalle otto di sera alle sei del mattino, spruzzano dall'alto liquido disinfettante, raggiungendo gli anfratti più remoti del paesaggio urbano. Sembra un'invasione galattica dove astronavi dall'aspetto di minacciose cavallette scendono dagli spazi interstellari per distruggere l'umanità. Invece, in questo caso, al di là della scenografia apocalittica, i droni sono nostri amici.

Nello stesso tempo gli Emirati hanno dato ulteriore dimostrazione del rapido potere decisionale che può avere una monarchia: hanno tempestivamente ordinato e fatto arrivare quindicimila respiratori ancor prima che la pandemia prendesse piede: la forza del denaro unita a quella della decisione immediata di un potere forte che riesca a fare istantaneamente l'interesse dei cittadini. Uno dei lati positivi di un governo monarchico si rivela proprio nell'emergenza. La democrazia occidentale giunge ad auspicare, in questi momenti, d'essere organizzata come una dittatura mediorientale, con eserciti che mantengano un ordine stabilito in fretta e senza condizioni.

Con i ventilatori sono arrivati anche i kit all'avanguardia: con tamponi che prelevano campioni di muco dal naso non si devono più aspettare due giorni, ma basta mezz'ora. E il tutto in un drive-in, puoi passare sotto un tendone e fare il test senza uscire dalla tua macchina.

Tutto fa pensare che se rischi di ammalarti è meglio farlo in un paese ricco piuttosto che in uno povero. E per povero non parliamo di Terzo Mondo, basta guardare le notizie dall'Italia o dalla Spagna, che in questi giorni stanno collassando. Se gli ospedali emiratini abbondano di posti letto, sembra che i tagli degli ultimi anni alla sanità italiana rendano impossibile recuperare il tempo perduto: negli ospedali ora manca tutto.

Mentre l'Italia sta cercando di allargare la terapia intensiva in veri e propri campi di ricovero nei palazzetti dello sport o in strutture create dal nulla, come è successo anche in Spagna, gli Emirati danno un nuovo segno di solidarietà. I poveri, i lavoratori e i sottostipendiati che si ammassano in stanzette anguste nei palazzoni decadenti di Al Satwa potranno avere cibo gratuito chiamando un numero di telefono dedicato. Ristoranti sovvenzionati dallo stato e volontari si sono messi a offrire cibo ai bisognosi. Se dall'Italia arrivano video inquietanti con persone ridotte in miseria che cominciano a temere di non farcela ad arrivare a fine mese e minacciano rabbiosamente di insorgere e saccheggiare i negozi, qui si inizia a dare concretamente un aiuto.

Guardo l'Europa da questo angolo d'Asia e la scopro

come la vedono da tempo gli arabi: un pezzo di storia meravigliosa percorsa da una crisi epocale. Con le famiglie chiuse in miniappartamenti, quando un padre con a carico tre figli non sa se sopravvivrà il mese dopo, la rivolta armata sembra dietro l'angolo. Forse l'idea di Trump di riaprire tutto per Pasqua serve a evitare la rivoluzione in un contesto sociale altrettanto difficile come l'America, già attraversata da una disoccupazione che rischia di precipitare nell'indigenza?

Il clima di terrore che si è creato assomiglia troppo a un passo evangelico, Matteo 24, 6-8, in cui si recita: «Sentirete poi parlare di guerre e di rumori di guerre. Guardate di non allarmarvi; è necessario che tutto questo avvenga, ma non è ancora la fine. Si solleverà popolo contro popolo e regno contro regno; vi saranno carestie e terremoti in vari luoghi; ma tutto questo è solo l'inizio dei dolori». E poi sempre Matteo 24, 40-44: «Allora due uomini saranno nel campo: uno sarà preso e l'altro lasciato. Due donne macineranno alla mola: una sarà presa e l'altra lasciata.

«Vegliate dunque, perché non sapete in quale giorno il Signore vostro verrà. Questo considerate: se il padrone di casa sapesse in quale ora della notte viene il ladro, veglierebbe e non si lascerebbe scassinare la casa. Perciò anche voi state pronti, perché nell'ora che non immaginate, il Figlio dell'uomo verrà».

Ancora a caccia di Mary Poppins

Dubai, febbraio 2017

E dire che solo due mesi fa i problemi dell'Italia erano ben diversi, basti pensare che i giornali portavano nei loro titoli notizie sulle liti al *Grande Fratello* come se fossero emergenze nazionali... In un breve lasso di tempo tutto è cambiato.

Torniamo infatti all'Anna di tre anni fa, torniamo alle mie deliranti peripezie con domestiche impossibili. Il mondo allora mi sembrava così normale nelle mie piccole isterie quotidiane...

Come me viveva una fetta notevole della popolazione emiratina, tutte le mamme della scuola dei miei figli, le amiche, gli arabi e gli espatriati anche non propriamente ricchi ma semplicemente benestanti che potessero permettersi quattro cameriere al prezzo di una in Occidente.

Ecco perché le domestiche sono diventate per me un tema dominante. La maid era parte della società emiratina, così come lo era stata nel colonialismo occidentale dei secoli scorsi. Di lei si parlava sempre e ovunque ci trovassimo, fosse la riunione della classe o il bar della scuola, ognuna di noi mamme era perseguitata da maid incapaci o sostenuta da quelle buone.

Erano parte integrante e necessaria del ménage familiare, tutte noi con bambini iperattivi e mariti esigenti, perse in ville chilometriche da riordinare senza sosta prima di meritarci quel riposo notturno a cui aspiravamo più di ogni cosa. La vita coniugale ci aveva trasformate in stakanoviste all'inseguimento di domestiche con lo spolverino in mano.

In quei giorni ero alle prese con la terza maid cambiata nel giro di una settimana. La prima, sulla cinquantina, l'avevo consolata già in macchina per la solita enorme nostalgia dei figli che la scioglieva in un fiume di lacrime. La seconda era scoppiata a piangere al solo parlare del marito lontano... Come si faceva, in queste condizioni di massacro sociale, a trovare una maid con un sano equilibrio mentale? L'ultima se n'era andata all'improvviso rubandomi pure dei soldi – lo realizzai purtroppo solo dopo qualche giorno – e snocciolando un rosario con gli occhi al cielo mentre saliva in macchina per essere riportata al dormitorio da cui veniva, come se Dio potesse proteggerla dalla scoperta del furto perpetrato.

Ovviamente avevo perso la capacità di esigere un comportamento responsabile e corretto da parte loro. Mi colpevolizzavo pure, perché capivo di trovarmi in una società di coloni, un po' come nel passato, quando l'Europa andava in Africa o l'Inghilterra in India, e lì trovava un'infinità di servitori mentre sedeva comoda sul patio della villa, a guardare un tramonto tra un tè e una festa serale, realizzando solo in parte, e sempre da lontano, cosa sarebbe stata la vita senza di loro.

Decisi di cambiare tattica, l'ufficio governativo con le sue maid sottopagate non funzionava, ovviamente nessuna riusciva a lavorare quasi gratis seppure questo rientrasse nei termini legali. Così il calvario dei colloqui arrivò alle soglie del ridicolo con cinquanta intervistate nel giro di pochi giorni, i numeri trovati attraverso internet e gruppi Facebook che sfioravano i duecentomila membri promettendo Mary Poppins all'ultimo grido.

I social traboccavano di aspiranti domestiche prese dall'urgenza di chi in pochi giorni doveva trovare un altro datore di lavoro o tornare a casa, vista la ferrea legge emiratina che vedeva l'espatrio forzato dopo un mese di disoccupazione (alla faccia della nostrana cassa integrazione).

Mi capitarono filippine di ogni tipo, grasse, anoressiche, ingioiellate, semplici, sorridenti, musone e tutte immancabilmente astute. Pensai che se avessi arruolato una di loro mi sarei trovata il loro fidanzato in camera senza saperlo, perché ormai Dubai era diventata la terra del sesso facile, con una grossa richiesta di prestazioni a pagamento anche da parte della fascia più povera della popolazione, fatta di operai, giardinieri, idraulici o taxisti indiani e pakistani. Le domestiche filippine arrotondavano e i maschi ligi a una terra che non ammetteva infrazioni trasgredivano in preda a una temporanea amnesia.

Il mio dilemma era diventato: meglio una maid che voleva girare in abaya e hijab, che pregava cinque volte al giorno, profferiva la parola Allah ogni secondo e aveva la soneria del telefono che squillava come un minareto, o una che si metteva i tacchi e il trucco per correre all'appuntamento con un fidanzato sempre nuovo?

Vita senza la domestica

Dubai, febbraio 2017

Licenziata l'ennesima domestica, decisi di fare finalmente da sola. All'inizio pensai che le famiglie che non hanno mai avuto un aiuto in casa possano dirsi molto fortunate. Da una parte, è vero, lavorano il doppio, ma dall'altra i figli cominciano a fare quello che facevano con me in quel periodo: aiutano la mamma. A preparare la tavola, a mettersi a posto il letto, a fare le crêpes il mattino, a preparare insieme la cena. La loro volontà di aiutarmi nelle faccende di casa mi faceva sentire unica.

Mi rimboccai le maniche e mi misi al lavoro appena alzata: sveglia, colazione, scuola e preparazione dei pasti scolastici; poi letti, bagni e pulizie.

Avevo un modo particolare per fare il bucato: riempivo tre vasche da bagno di indumenti per metterli in ammollo mezz'ora con detersivo ecologico morbido, poi li passavo sotto la doccia venti minuti in modo che si risciacquassero da sé. Quindi ammassavo i panni sui rubinetti in modo che sgocciolassero. Nessuno rovinava più le mie magliette se non la sottoscritta, che le annegava nell'acqua. Fatto sta che, dopo un'operazione del genere, i capi ci mettevano una settimana ad asciugare completamente.

Nei primi giorni la routine quotidiana non mi sembrava così difficile, ma all'alba del terzo giorno già aspiravo ad assumere al più presto qualcuno. Non avevo più tempo per i bambini, perfino le mansioni più semplici come mettere il dentifricio sul loro spazzolino o la bottiglia in camera da letto per il rito serale, lavare i capelli alla piccola, asciugarli, scegliere i vestiti o seguirla nei compiti mi sembravano imprese impossibili da realizzare: all'emancipazione soddisfatta del più grandicello, seguivano le insistenti richieste d'assistenza di Haya. E poi ogni volta c'era da raccogliere una scarpa lasciata in mezzo alla stanza o riordinare un gioco. Mi sembrava di esser diventata una formica raccoglitrice, c'era sempre qualcosa da rimettere a posto. Credo che questa situazione suoni familiare alla maggioranza di voi lettrici.

Con i capelli disordinati e le unghie rovinate dai detersivi, capii il dramma delle massaie di mezzo mondo e benedissi le domestiche di Dubai. Avrei voluto tornare al computer, dove mi sentivo salva lontana da tutto, sulla mia isola felice. Mentre passavo l'aspirapolvere, le pagine che avrei voluto scrivere mi passavano davanti agli occhi come un romanzo.

In questa dimensione fisica di sopravvivenza al tran-tran giornaliero a cui è sottoposto il novantanove per cento degli esseri umani dall'inizio dei tempi, mi giostravo tra il supermercato e una minestra di lenticchie. Il ristorante, che fino a poche settimane prima era la scomoda mensa se pur a cinque stelle dove esser trascinate a forza da un marito buongustaio, stava diventando un miraggio. Nel cucinare il pollo, rimpiangevo di non avere una maid che mi assolvesse dall'impugnare il coltello con la ferocia di un tagliatore di teste, per sventrare gli ultimi residui di fegato dal corpo inerme del povero pennuto.

Il tempo a mia disposizione si dimezzò. Se non trovavo una domestica al più presto saremmo stati costretti a trasferirci in un hotel. Come si faceva a sopravvivere in una casa così grande senza una cameriera?

Mahmoud imprecava per il disordine perpetuo, arrivava a casa il venerdì sera e ripartiva il lunedì mattina come di rito, e passavamo il weekend tra ristoranti e stanze d'albergo per evitargli lo scempio di letti sfatti e piatti ammassati in cucina.

«Assumi subito una domestica» inveiva mio marito ogni sera quando rientravamo dalle nostre escursioni.

Io socchiudevo gli occhi, cercando di visualizzare ordine e felicità, per ritrovarmi ad aprirli poco dopo sulla pila di pentole lasciate sul lavello dalla colazione del mattino.

Dopo la maratona festiva, non ero in grado nemmeno di mettere un piatto in lavastoviglie.

Fatine tacco dodici

Dubai, febbraio 2017

Nonostante le nuove mansioni da massaia, cercai di ritrovare qualcosa della mia normalità. La scuola che i miei piccoli frequentavano era quella con la percentuale di bionde più alta di Dubai. Per i corridoi le Madame sfilavano in fuseaux attillatissimi mettendo in mostra i loro corpi bionici, bionde aggrappate a maschi di successo che ora si rilassavano in tutine aderenti e scarpe da ginnastica. Come me, in costante tenuta sportiva, a fare slalom da una classe all'altra attraverso un fiume di corpi palestrati.

E poi c'era il clan delle libanesi arabe, quelle che alle sette e trenta del mattino si presentavano già in tacco dodici, affannate nell'essere sempre splendide per i propri temuti mariti, impaurite di perderli. Mogli che, pur non dovendo certo impersonare il ruolo della domestica tuttofare, dell'autista che portasse in giro i bimbi, della cuoca provetta per la famiglia, dell'aiuto psicologo per consorte e bambini, della giardiniera e dell'idraulica nei casi più estremi (cioè quel che di solito una moglie occidentale faceva) non avevano un'esistenza meno spinosa.

Fare la moglie a certi livelli era una professione, e mi sembrava d'essere piombata nel libro di Wednesday

Martin dal titolo *Nella giungla di Park Avenue*, dove l'autrice, con un parallelo al comportamento del branco, paragonava le mogli ricche di Manhattan a una vera e propria specie di animali, con i suoi ritmi e le sue regole di gruppo.

Davanti a me sfilavano queste donne affannate alla ricerca dell'asilo giusto perché è da lì che cominciava il successo di un figlio, seguito dall'iscrizione a scuole private prestigiose già dalle elementari, anche queste d'élite, per fare in modo che frequentassero solo amici dello stesso rango e madri della stessa specie. Che poi facevano gli stessi discorsi sulle attività pomeridiane dei pargoli, sulle diete ferree a cui sottoporli, sulle borse feticcio di Hermès, sulle palestre da non mancare, il tutto senza menzionare nella propria routine i mariti troppo importanti e troppo assenti che, oltre a parcheggiare tre macchine lussuose nel garage, parcheggiavano a casa le proprie mogli dorate.

Divise tra diete e fitness, file di vestiti firmati da indossare a cene di gala dove venivano esibite come trofei, le mogli di mariti importanti erano eternamente in gara con se stesse ed eternamente stressate.

La donna perfetta il cui compito di madre era di compilare sull'agenda gli appuntamenti e le scadenze dei figli mentre li lasciava alla cameriera per incombenze più manuali come il cambio dei pannolini o la messa a nanna, la femmina che doveva essere ineccepibile come amante e padrona di casa, organizzatrice di schiere di domestiche che non davano mai il risultato sperato.

Queste le piccole first lady di Dubai, imprigionate nelle proprie case di lusso, con impeccabili moquette e salottini da pubblicità. Donne da copertina che mai si arrendevano, concentrate nella loro ansia di perfezione, fino a vederle lì davanti alla classe della tua bambina, alle sette del mattino, mentre tu avevi camuffato il pigiama cercando di farlo passare per una comoda tuta, e loro che camminavano nei corridoi beate, lievi come fatine uscite da una pubblicità anni Cinquanta, il vestito svolazzante sotto i capelli vaporosi e il tacco dodici... Talmente perfette che finii perfino con l'amarle.

Sono una Robespierre

Dubai, marzo 2017

Nonostante il mio aspetto da gattina, non volevo in alcuna maniera essere una first lady. Anzi, mi sentivo un Robespierre redivivo in un mondo in cui contesse e marchese, dalla tv alla vita reale, venivano riverite da un pubblico sempre più accondiscendente. In una società dove la povertà spaventava, dove chi comandava aveva interesse a mantenere la gente in uno stato d'ansia nella paura di non arrivare a fine mese, si cominciavano ad adorare le icone del lusso, le dame della corte dello spettacolo. Succedeva tutti i giorni in Italia, le vedevi sugli schermi e nei giornali di gossip, queste venerabili autorità della ricchezza.

Ora, non avrei mai voluto fare la paladina di un'estrema sinistra o un'estrema destra che alla fine si congiungono in un'identica ribellione, ma il sangue mi ribolliva dentro, un grido di sdegno si faceva strada in me. La scenografia era la scuola, dove mamme intente a spettegolare aspettavano in cortile che il maestro portasse i figli fuori dalla porta per abbracciarli e chieder loro come era andata la giornata. La mia bimba faceva la seconda nel sistema britannico, noi sporadiche sopravvissute alla moda e alla pigrizia di mandarci solo la maid al proprio posto si chiacchierava ancora.

Ma da qualche giorno anche le poche madri che di solito si raccoglievano lì davanti erano disturbate da due macchine che, con il motore acceso, affumicavano tutte. Qualcuna sussurrò con rispetto: «È il nipotino del re di Abu Dhabi». Il che voleva dire: il capo supremo, il presidente della federazione monarchica emiratina, quindi un supervip rispetto a tutte noi considerate già «simil-vippoidi» (neologismo che fa rima con oppioide, tanto per spiegare quanto tali appellativi possano generare dipendenza) dalla gente comune che mandava i figli in scuole meno esclusive.

Scoprii che le macchine del re avevano intenzione di aspettare il nipotino del regnante proprio là, a un metro dalla porta da cui uscivano i piccoli, con le ruote appiccicate al marciapiede quasi si trattasse della fuga di un presidente americano nell'auto blindata mentre è inseguito dai terroristi, protetto da uno stuolo di guardie del corpo. In questo caso le guardie erano le domestiche, circondavano il pupo reale con timorosa devozione, trafelatissime, un segreto di stato.

Mi rifiutai di accettare tutto questo, parlai ai conducenti, pregai loro di farsi un po' da parte verso il cancello con le loro esalazioni venefiche, dopotutto le sacre gambine del principino avrebbero dovuto fare solo sette metri in più invece di gettarsi in macchina appena uscito dal cancello della scuola in un tuffo olimpionico, visto che la portiera restava comunque adiacente al marciapiede.

Mi trovai davanti a muri di incomprensione: «Impossibile spostarsi, fa troppo caldo, questa è un'abitudine diffusa quaggiù, tutti lasciano acceso il motore per l'aria condizionata mentre stanno fermi ad aspettare...». Tutti felici di inquinare i nasi delle povere mamme in attesa e il polmone del pianeta.

Dopo qualche giorno passai all'attacco mediatico: impugnai il telefonino e li minacciai cordialmente, con voce zuccherosa e squisitamente calma, che avrei fatto girare sui media le immagini della loro macchina ferma e con il motore acceso davanti all'uscita di scuola. Se ci fosse stata la madre, sapevo che sarebbe bastato parlarle gentilmente perché capisse, con un minimo di civiltà e magari un po' di senso di colpa verso il resto della scuola. Ma la madre non veniva mai, ovviamente, mandava solo lo stuolo delle maid coperte fino agli occhi e perennemente trafelate.

Finii per causare un grande scompiglio, il mio avvertimento spaventò la vicepreside che credeva nella piramide gerarchica e mi accusò di essere una minaccia sociale. Con l'atarassica compostezza di un Buddha le risposi d'esser cosciente che un atto come questo potesse condurre alla prigione, visto che a Dubai è vietato filmare e fotografare qualsiasi persona che non faccia parte della tua famiglia, retaggio di un mondo nomade che però non vale più nella pratica. Oggi tutti, anche i regnanti, postano su Instagram e Facebook le foto dei principini, di cui si conoscono volto e fattezze, e la privacy è ormai pura leggenda.

La vicepreside divenne isterica, non sapeva come affrontare la mia compostezza, il preside, a sua volta spaventato e chiamato dal palazzo reale per delle spiegazioni sull'accaduto, mi convocò alle otto del mattino del giorno dopo. Trovai una scusa: «A quell'ora devo scrivere, non ho tempo per il rappresentante del palazzo. Ne avrei per la madre, se si degnasse di venire a scuola a prendere il proprio bambino. Senza offesa, per lei credo di poter trovare dei minuti». Mi meravigliai della mia altezzosa impassibilità.

La cosa non si fermò lì. Il palazzo del governo, non soddisfatto che una bionda potesse scompigliare l'ordine del paese, telefonò a mio marito, ritenuto responsabile negli Emirati dei comportamenti stravaganti della propria moglie. Come a dire: se tu, donna, fai qualcosa di sbagliato, il responsabile è tuo marito. Il che potrebbe anche servire da abile strumento di ricatto, volendo. Me la vidi anche con lui, che capì fino a che punto mi sarei spinta nella mia sete di giustizia. Dal momento che mio marito era un nobile emiratino, la cosa finì lì. Insomma, mi fecero capire che per fortuna non ero una semplice espatriata, ma una tutelata dalla protettiva piramide aristocratica.

Il giorno dopo ridemmo tutti, preside incluso. «Se suo marito è emiratino, non c'è problema!» stava profferendo benevolo, e mi sentii investita di una nuova luce reverenziale, quasi che ora la mia posizione a scuola si stesse capovolgendo di colpo: io ero quella che aveva osato perché aveva una posizione, perché poteva, non perché voleva difendere i diritti umani e i nasi delicati degli allievi.

Divenni ancora più allergica a questo atteggiamento cortigiano, di qualunque tipo fosse la corte del «re»: televisione, politica, monarchia, o il semplice denaro. Volevo essere libera di difendere i miei bambini, libera di gridare no alla scandalosa prepotenza di chi comanda senza rispetto, libera di proteggere il mondo dai soprusi.

I nostri padri e nonni avevano lottato in nome di valori per cui oggi pochi avevano il coraggio di battersi. Si erano ribellati ai re, alle ingiustizie dei governi, non come questa parte di mondo in cui tutto si accettava, erano stati disposti a morire per un ideale.

Ora anche in Occidente si moriva telematicamente: ti venivano sottratti dei favori se disubbidivi, se non ti inchinavi, se dicevi di no. C'erano censure sui giornali e in tv che valevano la decapitazione dei tuoi scritti, della tua voce, solo se osavi parlare. Dovevi rimanere nei limiti del *politically correct*, ma se osavi dare un'opinione diversa ti ammazzavano cancellandoti la visibilità.

Nessuno si sarebbe più ribellato: avremmo tutti dormito felici nelle nostre culle digitali, costruite apposta per dominare i cuori caldi e le rivoluzioni, narcotizzando i popoli con la droga internettiana nella calma soporifera di un'innocua neutralità.

Questo biondo spirito critico

Abu Dhabi, marzo 2020

Avrete capito ormai che la mia anima ribelle non mi ha mai lasciato fare una vita semplice. Non mi ribellavo solo con la scuola o con un marito conservatore che non avrebbe voluto farmi fare altro se non la suppellettile muta e immobile, ma ero anche sospettosa che le notizie che ci venivano continuamente propinate potessero essere parzialmente vere o completamente false.

Anche adesso, per esempio, che guardo le ultime novità sul virus e lo sceicco Mohammed dichiara di avere disinfettante e mascherine per tutti, mi domando: sarà vero?

Già siamo a conoscenza dei quindicimila ventilatori e che ci sarà abbondanza di cure negli ospedali per ognuno, ma su una popolazione di sei milioni di persone saranno sufficienti?

Torna il mio spirito corrosivo a rammentarmi che qui la popolazione è composta per l'ottanta per cento di emigrati indiani, filippini e pakistani accalcati in camere di dieci persone, in dormitori di periferia... Se uno si ammala lì dentro si infettano tutti, milioni di persone che gli ospedali non potrebbero contenere.

Allora, suggerisce la mia mente dispettosa, dov'è il segreto? Chi lavora come espatriato è molto giovane, dai venti ai quarant'anni massimo, la fascia di persone che probabilmente resterà asintomatica. Forse nessuno si accorgerà di avere il virus? Rimarranno solo i pochi vecchi di questo paese che si trovano tra gli arabi, quindi il cinque per cento della popolazione, a sviluppare effettive difficoltà cliniche?

L'altra percentuale della popolazione sono i cosiddetti espatriati ricchi che, se restano in casa emiratina, sono comunque al di sotto dei sessant'anni, visto che, quando li compi per restare negli Emirati devi pagare una tassa, oltre che lottare ogni due anni con il governo per farti estendere il permesso di residenza. Così gli Emirati risolvono brillantemente il problema degli oneri sociali dovuti alla vecchiaia.

Solo agli abitanti indigeni, chiamati locali, è permesso invecchiare all'ombra di una palma nel giardino lussuoso di una villa di Jumeirah mentre gli altri, in genere sotto i quaranta, hanno un permesso di soggiorno rinnovabile ogni due anni a patto di essere in buona salute: se hai l'epatite C o l'Aids non hai diritto di restare.

È capitato anche al figlio ventiduenne di arabi emiratini di gettare una famiglia sull'orlo della disperazione quando si è scoperto che con l'Aids non avrebbe potuto più tornare a Dubai per il resto della sua vita. Per i genitori e i fratelli che avrebbero vissuto qui per sempre, un figlio malato è una croce, il suo esilio una condanna.

Per le malattie non si fanno dunque differenze, su espatriati o locali la gogna pesa per entrambi. Oltretutto è singolare come gli immigrati vengano appellati: il sostantivo *espatriati* sottolinea il fatto che resteranno senza patria e non diventeranno mai emiratini, proprio come i migranti alle nostre latitudini continuano idealmente a cercare a tempo indeterminato una nuova terra a cui appartenere. Non è più come accadeva con gli antichi immigrati americani, che si integravano nella società divenendone membri e cittadini, sia pure lentamente.

Lo stato emiratino paga relativamente bene i suoi impiegati, ma nega ogni diritto considerato fondamentale alle nostre latitudini: niente cassa integrazione (se perdi il lavoro te ne torni a casa anche se sei qui da vent'anni), niente contributi per fondi pensione e quindi niente pensione, l'eliminazione di ogni problematica dovuta a una popolazione anziana. E, ovviamente, niente passaporto, a meno che come straniera tu non sia sposata con un emiratino maschio, visto che una donna emiratina non ha diritto di sposare un forestiero a meno che non sia musulmano.

Mi viene da sorridere quando penso che il simbolo dell'apocalisse contemporanea, Donald Trump, è vituperato non solo in Occidente, ma soprattutto in Medioriente e quindi anche qui a Dubai.

Ma dall'Occidente liberale e democratico ci si aspettavano trattamenti avanguardistici, progressisti, postcristiani, per questo l'Europa era presa di mira dai migranti che cercavano permessi e assistenza quando nei paesi arabi avrebbero trovato solo porte chiuse, a meno di non entrare con l'unico passaporto possibile: un contratto di lavoro assicurato per due anni, dopodiché o ottenevano il rinnovo o se ne tornavano in patria. Cosa sarebbe successo se l'Italia avesse proceduto con la medesima severità? L'Italia che aveva sempre accolto flotte di clandestini in nome dei diritti umani...

L'Italia, un paese che invecchiava. Mesi prima mia madre stava male, aveva cominciato con un mal di testa cronico che l'aveva indebolita sempre di più fino a chiuderla in una specie di isolamento dal mondo. Irraggiungibile e inafferrabile, come una bolla di sapone che, appena la tocchi, si dissolve lieve sotto i tuoi occhi.

Mentre lei veniva operata alla testa e io cercavo di corrompere i dottori con lo champagne per assicurarmi che operassero meglio (amo raccomandare come paziente speciale mia madre con del Dom Pérignon), avevo scoperto che in Italia ci sono *i vecchi*. Avevo cominciato a vederli all'ospedale e poi avevo continuato a notarli al supermercato mentre aspettavano alla cassa scambiando battute come se fossero in un villaggio, fino a rendermi conto che il mio vicino di casa, il mio amato nonnino adottivo, quell'anno compiva cento anni e andava ancora a fare la spesa da solo. Un'umanità vecchia e ancora efficiente che ci ricordava che i rudi uomini di montagna, a furia di camminare, avevano le vene libere dal colesterolo.

Così mi ero resa conto, in modo molto concreto, che a Dubai gli anziani non esistevano. O comunque non li vedevi in giro. Cominciavi a togliere tutto il terziario statale esclusivamente arabo, la gente che serviva nei ristoranti e nei negozi, che lavorava come grafico, autista, o parrucchiere ed era strettamente asiatica e che quindi non sopravviveva ai cinquanta, età in cui appunto si decideva di tornare indietro, nelle Filippine o in India, per godersi i propri cari e la casa finalmente acquistata (una sorta di pensione in luoghi dove l'assicurazione sociale è a sua volta un termine inesistente). E cosa restava? Quei pochi arabi locali o indiani straricchi che dirigono imperi e si nascondono in aerei privati per viaggiare, o i malati barricati nei propri giardini.

Ma la vecchietta del supermercato, quella che mi parlava con tanto entusiasmo della differenza tra i limoni comuni e quelli siciliani, dov'era negli Emirati? Non c'era perché al supermercato ci mandava la maid filippina. Quindi, da qualsiasi parte la rigiravi, se avevi più di quarant'anni, a Dubai rischiavi di sentirti obsoleto.

Però ebbi una visione: un vecchio paralitico spinto su una sedia a rotelle sulla pista che passava sulla spiaggia davanti a casa, una sorta di strada che si estendeva per chilometri lungo tutta Jumeirah ed era divisa in una parte ciclabile e una solo pedonale, percorsa da aitanti body builder, rampanti atleti e una miriade di filippine in passeggiata la sera. Magrissimo come un'acciuga, accanto all'infermiera di famiglia, una bionda esplosiva e sorridente, mi passava ogni giorno davanti con la moglie velata di nero che lo seguiva avvolta in un rispettoso silenzio, gli occhi sottili nella fessura del niqab.

Novant'anni fa Dubai era un paese di pescatori dove la gente faceva la fame. Le donne portavano tutte il burqa, come questa nonnina che arrancava dietro a suo marito acciuga, rendendola tutt'ora invisibile agli occhi dei profani.

Ecco perché gli anziani a Dubai erano così pochi. Le donne mantenevano coperti i loro volti nascondendo le rughe sotto il velo dell'oblio.

Qui non si fuma

Abu Dhabi, marzo 2020

Mentre vado in cucina e chiedo alla domestica che sta servendo la colazione come stiano i suoi cari, noto le occhiaie e i capelli spettinati. È stanca, lo siamo tutti in questo periodo. Anch'io ho i capelli in disordine, ma non sono così sfinita: ho la mia famiglia attorno. Lei invece li vede solo via Botim la sera: l'unica app permessa negli Emirati visto che Skype e WhatsApp sono proibiti dal monopolio di Etisalat, la compagnia telefonica governativa che deve avere il controllo mediatico del paese.

La donna intanto risponde: «Stanno tutti bene», e aggiunge con un sorriso: «C'è un lato positivo in tutto questo: l'inquinamento sta scendendo».

Mi sono ritrovata in casa un'alleata filippina di Greta Thunberg, che sostiene che questa malattia stia spazzando via l'inquinamento.

È vero, le nuvole nere sopra le regioni di Wuhan e della Padania che concentravano pericolosamente lo smog nei nostri polmoni, stanno diradandosi. Ma mentre l'inquinamento acustico si è cancellato dalle strade delle città, spero vivamente che anche l'inquinamento nei nostri cuori si alleggerisca, come quello dei cibi malsani, acidi, fritti e anche quello di *pensieri* pesanti... Tutto deve scomparire in questo periodo di purificazione.

Sui giornali emiratini appaiono grossi titoli contro il fumo di sigaretta: chi fuma è più soggetto al virus, si dichiara a caratteri ciclopici. L'effetto positivo sarà che finalmente anche in Europa chi consuma sigarette sarà visto come un serial killer dei polmoni altrui? Saremo pronti a scovare chi ci uccide silenziosamente e la fa franca come le fabbriche che esalano miasmi venefici?

Da quanto tempo combatto invano contro il fumo autolesionista della sigaretta? Negli Emirati Arabi è sempre stato proibito anche in strada, ed è una delle cose belle di questo paese, tanto che alle fermate degli autobus trovi delle cabine, oltre a quelle dell'aria condizionata, dove puoi chiuderti nel tuo tossico inferno privato. Invece in Europa all'aperto il fumo è tollerato, il che ha dei risvolti terribili se non sei abituato al fumo passivo. Ti siedi in un ristorantino del centro, all'aperto, assaporando i raggi del sole e il chiacchiericcio di fine estate, quando a un certo punto al tavolino accanto il malefico fumatore comincia a mandare segnali come gli indiani. Tu cambi posto, fuggi prima che la tua caprese puzzi di sigaretta come i tuoi vestiti.

Sì, sono la tipica rompiscatole che non ti lascia fumare in sua presenza. Una volta, di fronte a un'amica che tossiva in uno spasmo al limite della sopportazione, domandai preoccupata: «Tutto ok? Stai poco bene?».

«No, no...» mi rispose «è solo perché fumo.»

Che era come dichiarare: «Sto solo ammazzandomi i polmoni affumicandoli a fuoco lento».

Dev'essere terribile essere schiave di una cosa così piccola, pensavo cercando di astenermi da ogni tipo di giudizio perché non mi si dicesse che, nonostante avessi una trave nel mio occhio, riuscissi a vedere solo la minuscola pagliuzza nell'occhio degli altri. O meglio, una paglia vera e propria che esalava solidi vapori tossici.

Poi mi sentii davvero dispiaciuta per il mio naso e per i suoi poveri polmoni. Se fosse facile per la gente smettere di fumare smetterebbero, mi ripetevo. Il punto è che per smuovere dalla tua vita un'ossessione, devi prendertene un'altra più salutare. Rimpiazzi un vizio con la mania di camminare nel verde, o con quella di bere molta acqua. O con quella di sfogarti ballando in discoteca invece di ammazzare la tua energia in una cicca. Il chiodo schiaccia chiodo funziona finché non si sa manovrare quel bene prezioso che è il silenzio interiore, e quando lo scopri respiri finalmente a pieni polmoni un infinito senso di pace.

Mentre mi immagino nel 2070

Abu Dhabi, aprile 2020

Mi immagino anziana, in una casa senza mobili, con tanti spazi bianchi e divani molli come plasma che si adattano alla forma del corpo appena ti siedi. Molto zen, nel vuoto rarefatto della postmodernità, eppure basta sfiorare le pareti per aprire librerie, accendere fornelli, trovare computer che proiettano i loro schermi a mezz'aria. Il mondo, ora che siamo nel 2070, ha assunto dimensioni magiche. Invece è solo biotecnologia: le persone hanno accettato di farsi installare internet nel cervello in modo di vivere tra due mondi: quello reale sempre più rarefatto e quello cibernetico sempre più solido.

Il cellulare è un ricordo: basta un pensiero e il tuo interlocutore ti appare davanti in 3D in una proiezione ologrammatica. Da tempo la scienza ha scoperto che il pensiero è un'energia rintracciabile attraverso una mappatura del campo e che la malattia è carenza di energia, per cui anche le medicine ora passano in pure vibrazioni mentali. Viviamo tra onde elettromagnetiche, captate da ricettori fluidi che ci scorrono nelle vene. Per questo il governo può anche decidere sul nostro umore generale: sono stati cancellati l'odio, la violenza, le rivolte... Una grande antenna centrale ha trasformato i nostri corpi in docili schiavi. Sono tutti come addomesticati, ridotti a una vita serena, senza conflitti. Viviamo, o meglio sopravviviamo, in una sorta di convivenza pacifica e omeopatica, molto new age.

E allora perché a me, un'anziana signora dai capelli candidi, tutto sembra un controsenso? Non si può ottenere la pace grazie a una sorta di trance collettiva! Ricordo come il sonno della società è stato attuato attraverso una progressiva ipnosi. È cominciato tutto nell'era digitale dei primi decenni degli anni Duemila. Poi sono arrivate le epidemie a ondate che, indotte o naturali che fossero, hanno trasformato quello che era eccezione in regola... I lockdown, i carri armati per strada, le delazioni del vicino di casa se sgarravi: la vita si è trasformata in uno stato di guerra. Con veri conflitti armati per gli stati che rifiutavano di piegarsi alla nuova etica telematica.

Alla fine, per il bene del prossimo e per la nostra salute abbiamo accettato di farci innestare dei microchip in grado di avvisarci se le distanze con gli altri fossero sufficienti per non esser contagiati, altrimenti ti arrivava una piccola scossa. Ma in questo modo il governo aveva iniziato a monitorare i nostri spostamenti, a registrare i nostri discorsi, e tutto è precipitato in fretta, fino a farci desiderare questa rivoluzione tecnologica altrimenti inaccettabile secondo i nostri antichi principi di libertà e di privacy. Ognuno, in nome del ritorno a una presunta «normalità», ha accettato di svendere i propri principi. Tranne pochi incalliti anarchici, come me. Io ho trasferito illegalmente il mio chip sulla mia domestica che vive ormai da anni in Sudamerica, e fino a oggi non se ne sono accorti.

Sono libera di essere nessuno. Solo così sono potuta rimanere me stessa. Chiusa nella mia grande casa, vivo all'ombra dei miei figli che risultano gli unici abitanti. Apro serrande e armadi, ordino la spesa su internet, mi collego con il mondo con una copia del microchip di mia figlia innestata in una scimmietta che mi porto sempre appresso, come un antico pirata. Finché dura l'inganno resterò trasparente e potrò muovermi nelle zone proibite, dove posso vedere cose inaccessibili ai più.

Le prigioni si sono trasformate in ghetti in condizioni igieniche e morali degradate, piene di persone, o non persone secondo la concezione del governo, alle quali è stata tolta l'identità. Sono i disadattati, i ribelli, quelli che vengono visti male dalla società *politically correct*, dalla gente *microchippata*. Assembrati in spazi soffocanti, i dissenzienti sono gli spazzini o gli archiviatori del sistema. Intellettuali decaduti, attaccati a idee politiche che da decenni, con il totalitarismo imperante, non hanno più significato; filosofi ribelli legati ai valori antichi di libertà di pensiero e di espressione; scienziati dissidenti contrari alla contaminazione dell'uomo con le macchine, alle onde sempre più nefaste del 10G; fedeli che credono all'esistenza dell'anima e non possono accettare che l'essere umano stia cercando di diventare immortale attraverso cloni o creando, in culture artificiali, pezzi di ricambio del corpo nella nuova religione del transumanesimo.

In questi ghetti al di fuori delle mura delle città immacolate in cui viviamo, ci sono i reperti antichi dell'altro mondo: vecchi frigoriferi, radio del 2030, televisioni... Quello che esisteva prima che queste apparecchiature venissero sostituite dalla digitalizzazione.

Tra loro ci sono anche artisti o semplici amanti dell'arte... Come qualche vecchio che, come me, ha avuto il piacere di contemplare un'opera d'arte direttamente in una chiesa o in un museo. Bei tempi lontani, e quanta nostalgia...

Non esiste più il denaro contante, si paga con la carta di credito del proprio microchip. E in questa epoca in cui ognuno di noi ha il proprio doppio digitale chiuso in un computer, siamo abituati a un mondo dove non sai mai chi stia al di là dello schermo, se un robot o una persona, e nella maggioranza dei casi sono solo i nostri gemelli androidi a interagire con altri automi e a smaltire le nostre questioni burocratiche. Questa si chiama l'evoluzione dello smart working.

Ma non si tratta solo di questo: ci sono molti che hanno preferito trasferire la propria esistenza sul piano digitale, nel gigantesco videogame che propone paradisi da catalogo, a seconda dei gusti. Sono soprattutto i poveri che, a una vita di stenti fisici, hanno scelto la non vita del mondo digitale. Con i corpi stesi sul letto d'ospedale delle *dreamsclinics*, chi ha deciso di vivere in una sorta di videogame resta addormentato, mentre la mente vaga in un mondo non reale generato da impulsi di elettrodi inseriti nel cervello e collegati al web.

Penso a mio figlio che nel lontano 2020 entrava nella seconda pelle dell'eroe poliziotto del suo videogame preferito, inseguendo criminali e indossando divise militari sempre nuove: ora quella seconda pelle è davvero la tua, puoi sentire le carezze della tua innamorata digitale in un pianeta che esiste solo nella realtà telematica, e forse questa è stata una delle soluzioni moralmente sostenibili, con le colonie su Marte, per risolvere il problema del sovraffollamento planetario.

Così in paradisi new age immersi in musica soft, yoga e spa, o in eccitanti mondi sensuali solo per i nostalgici dei motori roboanti delle macchine antiche (scomparse nel 2030 con la rivoluzione delle automobili elettriche), tutti questi viventi-dormienti rimangono congelati in un sogno perpetuo.

Sempre dalla mia postazione futurista, ricordo quel lontano 2020 che segnò la prima grande svolta nella storia del nuovo millennio con l'inizio della quarta rivoluzione industriale, che avrebbe visto l'importazione sul web del lavoro, della scuola e dei rapporti sociali.

Da decenni tutti ci aspettavamo un rinnovamento: dopo la new age e un diffuso sentore di neospiritualità, sempre più persone si riunivano in gruppi di crescita interiore per benedire la nuova era. Si sperava che la nostra vecchia società malata di materialismo potesse covare un nuovo rinascimento che avrebbe trasformato il mondo in un satellite di pace e amore. Invece la via era ancora lunga e dolorosa.

All'improvviso l'umanità fu privata dei suoi punti di riferimento e il mondo in cui credevamo si sarebbe sgretolato sotto ai nostri occhi. Ma ci sarebbero voluti diversi anni prima che si sfaldasse del tutto.

La pandemia stava chiudendo strade, negozi e la vita che consideravamo «normale».

C'era un silenzio surreale per le strade delle metropoli, ci mancavano le cose più semplici come camminare nei parchi, per le vie di una città, contemplare le vetrine, guardare le macchine che passavano. La libertà di entrare in un negozio e mescolarci alla fila in cassa senza dover osservare le distanze di sicurezza... Ci si chiedeva quando tutto sarebbe potuto tornare come prima, o se il nuovo stato di emergenza sarebbe durato per sempre.

Le mascherine, le distanze, un'umanità che si sarebbe ritrovata separata dagli altri, spalmata su uno schermo e non più calata nella fisicità, come Haya cominciava a fare con la sua amica del cuore attraverso l'iPad che si portava appresso, colloquiando continuamente con Shila, l'iraniana che aveva lasciato un anno prima a Dubai e che adesso riscopriva inventandosi i giochi più complicati come nascondino via digitale. I bambini trovano risorse inaspettate, solo loro sanno giocare a nascondino con un iPad in mano.

Cominciavano anche i corsi online di teatro e canto e la dinamica era la stessa: c'era un maestro che avrebbe seguito un gruppo di alunni come si faceva prima solo che, annientate le distanze, l'a tu per tu avveniva via etere. In un certo senso si semplificava la cosa: le mamme non avrebbero più portato i figli a lezione risparmiandosi un'ora di traffico, i piccoli saltellavano e recitavano l'*Amleto* in casa, e le cose sembravano rivestire una patina di efficiente normalità. Solo che non c'erano più gli odori, il vento caldo o freddo sulla pelle, le vibrazioni degli altri corpi, i feromoni. Non c'era il calore di una mano sulla spalla per rassicurarti di aver fatto il calcolo giusto in matematica quando eri scoraggiato. I nostri bimbi avrebbero acquistato un distacco dal proprio corpo e dalle proprie emozioni che mi faceva impensierire.

Stava forse nascendo un'umanità robotica, disumanizzata, che scimmiottava gli antichi sentimenti e, con la scusa di sorpassare quelli considerati primordiali come la rabbia o la sessualità, si astraeva in un asettico distacco intellettuale?

Per non far precipitare i miei figli nell'astrazione cerebrale, cercavo disperata di limitare il tempo massimo per l'uso dell'iPad e trovavo alternative: giocare a guardie e ladri nel cortile, a Monopoli o a scacchi, disegnare... Eppure mi rendevo conto che per loro la vita si svolgeva dentro uno schermo dalle dieci del mattino, quando si sedevano per presenziare a scuola, alle sei di sera. E poi la simulazione nell'Xbox con il videogame in cui Amir correva a scavezzacollo in macchina, e le chat con gli amici...

Mi preoccupavo pure dei loro occhi, Haya già non vedeva molto bene, cercavo di riparare facendole fare un po' di ginnastica oculare, ma a nulla valevano i miei sforzi: lo schermo stava diventando onnipresente, presto sarebbe stato il loro unico mondo.

Cominciai a costringere con piglio autocratico i bimbi a uscire di casa, salivamo in barca a conquistare nuove spiagge e tutto fortunatamente prese il sapore dell'avventura. Si accendevano fuochi sulla sabbia, si faceva campeggio, si scavavano castelli e trincee... I miei bimbi vivevano sotto il sole con il sale sulla pelle, cacciatori di perle e tritoni, a forza di passare tempo immersi nel mare.

Guardando all'Occidente e a chi restava in città in questo periodo drammatico di detenzione forzata in claustrofobici appartamentini, la mia fantasia cominciò a galoppare: mi aspettavo una rivolta. Non tanto negli Emirati, dove non c'era nemmeno una coscienza di classe e tra la manodopera indiana e pakistana vigeva ancora uno statico improrogabile concetto di casta, quanto in alcuni paesi europei, come Spagna, Italia e Grecia, dove il sangue del popolo cominciava a ribollire nelle vene.

Mi chiedevo se le soluzioni adottate dai politici, che erano quelle poi adoperate mondialmente tranne che in Svezia, fossero state le migliori. Non sarebbe stato meglio isolare solo i pazienti infetti e proibire agli anziani di uscire di casa mentre la società continuava le sue attività, visto che la responsabilità di ammalarsi ricadeva sul singolo e non più sulla collettività?

Paragonata all'Italia, dove per due mesi avrebbero chiuso gli abitanti agli arresti domiciliari, la Svizzera aveva lasciato ai suoi cittadini la libertà di decidere autonomamente se e come passeggiare nei paraggi delle proprie case, come in Svezia. Evidentemente più salivi al nord, più contavi sull'autonomia critica degli individui, o forse semplicemente ti rendevi conto che il distanziamento sociale, al nord, è già un'abitudine comportamentale dovuta al freddo di clima e carattere.

In questa atmosfera di incertezza politica e sociale ritornai a sentire al telefono il vecchio e caro Mister Press, ex rivoluzionario di sinistra in un'Europa che non esisteva che nei libri di storia. Scappato metaforicamente da Londra, dove aveva vissuto per anni, si era rifugiato in Italia per un periodo di vacanza che diventò la sua prigione durante il lockdown. Era stato il mio mentore e innamorato platonico, oltre che direttore del giornale per cui avevo ripreso a scrivere nel 2017, ispiratore di rivoluzioni interiori e voce della mia anima eversiva. Chi altro poteva illustrarmi meglio la condizione reale della mia amata Europa?

Press mi spiegò al telefono che Bill Gates con Moderna e le sue altre compagnie stava progettando una vaccinazione obbligatoria che avrebbe fatto infuriare i gruppi no vax, quelli che come lui pensavano che un virus similinfluenzale fosse troppo mutante per trovare un antidoto stabile che non si dovesse ripetere ciclicamente.

Mister Press era sempre stato il contraltare di Mahmoud, che invece guardava al vaccino come alla panacea miracolosa che avrebbe guarito l'umanità togliendola dal caos.

Mio marito era un cieco sostenitore di Fauci e del progresso scientifico, di quella che Press chiamava la *mainstream americana*, il cosiddetto *deep-state* statunitense, lo stato ombra di un'America nascosta sotto al tessuto governativo, invisibilmente intrecciato ai suoi fili, che oscuramente guidava le sorti dell'umanità.

Io ero perennemente divisa tra la versione scientifica, e in un certo senso rassicurante, dei fatti di Mahmoud e quella oscura e cospirazionista di Press.

Mentre continuavo a nutrire i miei piccoli di pappa reale e vitamina C, esponendoli al sole in spiaggia e in piscina per rafforzare la vitamina D, restava il fastidiosissimo dubbio che questa fosse solo la prima di una serie di pandemie che avrebbero cambiato il volto del mondo.

Press proseguiva con un tono di voce disilluso e assillante che la terra era malata e ce lo stava raccontando. L'avevamo uccisa con l'inquinamento, con la nostra indifferenza alla sua bellezza, violentandola con abusi dovuti all'interesse finanziario, e ora stavamo sul confine dell'ulteriore grande abuso: volevamo estendere la rete 5G, senza che nessuno scienziato avesse percorso il minimo studio sulle conseguenze nefaste che avrebbe avuto sulla salute.

Igor, il vero nome di Mister Press, temeva che il 5G, come tutti gli altri dispositivi di telefonia, avrebbe arrostito i nostri corpi con le onde elettromagnetiche e avrebbe invaso i nostri cervelli causando cancro e altre disfunzioni che nessuno si era messo ancora seriamente a indagare. E visto che per un virus l'economia si era fermata come mai nella storia era avvenuto, nemmeno per la guerra, lo irritava il fatto che nessuno mettesse sotto inquisizione altrettanto pericolosi virus come l'inquinamento delle fabbriche, perfino lo smog delle automobili...

E se ci fossimo trovati davvero proprio in mezzo alla guerra tra Cina e America per accaparrarsi il controllo del 5G in Europa, questo virus non era forse, come sosteneva Press, una vera e propria arma biologica architettata da una delle due potenze per seminare paura e terrore e far inginocchiare le economie mondiali in modo da permettere ai giganti finanziari di impadronirsi di interi stati?

Continuavo a oscillare tra le opinioni di Igor e quelle opposte di Mahmoud che ubbidiva al mantra dei virologi televisivi. Ma se quello che diceva Igor era possibile, c'era da chiedersi come mai tutti in Italia se ne potessero stare sui balconi intonando melodie romantiche sulla bellezza dell'amore familiare, i più ricchi esortando di stare a casa dall'alto delle proprie ville immacolate, magari tra una coppa di champagne e un tuffo in piscina, mentre i carri armati della Nato, a quanto mi raccontava Igor, cominciavano a solcare le strade italiane con trentamila americani che sondavano la struttura delle stesse per annotare dove modificare i selciati in modo da sostenere gli eventuali passaggi dell'esercito in caso di emergenze militari. E il popolo che non poteva permettersi mascherine e ospedali pagava per questi carri armati. Pagava miliardi anche per le altre esercitazioni volte a piazzare nuovi cacciabombardieri in Italia che sostituissero quelli vecchi.

L'industria delle armi proseguiva indifferente allo stato d'emergenza, la Nato si esercitava al confine della Russia preparando una nuova guerra e la gente stava in casa a cantare dai balconi, scrivendo frasi da Baci Perugina nei social.

«L'Italia sta per essere svenduta alle grandi potenze mondiali che puntano all'ultimo suo baluardo statale: i suoi porti e la sua fiorente industria manifatturiera» denunciava Igor con la voce strozzata in uno stridulo scricchiolio di sconfitta.

In effetti, come lui mi aveva indicato, Bill Gates aveva esposto nella homepage del suo sito i risultati di una simulazione su una possibile pandemia chiamata stranamente Covid-19, effettuata proprio nell'ottobre 2019... Nel web girava di tutto e il suo contrario. Igor fomentava il sospetto che ogni cosa fosse stata architettata a tavolino: Cina e Iran che accusavano l'America di aver modificato artificialmente un virus in laboratorio mentre in un video che era stato fatto nel 2015 e mandato in onda in tv (quindi comunicazione canonica e ufficiale), si ipotizzava la realizzazione di un coronavirus polmonare derivato dai pipistrelli proprio in un laboratorio di Wuhan. E, in ogni caso, se non si era trattato di creazione sintetica, perlomeno nel video c'era la conferma che produrre un virus polmonare era altamente possibile, e se si fosse lasciato spazio all'errore umano ci sarebbe stata sempre la possibilità di una sua incontrollata fuga. Oltretutto, solo due mesi dopo, avremmo assistito alle accuse di Trump contro la Cina, tacciata di aver sintetizzato il virus in provetta.

Quello che io ero abituata a vedere in terra emiratina, il seppellimento delle notizie sfavorevoli al sistema monarchico imperante, avveniva ora nella democraticissima Europa.

«Siamo tornati indietro ai tempi del rogo di Giordano Bruno, solo che invece di incendiare le persone ora si oscura il web!» continuava Igor convinto. «A dire il vero questa repressione delle idee va avanti da tempo cara mia! Pensa a quando uno si azzarda a contrastare la linea principale di estrema liberalizzazione di costumi e di sessualità con linee più conservatrici, non viene forse messo a tacere come fascista? Prima si abbattevano confini geografici e sessuali in nome della libertà d'espressione che era d'altronde negata se uno cercava di opporsi all'estremismo libertario in corso. E ora, che il sistema libertario capitalistico sta mostrando le sue falle, si lincia chi osa denunciare una verità diversa da quella ufficiale.

«Ci hanno messo le catene mentre la gente continua a consumarsi in melodrammatici cuoricini sui social!» concludeva Igor completamente disgustato.

Mister Press prevedeva che presto ci sarebbe stato il deserto finanziario e il tracollo del sistema. Le rivolte, il sangue, le rapine nelle banche e nei negozi superstiti... Gotham City nella sua catastrofista oscurità avrebbe invaso la bellezza antica delle nostre contrade.

Stava accadendo al nostro corpo quello che era accaduto ai nostri paesi: avevamo lasciato che la tv divorasse le nostre anime, il lavoro eccessivo la nostra salute, che il sistema ci dettasse come vivere annichilendoci nello stress.

Il sistema aveva già da tempo rubato la sovranità del nostro corpo, perché stupirci di perdere quella della nostra nazione? Non eravamo mai riusciti a recuperare noi stessi in quanto persone, la nostra libertà in quanto individui, perché avremmo dovuto riuscirci adesso?

Eravamo schiavi, lo eravamo stati dall'inizio dei tempi, quando avevamo accettato che il nostro interesse materiale diventasse il nostro padrone. E l'interesse derivava dalla paura di non sopravvivere.

C'era qualcuno che aveva tentato di renderci liberi, il Cristo, il Buddha, per loro libertà significava staccarsi dal sistema e rivelarne le menzogne.

Per essere *liberi dovevamo liberarci dalla paura.*

Il cervello del cuore

Parigi, 2001

Eleanna non capiva tutti quei discorsi su chi odia l'uomo, quelle frasi apocalittiche che sembravano sentenze capitali. Ma una sera che stavano attorno al fuoco e lei ascoltava il crepitare del legno, l'adorabile scoppiettio profumato che brucia, ti arriva al naso e si mescola all'umidità notturna e al freddo, il Maestro disse, avvolgendola in una coperta e abbracciandola: «Esistono due realtà: la vita materiale dove l'essere umano si muove ogni giorno, e la vita che noi chiamiamo *l'aldilà*, dove l'essere umano morendo si spoglia del corpo e diventa anima, come nel film di Matrix, quando Neo e Morpheus vivono due mondi paralleli: quello reale che li vede vestiti di stracci mentre si muovono tra case sotterranee, e il gioco al computer con strade, macchine e una fila di grattacieli contro lo sfondo del cielo.

«La nostra anima è Neo addormentato nella caverna, mentre quello che ci sembra di vivere nella concretezza della realtà corrisponde a quella dimensione chiamata Matrix, dove Neo si immerge quando si addormenta».

Eleanna pensò alla teoria dei mondi astrale e fisico che già le era molto familiare dalle letture di Steiner e di

Eliphas Lévi, che il Maestro le aveva ordinato di studiare. E pensò pure che era terribilmente bello essere tra le braccia del Maestro che proprio in quel momento si staccò da lei, con un sorriso, lasciandole una vaga sensazione di mancanza.

«Ma poi esiste un'ulteriore realtà che è stata inventata da *chi odia l'uomo* ed è stata fatta per addormentarlo ancora di più in modo *che non si svegli e non si accorga di avere un'anima.*

«È la realtà virtuale in cui gli esseri umani sprofondano e si perdono in un viaggio onirico.

«Già sogniamo nella vita dimenticando che siamo anime e pensando di essere solo corpi, figuriamoci quanto sogniamo *in questo sogno internettiano*! È come entrare in una realtà ancora più assopita: quando navighiamo in rete e soprattutto nei social, siamo morti all'anima quanto all'anima sembra morto il mondo opaco e lento della materia. Questa è la proporzione. È come se Neo o Morpheus si mettessero a giocare al computer mentre stanno in uno di quei lucenti palazzi all'interno della Matrix, circondati da altrettanti uomini vestiti di grigio che fanno la stessa cosa, e i loro corpi veri, le loro anime, rischiano di non svegliarsi più *perché dal sogno precipitano in un sogno ancora più profondo.*»

Fece un'altra pausa, per riprendere fiato ma anche per farci digerire il concetto.

«Il mondo internettiano è un mondo evanescente» riprese il Maestro «senza odori, senza corposità, fatto di suoni e immagini virtuali. La mente ne è coinvolta, più che l'emozione, la mente ne è sovrana. Tu posti una foto, scrivi qualcosa che sembra riferirsi a un sentimento che stai provando, come l'amore, ma in realtà tutto avviene nella mente. L'attenzione è sempre là, alla tua mente, in uno spazio esclusivamente *mentale*.

«L'anima necessita di un corpo per muoversi sulla terra, e il corpo è la sua tuta spaziale: ne ha bisogno come un astronauta che approdi sulla luna, dentro la tuta tutto è più attutito, non può sentire le cose con quella massa di stoffa e plastica addosso che non gli permette di respirare, i suoi passi sono più lenti, le percezioni pesanti... Ma quando usciamo dal corpo e *diventiamo anima con la morte*, questa si libera, vede un mondo eterico dove i colori sono più colorati e le forme più nitide, i sentimenti più forti, mentre nella materia la realtà appare soffocata e pesante, come se un velo di lentezza fosse stato calato su di lei per renderla meno pericolosa.

«Là fuori, senza corpo, *tutto è così vivido che se provi la minima rabbia questa ti può uccidere*, come un vento troppo potente che ti spazza via.

«Al polo opposto ci sta internet con il suo mondo virtuale, possiamo paragonarlo a un'anestesia: è lì per narcotizzarti e rapirti in un gigantesco videogame mentre navighi in un mare di informazioni e fatti, film, vicende umane e con gli occhi e la mente fissi sullo schermo smetti di guardarti attorno e dentro: *dimentichi che nella tuta spaziale ci sei tu.*

«In questo sogno surreale, veniamo a conoscenza di cosa accade potenzialmente in tutto il mondo, una sorta di *Akasha*, come direbbero nell'esoterismo antico, in sanscrito, o enciclopedia fotografica terrena per dirla modernamente, dove tutto viene registrato e resta vivo per la memoria di ciò che è accaduto in una forma di sogno. Possiamo potenzialmente sapere quasi tutto, ma non sappiamo più la cosa fondamentale...»

«E se la sapessimo?» chiese Eleanna. «Se ci ricordassimo semplicemente di esserci anche mentre siamo davanti a uno schermo...?»

«In tal caso potresti affrontare internet senza problemi. Sai come si fa» chiese il Maestro «a ricordarti di esserci mentre navighi in internet?»

In effetti era difficile rammentarselo: una volta immersa in un film, come in un libro, eri immersa e basta. Almeno lei: non si rendeva conto del tempo che passava e di ciò che aveva attorno. Si perdeva in quel che viveva...

«Eserciti la tua *presenza*» continuò il Maestro. «Ti osservi guardare uno schermo. Capisci che tu non sei il corpo, o la tuta spaziale che guarda lo schermo. Ti dividi in due e hai una *doppia attenzione*. È una legge fondamentale da seguire anche quando mangi, cammini o ti fai la doccia. *Perché in verità non c'è molta differenza, alla fine, tra mondo materiale e virtuale, se tieni a mente che tu non appartieni né all'uno né all'altro*. Devi sempre osservarti, perché sia il mondo reale terreno che questa nuova forma di coscienza akashica, neovirtuale, sono la stessa cosa: *una scusa per scoprire chi siamo*.»

Adesso erano tutti rapiti, il Maestro sembrava dire cose comprensibili. Non riuscivano a distogliere l'attenzione, era diventato ipnotizzante.

«Quando nel mondo virtuale ti colpisce qualcuno, provocandoti rabbia o attrazione, in realtà avviene semplicemente *una specchiatura di quello che c'è dentro di te* e tu non ne hai coscienza. Un gioco di specchi che serve a darti questa consapevolezza.

«Tutto serve solo a te, per la tua crescita, e quando sai questo, cioè che nell'esterno tu non fai che rintracciare te stesso e ricomporre i pezzi nascosti nel tuo profondo, capisci che *l'esterno è il tuo interno, che non esiste un esterno*, e quindi abbracci tutto con molta serenità senza sentirti più perso. Il tempo e il luogo geografico si annullano, perché in realtà esisti tu in questo istante, e basta.

«*Ecco cosa significa fermare il tempo.* E, con il tempo, annullare anche lo spazio. Potete arrivare a fermare il tempo solo con l'intuizione, saltando fuori dalla mente, mettendola a tacere. Percependo istantaneamente le cose con *il cervello del cuore.*»

Tra Mister Press e routine

Dubai, aprile 2017

Visto che i bambini mi sembravano grandi ormai, a sei e nove anni, anche se mi stavo rassegnando a fare la casalinga a tempo indeterminato, tornai a lavorare. Scrivevo sui giornali italiani una rubrica chiamata *Cronache mediorientali*, così come mi aveva insegnato Mister Press. Forse era un modo per non sentire la nostalgia dell'Occidente, o forse Mister Press aveva sempre rappresentato lo struggimento per un mondo che mi sembrava ormai remoto. E poi non poteva passare inosservato il titolo che trionfava a caratteri cubitali sul giornale che avevo davanti e mi stava inevitabilmente seducendo: «Non mangiate le cavallette se sono state uccise con insetticida».

«Ecco che stanno arrivando le cavallette a invadere gli Emirati» si leggeva sull'occhiello con toni sensazionalistici. E mentre si annunciava questa prima notizia, scoppiava la seconda: «Non mangiate le cavallette! Pericolo di pesticidi!». Il tutto buttato in prima pagina con tanto di foto di cavalletta arrostita.

Quindi a preoccupare non erano le mandibole dei verdi insetti che avrebbero spazzato via interi raccolti, ma le mandibole umane. Sembrava che le cavallette, soprattutto quelle di Sharjah dove stavano molti lavoratori indiani e asiatici, costituissero un pasto succulento a costo zero. «Hanno un gusto che assomiglia ai gamberetti e ai frutti di mare» sosteneva un fiero padre di famiglia «e sono gratis.»

Poco importava che l'insetto fosse inevitabilmente pieno di veleni spruzzati e non si sapeva quanto questo potesse influire sullo stomaco degli umani o sul loro cervello. Infatti si prevedevano catastrofi a lungo termine, se l'uso alimentare di cavallette avesse dovuto continuare.

A Dubai la cosa era andata meglio, soprattutto sulla spiaggia dove vivevo. Ne avevo trovate cinque, semistecchite, le stesse che intonavano un dolce *cri cri* verso sera e mi ricordavano i paesaggi mediterranei. Ed ero stata sorpresa dalla bellezza della piccola carcassa verde dorata, così metallica e rilucente sulla sabbia.

Pensavo a interi popoli, quelli asiatici, che sgranocchiavano tarantole e aracnidi dai nomi più o meno orribili accanto a formiche giganti e insetti di ogni tipo. Fritti, venduti all'angolo delle strade, sembrava contenessero vitamine e altri nobili elementi. Gli insetti sarebbero potuti diventare un ottimo investimento bancario: nel futuro avremmo sostituito la carne con questi croccanti bocconcini ad altissimo contenuto proteico. Un arrosto di coccinella a Pasqua al posto dell'agnello. E se a sopravvivere alle radiazioni di una guerra atomica sarebbero stati solo gli insetti e poche persone, non saremmo certo morti di fame.

Poi c'era il problema dell'estate ormai prossima con il dramma stagionale degli animali abbandonati sull'autostrada, anche a Dubai. Ai tempi in cui con i miei andavo al mare, in Italia, in autostrada si trovava ogni sorta di cadavere sull'asfalto, dal micino al cane lupo. Qui a Dubai succedeva la stessa cosa e il governo prometteva di prendersi cura dei poveri animali che subivano un abbandono, si spiegava nell'articolo. Solo che invece di dolci cani e gattini si parlava di coccodrilli e serpenti.

Un leone che era stato mollato in un quartiere residenziale molto noto era stato trovato solo e sconsolato a vagare tra le strade come nel cartone animato, dove il protagonista era costretto a perdersi nella steppa orfano e disperato. E si parlava di grossi felini intravisti all'aeroporto, di scimmie che causavano incidenti e di cuccioli di animali selvatici lasciati davanti allo zoo, sperando che una confortevole gabbia li accogliesse.

Ora: se vi si presentasse un serpente davanti al cancello di casa, quale sarebbe la vostra reazione?

Avevo sentito storie di pitoni che percorrevano i condotti dell'aria condizionata per capitare nelle stanze di altri inquilini che rischiavano di morire se non tra le loro spire, sicuramente di infarto. Una situazione che pareva tratta da un film di James Bond.

La moda degli animali esotici sembrava ancora molto in, nonostante la difficoltà di procacciare cibo e svago a questi strani animali. Bastava pensare al serpente: aveva bisogno di topi vivi per sopravvivere perché a quelli morti non ci pensava nemmeno (siamo solo noi umani, con gli avvoltoi, che sappiamo consumare cadaveri). Forse questa sarebbe stata una soluzione alla massiccia produzione di cuccioli che la coppia di porcellini d'India che avevamo in casa sfornava ogni mese, facendomi potenzialmente arrivare a quota cento annuale se non li avessi sistemati altrove. Ma sacrificare un soffice simil-criceto per un liscio, viscido aspide, assumeva toni davvero macabri.

Sta di fatto che l'usanza di circondarsi di razze selvagge aveva un che di anomalo. A meno che nelle ricchissime case emiratine non si volessero tenere lontani i ladri con qualche coccodrillo sparso libero nei parchi: se uno di loro ti sorprendeva furtivo di notte, applicava automaticamente, divorandoti il braccio, la legge del taglione.

Diedi un'occhiata all'orologio: era quasi ora di andare a prendere i bimbi a scuola! Come tutte le brave mamme seguivo la ritualità della loro ultima infanzia: pomeriggi tra compiti, corsi di ballo e gioco, weekend di quello svago tipicamente dubaiano fatto di shopping mall alternati a spiagge e piscina.

La relazione con mio marito in quel periodo si trovava in una fase neutrale, non avevamo ancora ricominciato ad amarci, così avevo lo stesso rapporto che Melania Trump poteva avere con il suo Donald: lo trattavo da marito importante, con il rispetto che si era sempre auspicato da una ribelle come me. Il che significava che mi sarei comportata come un'inutile Miss Manicure. Odiavo il mio sterile ruolo di moglie accessoriata.

Per un periodo avevo pensato che per sopravvivere a un marito come il mio bisognasse avere almeno tre amanti che ti coccolavano e ti consolavano della tua solitudine. In fondo è quello che succede più o meno a tutte di recitare la parte della moglie felice. Capita ad attrici di punta, mogli di politici e finanzieri di grido, ma anche, talvolta, alle mogli di piccoli boss di industrie di campagna, i cui mariti si sciolgono in troppi commenti lusinghieri a segretarie, infermiere, cantanti in cerca di sponsorizzazioni, predatrici a caccia del soldo che risolva il loro futuro. In troppi messaggi su WhatsApp, troppe tentazioni che finiscono per minare la tanto sperata *confidenza*.

La società capitalistica e liberalista dell'alta borghesia,

come avrebbe spiegato Mister Press, aveva precise regole sociali che si basavano sul narcisismo estremo, sulla rapacità, il sarcasmo e il cannibalismo reciproco. Gli uomini cacciatori, anaffettivi e abituati a una gentilezza superficiale di comodo per mascherare cuori di ghiaccio, trovavano la controparte in donne altrettanto spietate e predatrici a meno di non incappare in astratte intellettuali come me, cosa molto rara, che non si erano mai rese conto del perché mai fossero precipitate nei bagliori argentini di questo mondo sintetico. E all'adrenalinico stile di vita che avrebbe compreso avventure più o meno stabili e resoconti alle amiche curiose mentre si facevano le unghie con uno stuolo di agguerrite estetiste o parrucchiere, preferivo una sana solitudine.

L'alternativa sarebbe stato il destino di Oxana, l'amica russa che aveva abbastanza spregiudicatezza per farsi piacere una vita trascorsa tra le paladine del massaggio anticellulite a oltranza e quelle della stesura perfetta dello smalto su unghie acriliche a prova di combattimento.

Avevo ripetuto invano a Mahmoud: «Io non sono come Melania Trump che recita la parte della moglie felice come tutte le mogli di mariti importanti, che devono scavalcare la scomoda sensazione di avere troppe corna addosso per sentirsi davvero amate».

«Io non ti tradisco» ribadiva regolarmente Mahmoud con spavalda sicurezza «non accusarmi!»

«Non è un'accusa, è una supplica. Sono davvero disperata!»

«E lo sei per nulla, perché non ti tradisco.»

«Sei stato in giro per due settimane.»

«Sono stato in America e in Europa per lavoro, e pur avendo i biglietti pronti per Montecarlo ho preferito tornare qui da voi, da te e dai miei figli, che siete la mia famiglia. Io vi amo.»

«Così dicono tutti i mariti che vogliono tenersi capra e cavoli, cioè mogli e amanti.»

«Non ti tradisco, altrimenti non sarei qui. Ma non senti che sono qui?»

No. Mi sforzavo di avere qualche illuminazione chiaroveggente, avevo letto le storie di santi e persone che parlando con le anime defunte vedono nel cuore degli altri. Ma per me, mio marito era un enigma. Se mi amava avrebbe potuto almeno evitare di insultarmi ogni momento, come quando mi diceva che «se non sai nemmeno scrivere un sms come fai a stendere degli articoli?». O poteva evitare di infuriarsi se gli spegnevo sotto al naso la televisione perennemente sintonizzata sulla CNN o su Disney Junior, cosa che avrebbe paralizzato i cervelli ancora inermi dei miei cuccioli.

Non sapevo ancora che tutto questo si sarebbe risolto quando io fossi riuscita a sciogliere anche l'ultimo granello di rabbia che avevo nel mio cuore. Ogni insicurezza, ogni sospetto di tradimento, cominciando ad amare me stessa e il mondo, godendo del fatto di stare bene e basta. Indipendentemente da mio marito, lui sarebbe venuto dopo. Nessuno riesce a resistere alla luminosa attrazione dell'amore. Gli altri non vanno catturati, vanno amati, mariti e non.

Ma intanto mi comportavo ancora come Melania Trump mentre usciva dall'aereo presidenziale in visita pastorale in uno dei paesi di turno: Trump che le allunga la mano per stringergliela e lei che si ritrae di scatto esprimendo un evidente, ma non verbale «No grazie».

Riepilogo su Donald Trump

Dubai, aprile 2017

Donald Trump rappresentava il prototipo dell'uomo predatore occidentale, che era comunque molto simile ai nostri mariti liberisti, come continuerebbe ad apostrofarli Mister Press forse con qualche accento di gelosia.

Dopo pochi giorni che era stato eletto, a Dubai era scoppiata in tutti i sensi la rivoluzione. Il vecchio Trump veniva paragonato tanto a Berlusconi per le sue attitudini donnaiole, per essere un businessman prima che un politico e uno showman prima che una persona. Troppo si era detto e criticato, la figura di quest'uomo poco raffinato che sembrava promettere il ritorno alla primordialità del macho disturbava.

Tutti i non strettamente british, americani, bianchi e arianamente corretti si erano messi a tremare. Il giorno dell'elezione il mio telefonino era impazzito nelle infinite chat di WhatsApp a cui appartenevo: quella del coloratissimo gruppo delle mogli di... (mariti importanti dubaiani), composta di indiane, libanesi, arabe, palestinesi, iraniane, pakistane. Vi si leggevano messaggi di questo tipo: «Come vi sentite dopo questa svolta storica? Ancora vive? Dove andremo a finire? E adesso come lo dico a mio figlio?», una serie di lamentazioni a catena.

La chat dei parenti arabi emiratini: «Andremo a lavorare a Timbuctù. Prepariamo le valigie, viva l'esilio. Addio New York». La chat dei parenti italiani, legata a un'idea di solidarietà tra il cattolico e il comunista, piena di tormenti per la discriminazione del diverso con toni accusatori verso il neonazismo rappresentato dal neopresidente a stelle e strisce. La chat delle mamme della scuola, soprattutto le siriane e le musulmane, ora più che mai bandite dal panorama internazionale. I discorsi in una casa indiana superbenestante, nel quartiere residenziale di Jumeirah, una reggia di quattro chilometri con piscina e campi da tennis privati.

Si trattava della regina di uno dei salotti più esclusivi di Dubai, che per l'occasione aveva confezionato un cocktail serale ingaggiando camerieri dalla pelle bianca, rendendo visibile il mio presentimento che tra una quarantina d'anni saremo noi occidentali ad andare a servire nelle case orientali, per una strana legge karmica che non risparmia nessuno. E il fatidico commento su Trump mentre sorseggiavamo lo champagne: «Il mio cameriere russo era così felice che Trump è stato eletto! Ma ci rendiamo conto? Tra poco lo licenzio! Cosa faremo noi indiani?».

E io, tra tanto trambusto, non dicevo una parola. Tutti si stavano dimenticando che Dubai era totalitarista rispetto a Donald Trump. Qui non si dava il passaporto agli stranieri nemmeno se vivevano nel paese da cinquant'anni. Neppure se erano i figli nati a Dubai di espatriati cresciuti a Dubai. Neanche questa signora elegante e ricchissima avrebbe mai avuto un passaporto emiratino.

Dubai che se eri cristiana, moglie di musulmano, avevi pochissimi diritti. E se la tolleranza cominciava a esserci, era anche per ragioni di pura economia. Si sarebbe arrivati nel 2020 ad aprirsi agli ebrei, al papa e all'ecumenismo multiecclesiale con le tre religioni del Libro.

Ma allora era troppo presto. Allora mi sentivo come il cameriere russo che sghignazzava con le tartine in mano.

Mentre discutevo con una signora di Mumbai chiedendole come si può vivere in una città dove mentre cammini inciampi nei corpi dei mendicanti, lei rispose: «In Italia gli accattoni sono molti di più. Ai crocicchi, nelle piazze, ti vengono addosso alla macchina con la mano o il braccio amputato!». Il che mi ricordava cosa scrivere nel prossimo articolo a proposito dell'Italia, che era come una nave che affonda a furia di salvare i naufraghi prendendoli a bordo. Dubai, l'Arabia Saudita, il Bahrein, quanti naufraghi accolgono? Quanti siriani senza lavoro entrano in questi paesi mantenuti dal governo? Quanti profughi di guerra trovano asilo? Quanti disoccupati ricevono assistenza?

Quando avevo acceso la tv la mattina seguente, avevo visto il faccione accattivante di Michael Moore alla CNN sullo sfondo di un corteo di protesta al drago Trump. E, pur con molti chili in meno e qualche differenza come i miei capelli biondi, sentii di assomigliare enormemente al regista americano. In quanto Anna-Michael ero quindi uscita in spedizione investigativa in una Dubai post elezione e, dopo l'indigestione di commenti critici in casa indiana, ebbi finalmente accesso all'America.

L'America si trovava in un gruppo di cento persone riunito in un ballroom del Four Seasons, tutti presidenti di importanti trust mondiali, dalla Coca-Cola alla General Motors alla McDonald's, tanto per non fare nomi. Tutti membri di questa élite in uno dei soliti congressi che decidono bene o male le sorti del pianeta. In qualità di moglie di marito importante vi avevo avuto accesso pure io. E finalmente potevo dare corpo alla mia indagine.

Alla mia sinistra, al tavolo della cena, sedeva un signore che avevo soprannominato Numero Uno. Un gigante buono, due aerei privati a scorrazzarlo per il pianeta, mi confessò di aver votato Trump perché finalmente l'America aveva bisogno di cambiamenti.

«Quali cambiamenti?» chiesi.

«Quelli nel settore educazione, sanitario, ambiti di cui non si sente quasi parlare...»

«E l'Isis? Risolverà anche quel problema? Perché Obama non ha fatto niente?»

«Obama era un buono a nulla» aveva risposto lui convinto e poi, cambiando discorso: «Trump ama le straniere, ne ha sposata una che un po' ti assomiglia».

Numero Uno aveva sostenuto Trump in un grosso stato americano, e non osai pensare alle cifre che aveva sborsato in campagne elettorali. Considerata la dimensione del suo patrimonio, sembrava che Trump piacesse a chi mi diceva: «Non ho l'autista, giro in macchina da solo».

«Però hai il pilota.»

«Sì, ma solo perché non so guidare l'aereo.»

Numero Due mi sedeva alla destra. Uno sguardo affilato su un profilo da lucertola con labbra sottili, da rettile. Ma nonostante l'apparente sangue freddo, era molto simpatico. Amico intramontabile di Mahmoud da millenni come tutta la tavolata.

Mi chiesi per un attimo per chi potesse aver votato e mi confermò che anche lui era un sostenitore di Trump. A poco a poco scoprivo che quasi tutti questi americani avevano votato per lui. Chi aveva i soldi voleva Trump, repubblicano, perché faceva bene alla loro economia.

E che dire della ragazza che stava seduta in un tavolo vicino, sola soletta? La raggiunsi per farle compagnia, era l'unica giovane e mi si afferrò come a un'ancora.

«E tu chi volevi, Trump o Hillary?» chiesi sollevata di aver trovato un'amica.

Lei rispose: «Hillary. Mio padre produce carne, abbiamo fattorie di bovini, ma non troppo grosse, e Hillary ha promesso di sostenere il ceto medio come noi».

Che ci faceva in questa comitiva qualcuno che aveva *solo* qualche fattoria?

Scoprii che la ragazza non era del gruppo, doveva essere la nipote di qualcuno. Ma il suo sorriso era talmente accattivante che mi persi a parlare con lei di come la carne in America fosse piena di ormoni, di come l'industria alimentare fosse un casino, di come la società producesse uomini sempre più effeminati a causa di queste manipolazioni alimentari.

Il pianeta Trump era lontano. Almeno fino alla prossima imprecazione da parte di una delle mie chat...

L'imprecazione non tardò ad arrivare, qualcuno doveva sfogarsi. Lessi il messaggio di Sahar, aveva bisogno di incontrarci di persona perché, come si dice: «Mal comune mezzo gaudio... Ora che c'è Trump al governo scordiamoci di vivere in America».

Risposi un po' spazientita: «Cara Sahar, solo per darti un'altra prospettiva, vorrei farti presente che il Medioriente, che tu ritieni casa tua, non ti accoglierà mai del tutto perché sei straniera, e anche se i tuoi bimbi sono nati qui e cresceranno qui, non avranno il passaporto e la certezza di poter aver radici in questo paese, poco importa di quel che disponi materialmente o del fatto che tu sia musulmana. Tu guardi all'America perché vuoi ritrasferirti a New York e ottenere un passaporto da loro, ma la realtà è che vivi qui, e allora perché non ti aspetti lo stesso da questo paese?».

Pensai che il vero passaporto che serviva per entrare a Dubai erano i soldi: volevi investire un centinaio di milioni? Questa era la tua terra promessa. Ma potevi ugualmente entrare se accettavi di lavorare per trecento dollari al mese come operaio. I soldi erano l'unica democrazia possibile.

L'indomani, alla conferenza sulla geopolitica del Middle East, sulla scia del discorso sui passaporti impossibili, presa da un nuovo fervore battagliero alla Michael Moore partii all'attacco. La mia vittima era il direttore di una grossa banca, in kandura, in piedi al leggio sul podio, che stava parlando della moderna via della seta. Al momento delle domande mi precipitai ad alzare la mano e sparai senza esitare: «Nella conferenza lei ha parlato di una liberalità che accoglie tutti, al punto che il novanta per cento della popolazione è straniera. Ma come si fa a parlare di apertura se si nega il passaporto agli stranieri anche dopo ottant'anni di vita nel paese?».

L'aria si era fatta immobile, nella stanza potevi sentire la tensione. Il gruppo degli americani era tutto concentrato su quel volto disorientato, su quelle labbra che dovevano profferire presto le parole che avrebbero raccontato la verità.

L'uomo in kandura, il volto incorniciato dal velo bianco, cercava quelle giuste, in un lungo imbarazzante silenzio, quando enunciò, lento e un po' titubante: «Non lo so.

Non lo sappiamo. È una di quelle questioni irrisolte a cui non abbiamo ancora una risposta. Il nostro paese è composto solo di un dieci per cento di emiratini. Alla massiccia quantità di manodopera cinese, indiana, filippina diamo lavoro, ma non siamo preparati a dare un futuro stabile perché altrimenti ci impoveriremmo...».

A quel «*ci impoveriremmo*» il silenzio cadde nuovamente in sala, mentre l'America sorrise...

La scaltrezza

Parigi, 2001

«Adesso vi insegno una nuova cosa» disse il Maestro quando venne il momento di passare dalla teoria agli esercizi pratici. «Oggi dobbiamo scappare dai controlli del metrò e c'è solo un modo: quando sei alla sbarra, ti appiccichi a chi ti sta di fronte come una sardina e passi con lui.»

Eleanna sentì l'eccitazione crescere a palla di fronte alla nuova prova. La sorprendeva sempre così il Maestro, voleva che lei diventasse *scaltra*. L'aveva raccolta dalla strada, e lei lo aveva seguito come quando si sente una chiamata. Aveva tanto da imparare da lui.

«Pronti, via!» urlò il Maestro, ed eccoli che correvano con gli altri del gruppo, chi si scordava di addossarsi al passeggero davanti saltava la sbarra d'accesso, attirando l'attenzione del controllore che urlava di fermarsi, e ora erano tutti a essere rincorsi, l'adrenalina a mille, a infilarsi come saette nel metrò dopo due rampe di scale, tra la folla, diventando invisibili come sempre.

L'invisibilità, altra cosa insegnata in questa scuola.

Il Maestro sembrava ricco, li aveva accolti nella sua casa diroccata ma dal fascino antico, e li faceva appositamente vivere di espedienti. L'idea di condurre una vita sbandata non aveva mai sfiorato la testa di Eleanna. Per lei quello era l'ideale modo di vivere: sembravano banditi, ma erano disciplinati, frugali e fuori dagli schemi. Per lei valeva la regola dell'arte e del rock, la loro droga era dipingere, sembravano bande di *squatters* che si erano impadroniti di una casa senza padrone. Invece loro sapevano di avere una missione: quella di cambiare il mondo.

Tra di loro c'erano modelle, artisti e attori, lei era una creativa e scriveva poesie oltre a dipingere. Lavoravano senza orari, notte e giorno, e poi c'erano queste uscite per addestrarli alla scaltrezza. Per tenere alta la suspense con cui stavano affinando la loro percezione.

C'erano i viaggi in treno senza biglietto da fare in coppia, e per riuscire dovevano sfuggire entrambi all'occhio severo del controllore. Ti rifugiavi in bagno, oppure dovevi scendere e scappare se non avevi scampo. O si trattava di percorrere sentieri impervi alpini, partendo per le montagne ginevrine, dove dovevi far finta di non aver paura di cadere mentre salivi in alto, sulle rupi, dove l'urlo delle poiane ti ricordava l'onnipotenza del cielo.

Era sempre una questione di vita o di morte, e non c'era modo di usare il cellulare. Te lo avevano sequestrato da tempo. Eri sola. Con i tuoi compagni di viaggio, lontana dalla tua vecchia famiglia e i vecchi amici, privata del telefonino perché non ti astraessi in quel mondo digitale che il Maestro chiamava subreale, facevi parte di una comunità nuova con un nome nuovo.

E poi il Maestro le disse: «Sei pronta per la tua prova a due». E le mise accanto un compagno.

Cosa sono i pensieri

Parigi, 2001

«Tutta la vostra vita non è che il riflesso di quel che pensate, della vostra interpretazione del mondo. Indossate occhiali rosa, rossi o bianchi, per tradurre nel vostro colore quel che incontrate. Credete che la realtà sia quella che vedete, e non lo è... Voi producete la realtà che volete» ripeteva. «Avete una bacchetta magica che sono le vostre idee. Dovete andare in fondo al vostro cervello, guardare i vostri pensieri scorrere e poi capire che sono solo pensieri. Allora fermate il tempo e incominciate a creare.»

E qui iniziarono a fare gli esercizi. Il Maestro non credeva nella teoria, semplicemente spariva all'occorrenza e faceva in modo che si arrangiassero. Anche quella volta scomparve senza preavviso e senza dir loro quando sarebbe tornato, così lei rimase con il suo compagno, con il quale intanto era nato un amore, a scoprire cosa si nascondesse dietro ai pensieri.

Non avevano soldi visto che secondo l'insegnamento del Maestro dovevano vivere alla giornata, senza ammassare nulla, per vincere l'ansia del futuro cominciando a fidarsi della vita, sopravvivendo al meglio. Mangiavano tonno in scatola e qualche pezzo di formaggio, verdure al minimo, in una casa alla periferia di Parigi all'interno della quale in inverno la temperatura non superava mai i sedici gradi e mentre scriveva le si gelavano le mani. Eleanna pensava che il Maestro li avesse abbandonati, vista la sua prolungata assenza, non osava chiedere aiuto ai suoi genitori che non sentiva da tanto, troppo tempo, e si avvinghiò al suo compagno come a un'ancora di salvezza.

Insieme non sarebbero mai andati a fondo. Il metodo del Maestro era questo: vivere in povertà significava essere liberi da condizionamenti e desideri. La povertà era una prova, ti rendeva nudo contro la vita che ti bussava addosso senza schermi e protezioni. Ti sembrava di vivere continuamente in una casa senza un tetto.

Eri esposto a tutto e dovevi per forza aprirti all'universo.

Il risveglio

Parigi, 2001

Eleanna passava il tempo a dipingere sprofondando negli oggetti che ritraeva, era un modo di perdere la propria identità, questo entrare nelle cose confondendosi a esse. E così facendo si era aperta alla realtà che la circondava come un fantasma che si veste di quello che incontra.

A un certo punto del suo viaggio creativo vide cos'era davvero il pensiero. Vide le forme che passavano nella sua testa, vide che i pensieri erano *esseri viventi*. Vide che le appartenevano anche se non aveva un vero controllo su di loro.

La attraversavano, semplicemente, come degli animali che ti vengono a trovare. Potevi guardarli entrare e uscire senza fare una piega oppure accoglierli, nutrirli e sentirli tuoi, come un cucciolo addomesticato.

«La mente è nemica del risveglio, ecco perché chi odia l'uomo vuole far leva su di essa per allontanare gli uomini da Dio» aveva detto il Maestro. «La mente crede che pensare sia un atto astratto e non produca nulla di fisico, invece i pensieri hanno un corpo, come ogni altra cosa.»

Eleanna scoprì che i pensieri assomigliavano a sogni a occhi aperti che poteva fisicamente percepire. Non sappiamo o conosciamo i veri pericoli dei pensieri, rifletteva, questi pensieri si aggregano attorno a noi e ci accompagnano sempre. E se sono neri, negativi, pesanti, ci appesantiscono e ci fanno ammalare.

Di notte guardava quanto i sogni fossero reali. Ecco che entrava un essere nella sua stanza mentre dormiva, sentiva la porta aprirsi e i passi, l'odore e il respiro. Era una presenza, lei era sveglia, l'entità le aveva messo una mano sulla guancia riempiendola d'amore. Poi ne era entrata all'improvviso un'altra, Eleanna era stata scossa da un brivido e stretta da un laccio alla gola come se stesse per essere strozzata. Allora aveva recitato tremando: «Padre nostro che sei nei cieli...». La presenza aveva preso la forma di una statuina di diorite, quasi la divinità egizia dei morti in un simulacro di nero enigma, e poi si era allontanata spaventata da quella specie di esorcismo.

Eleanna aveva imparato a pregare quando gli incubi di notte la invadevano, si sentiva sicura anche nel sonno, quando il surrealismo dell'inconscio sembrava incontrollabile, ma lei sapeva come affrontarlo.

Al di là dei pensieri c'era finalmente uno spazio completamente vuoto, infinito, riposante. Quando lo conosci non lo lasceresti più. Se ne era accorta accanto alla rete di confine del giardino, al di là si stendeva un grande prato pieno di fiori ed era ormai primavera.

Quell'inverno non aveva fatto altro che dipingere e studiare. Disabituarsi alle cose. Per il bucato dovevano percorrere chilometri e raggiungere il primo lavaggio pubblico. Si muovevano in autostop e la gente li chiamava artisti con un po' di derisione, come per rimarcare la loro differenza, o il loro fiero esilio in una vita così frugale da far paura a chi non la capiva.

Tutto quello che era stato della sua prima adolescenza, della sua infanzia, della sua abitudine a festeggiare il Natale con i genitori, di mangiare certe cose, l'ovvietà del vestirsi in un certo modo... tutto spariva in questa nuova vita di prove, stenti, intenso lavoro su qualcosa che non sapeva nemmeno dove l'avrebbe portata.

E poi c'erano le notti: imparò a camminare nel buio con il respiro dei cervi e della natura. A muoversi con la luna, che quando era piena sembrava un enorme faro che rendeva tutto estremamente visibile nella sua fredda luce. Sentiva il respiro del lago, e ogni suo passo era come nuovo.

Era vicina alla contemplazione dei santi, mentre ritraeva un albero con le dita nodose dei rami in cerca di cielo. Le sembrava di fermare il tempo sprofondando nelle cose e nelle forme senza scampo: se si distraeva, se cominciava a ragionare, non avrebbe più visto le forme come sono.

Ecco perché il processo di disegnare escludeva le parole, le spiegazioni. Disegnare era solo la registrazione di ciò che vedeva immersa nel presente, diventava lo strumento di ricezione e trasmissione di dati, un canale, e se si apriva ancora di più *lo spirito entrava dentro di lei e lei avrebbe restituito la realtà dello spirito attraverso i suoi occhi*.

Cominciava a divenire chiaro perché il Maestro avesse sottratto loro i telefonini: voleva che la mente fosse completamente immersa nell'azione che stavano compiendo, *calata nell'adesso*. Se dovevi pulire un pavimento dovevi sentire l'odore della polvere che si sollevava, osservare il movimento ripetitivo della spazzola, confonderti con la stanza. La pittura da sempre riusciva a farla entrare nelle cose, e nel momento in cui tracciava un disegno diventava la cosa ritratta. Ma anche ogni altra cosa poteva essere come il disegnare: camminare nella foresta gustando fino in fondo ogni passo... «Entrate nella profondità» diceva il Maestro «siate presenti.» Vissuta così ogni azione della sua vita diventava arte.

E la poesia di ogni giorno, delle piccole cose, era una preghiera. Semplificare la vita, vestire essenziali, mangiare poco, muoversi in un tragitto ripetitivo che offriva la possibilità di scoprire nuovi dettagli e discutere il prossimo quadro: la maniera di vivere di un monaco che percorre la routine quotidiana con la riposante fragranza di una scoperta che si rinnova.

Eleanna era felice. Si sentiva sicura in questo tipo di realtà dove la serenità del cuore era palpabile, l'amore reale. Dove non ci si doveva nascondere da niente e nessuno, perché con il cuore aperto accoglieva la bellezza della natura condividendola con il compagno che era diventato parte della sua anima.

Anna giornalista

Dubai, aprile 2017

Tutto quel che mi capitava mi dimostrava per l'ennesima volta che non ero tagliata per entrare nei panni di una Miss Suppellettile o una Donna Lampadario, ma che ero pure insofferente a qualsiasi compromesso, dalle vicende ordinarie alle domestiche di casa. Senza rendermene conto, perseguivo un ideale d'integrità morale che risultava controproducente se mi aveva ridotto a una vera massaia. Spossata dalla routine giornaliera e dall'accudimento dei figli, decisi di mandare Mirza a cercare nuove colf disoccupate, visto che a Dubai in tanti restavano senza lavoro. C'era già sentore di una crisi da cui Dubai sembrava non risollevarsi completamente, nonostante il rilancio di Expo 2020 in programma.

Intanto quella mattina mi ero svegliata facendo tutto a tempo record: lasagne cucinate nel forno per i bambini e messe nella lunch box isotermica, colazione anche se senza omelette per la piccola perché diventava tardi, uniformi stirate con tanto di cravatta anche per Haya come da codice scolastico... Stavo crollando dal sonno, ma invece di tornare a letto dopo aver affidato i bimbi all'autista, bevvi ettolitri di caffè e mi buttai sul computer per scrivere un nuovo articolo. Dovevo ritornare nel mondo, altrimenti rischiavo davvero di sentirmi quella che ero effettivamente in quei giorni: una vera e propria casalinga senza la domestica.

L'eccitazione mi avvolse in un vortice inebriante, mi piaceva così tanto scrivere...

«Eccoci all'ennesimo spauracchio futurista ma non proprio troppo remoto che sembra diventerà realtà quotidiana: il microchip iniettato direttamente sottopelle» cominciai a stendere il primo articolo. «Una carta di identità – con tutti i dati e i conti bancari, bollette non pagate, tasse evase e multe per guida in stato d'ebbrezza – incorporata per sempre nel tuo corpo. Quella fatidica premonizione orwelliana che accanto al *Grande Fratello* contemplava anche di realizzare la profezia biblica del marchio della bestia sulla fronte di ognuno, rendendoci tutti galeotti di un gigantesco carcere mediatico a cui non ci si può sottrarre. Ecco, ci siamo arrivati, siamo al capolinea: anche negli Emirati il gigante telefonico Etisalat, la Tim locale, ha il suo bel progettino in tasca di trasformarci presto in carte di credito ambulanti. Anziché portarsela nel portafogli, la carta di credito verrà inoculata nella mano, tra il pollice e l'indice, e c'è tanto di foto con la prima cavia che afferma convinta: "Solo il primo giorno dà fastidio, per il resto pensiamo alla comodità. Anche se perdi la valigia, hai sempre i documenti con te!".

«Vedo già la mano amputata da parte di un ladro che, volendo impossessarsi dei soldi di qualcuno, gira con la sua mano sanguinante appena tagliata. O il microchip estratto crudelmente da una mano ricca e inserito nella carne di una mano povera. Cose che faranno rimpiangere ai nostri nipoti i tempi del furto innocuo del portafoglio. Perché in un futuro non troppo distante gli scippatori saranno amputatori di mani. Insomma: prima ci faranno il lavaggio cerebrale su quanto sia bello rinunciare alla carta di credito in favore di qualcosa di più sicuro, poi passeranno all'azione.

«Anche per gli anziani si spinge sui vantaggi: nel microchip ci saranno i tuoi dati, il gruppo sanguigno, le operazioni fatte e la storia della tua salute, così se svieni e devono farti un intervento in emergenza sanno già tutto. Presto ci aggiungeranno supplementi vitaminici, ormoni a lunga scadenza, insulina per diabetici e pillola contraccettiva.

«Oddio, già con l'iWatch uno sa se ti muovi tanto o poco, i tuoi spostamenti, le persone che conosci e che incontri. Siamo guardati da vicino, non si sgarra, e con la scusa del terrorismo ci puntano le lenti addosso come se fossimo in un carcere gigantesco. Come nella foto da passaporto – fatta apposta per farti risultare un delinquente ancor prima di esserlo, con la scusa che dobbiamo stare muti e seri – sembriamo tutti evasi da Alcatraz. Archiviati in file giganteschi con le facce da bandito.

«Il pianeta terra del 3000 è un formicaio dove gli umani si stressano per accumulare qualcosa per l'inverno imminente: tutti uguali, tutti in divisa, tutti con un destino simile registrato nella mano...»

Dal mio attacco al microchip passai poi a leggere il quotidiano che mi stava di fronte. Un gruppo di lavoratori aveva indetto uno sciopero perché non riceveva il salario da diversi mesi. La cosa mi stupì perché la parola sciopero, a Dubai, era sconosciuta. Contemporaneamente altri uomini si erano ribellati in un campo di lavoro causando danni fino a centomila dollari. Era successo alle otto del mattino di uno di quei giorni che per loro doveva essere uguale agli altri. Sveglia troppo presto per una giornata di quindici ore di lavoro in cui tornavi la sera distrutto in uno stanzino abitato da altre dieci persone cercando di ignorare il puzzo e la fame con l'alcol. Già, perché in queste condizioni albergavano i manovali che costruivano la ricchissima Dubai, striminziti indiani e pakistani che alla fine del mese riuscivano sì e no a racimolare duecento dollari (più o meno centocinquanta euro). Il dislivello tra il Primo e il Terzo Mondo si allargava spaventosamente.

Mi chiedevo se i sindacati sarebbero arrivati anche in questo paese in cui appena perdevi il lavoro te ne tornavi a casa se non ne trovavi subito un altro. Era accaduto anche alla mia vicina di casa, che pur avendo una catena di ristoranti se ne era andata a Londra per garantirsi un futuro con relativa cittadinanza. Era successo a tre maestre d'arabo i cui mariti erano rimasti disoccupati, e che provenendo dai paesi del Golfo erano pur sempre espatriate, anche se della stessa lingua e cultura.

Intanto la gente riprendeva a tacere e lavorare, ubbidiente. Lo sciopero implicava una presa di coscienza e la rivendicazione di un diritto che qui sembrava ancora molto lontano.

Chiusi i giornali, era ora di andare alla riunione con i maestri di scuola. In macchina pensavo a quanto stessi cercando di fare catechismo ad Amir, indipendentemente, la sera prima di andare a letto. C'erano alcuni libri in italiano che spiegavano l'accoglienza del diverso con esempi come questo: la classe di Paolo ha un nuovo compagno di nome Chi Fu (era quanto di più esotico si riuscisse a pronunciare) che è appena arrivato in città. Cosa faresti al suo posto?

a. Lo eviti perché non lo conosci.

b. Lo inviti a giocare con te.

c. Lo inviti a casa tua, e via con varie ipotesi in nome dell'accoglienza del diverso.

Al che realizzai che i testi di catechismo in Italia erano un po' datati, o che nel Bel Paese si viveva ancora in una civiltà molto regionale. Perché Amir, a scuola, aveva in classe esattamente l'opposto: due pakistani-canadesi, una svedese, una tedesca, un australiano, un libanese, due emiratini, un egiziano, e via con paesi che tutto comprendevano tranne l'Italia. Il che gli rendeva difficile credere che il diverso fosse davvero *diverso*.

Il diverso qui negli Emirati era la regola e i miei bambini appartenevano alla cosiddetta *terza cultura*, che abbracciava tutte le tradizioni di un pianeta dalle mille bandiere.

Catechismo

Dubai, aprile 2017

Amir si muoveva con disinvoltura in questo orizzonte multiculturale. Un giorno mi sorprese con un messaggio sulla chat familiare: «Allah bismillah ir rahman ir rahim allahu akbar», come usava fare suo padre quando incontrava una persona, perfino l'autista. «Hallo Mirza, Allah bismillah ir rahman ir rahim allahu akbar...», quasi un epiteto che implicava una serie di benedizioni prima di entrare nel discorso.

La questione per me non risiedeva tanto in questa frase adottata anche da Etisalat, la compagnia telefonica governativa che l'aveva mandata via messaggio a tutti i suoi clienti (il che enunciava quanto la religione nei paesi musulmani fosse una questione sociale, come se la nostra Tim mandasse sms con l'incipit del *Gloria* ogni volta che si rivolgeva ai suoi abbonati per una qualche ragione). No: il fatto è che Amir si avvicinava alla prima comunione dopo una lunga e sofferta preparazione casalinga, visto che frequentare la scuola di catechismo era impossibile per orari e lontananza, e mi ritrovavo da sola a ricordargli che lui era pure cristiano, contrariamente a quel che imparava a scuola con le lezioni di Corano e a quel che gli diceva suo padre da cui per legge avrebbe ereditato la religione. O soprattutto cristiano, come gli ripetevo agguerrita alla sera mentre leggevamo il Vangelo insieme. Se oggi in Europa dovevi quasi vergognarti a proclamarti credente, diventai in quel frangente la paladina del Nuovo Testamento.

«Anche la maestra di scuola di Corano dice che Gesù era un profeta, mamma, loro riconoscono Gesù» mi confermava Amir dimostrando la buona volontà della società musulmana che non odiava affatto il Cristo.

«Lo riconoscono come profeta, non come figlio di Dio. Per noi lo è» sottolineavo quindi senza rendermi conto di assomigliare a un crociato medioevale.

Dicevo ad Amir che Gesù era un mistico, un'anima ultraterrena perché ragionava con una logica che non era umana, e per derivazione quindi divina. Gesù diceva di non uccidere per nessun motivo e a Pietro, che aveva tagliato l'orecchio del soldato nel Getsemani, tolse la spada risanando l'uomo. Il suo *non uccidere* andava oltre alla norma, accettando di morire per restare fedele a quel che aveva insegnato.

«Come ha fatto a riattaccare l'orecchio?» chiese Amir incuriosito.

«Era un mago. Ecco perché era figlio di Dio. Ma tutti noi dopo di lui, se seguissimo il suo esempio, potremmo essere dei maghi, solo che non abbiamo le chiavi.»

«Per cosa?»

«Per aprire i nostri poteri come faceva Gesù. Immaginati una rockstar, qualcuno con tanto carisma da ipnotizzare le folle. Gesù era così quando passava, la gente lo adorava impazzita come a un concerto, solo che invece di cantare lui raccontava storielle, parabole, e guariva gli ammalati...»

«Parabole?»

«Quella specie di favole che ti leggo la sera, come quella di Gesù pastore e noi pecorelle smarrite, sono parabole. È meglio ascoltare queste narrazioni che sentire le teorie, perché le storie sono *un'esperienza*, le viviamo con il cuore, invece di trovarle semplici precetti che ti ordinino di fare questo o quello.»

Le parabole sono lezioni spogliate della razionalità e vestite di poesia, continuavo a considerare tra me mentre socchiudevo la porta della camera di Amir lentamente, con un piede nella mia stessa infanzia.

Mio padre con la Bibbia in mano mi leggeva sempre qualche frase prima di andare a dormire.

Il ladro maestro

Parigi, 2001

La cosa che le sembrava più evidente era l'addormentamento della società che l'attorniava. Quella in cui era cresciuta, nel suo quartiere, dove la gente si alzava al mattino per andare al lavoro credendo che la vita si esaurisse in quell'incessante routine giornaliera, fino alla pensione e alla morte. La gente si muoveva in un assopimento generale nei supermercati, sull'autobus, ovunque lei guardasse non vedeva che gente che dormiva.

Dormiva ancora di più da quando i cellulari assorbivano tutti nella sala d'attesa di un medico, nella fila in posta, sul metrò: tutti con gli occhi attaccati allo schermo, sprofondati in una realtà che non era quella in cui stavano fisicamente...

Poi spuntava qualcuno che come lei aveva deciso di svegliarsi, qualcuno che però non seguiva un Maestro, qualcuno a cui era la vita, o meglio la durezza della vita, a fare da Maestro. Se ne era accorta proprio sull'autobus, quando un ladro aveva sfilato dolcemente il portafoglio dalla tasca di un signore che continuava a guardare il telefonino senza accorgersi di nulla. E se avesse guardato il finestrino non sarebbe cambiato niente: lo scippatore per lui non era semplicemente presente.

Lei lo aveva guardato affascinata, non tanto per l'atto criminale che meritava una giustificata condanna, quanto per l'anima sveglia e scaltra che si nascondeva dentro a quel mariolo che sembrava l'unico essere vivente tra tanti zombi. E si era detta: non è possibile che un rapinatore sia l'unico a non dormire! Un malvivente! Uno sbandato! E le persone? Come giudicavano lei e il suo compagno o, se lo avessero conosciuto, il suo Maestro? Li avrebbero giudicati altrettanto pirati? Troppo rock, troppo dark, troppo punk?

E come avrebbero giudicato oggi Gesù Cristo, il punk per eccellenza della storia?

Eppure per loro la vita sapeva di vita. Tutto aveva sapori vividi, colori forti come non li aveva mai visti prima. Il tempo era dilatato come i minuti in cui il ladro si era concentrato per sfilare il portafoglio da quella tasca senza essere visto, il che richiedeva di sprofondare nei secondi e dilatarli per poter fare tutto comodamente inosservato.

Manovrare la scaltrezza, la rapidità, voleva dire andare così veloce rispetto agli altri solo perché avevi imparato a rallentare il tempo. A entrare nel tempo e a fermarlo.

Ad adagiarsi nell'attimo in modo da allargarlo senza limiti. Per una persona fulminea, gli altri si muovono al rallentatore.

Quindi a Eleanna tutti parevano lentissimi solo perché lei era diventata veloce come quel ladro? Aveva cioè imparato a fermare il tempo, la lezione preferita dal suo Maestro?

Mentre faceva queste considerazioni, il malandrino stava preparandosi a scendere alla prossima fermata, raggiungendo l'uscita. Tutto questo si stava svolgendo nello spazio di pochi secondi e Eleanna si trovò a gridare: «Attenti al ladro! Ha il portafoglio del signore!», e a tuffarsi su di lui afferrandolo per la giacca.

Le porte dell'autobus non si erano aperte, mentre le persone stavano facendo muro al furfante e, sempre lentamente, la aiutavano a bloccarlo.

Eleanna mollò la presa. Guardò il ladro che ricambiò lo sguardo con odio e sorpresa, riconoscendola come una dei suoi, ma una traditrice, un'impostora. Sembrava avesse una lama negli occhi che parve lasciarle un taglio nello stomaco.

Eleanna non resse lo sguardo. Cercò sollievo sedendosi, mentre il proprietario del portafoglio la ringraziava con un sorriso gentile. Sembrava un cagnolino affabile rispetto all'agghiacciante forza degli occhi del ladro che racchiudevano una potenza sovrumana.

Quello non era un semplice rapinatore. I ladruncoli sono spesso addormentati come la gente dell'autobus, prigionieri della propria piccola personalità, trainati da un ammasso di preoccupazioni che li buttano a terra. Poveracci ammalati di dolore e senso di abbandono che non avevano nemmeno la forza di sopravvivere senza l'elemosina. No, quello non era uno scippatore qualsiasi: era un *ladro Maestro*.

Da quell'episodio Eleanna imparò la scaltrezza e l'incisività dello sguardo. Se qualcuno l'avesse aggredita un giorno, lei avrebbe saputo come restituire il colpo. E in effetti la prova non tardò ad arrivare. Era per strada, al buio, e mentre camminava accanto a una macchina, un ragazzo aprì di scatto la portiera per trascinarla con sé a forza. Ma lei fu più veloce, in un attimo imitò la mossa di quel furfante facendo finta di puntare un coltello verso l'aggressore, e al posto degli occhi dolci si mise addosso quelli di fuoco del ladro dell'autobus. L'aggressore rientrò in auto, dopo averla fissata esterrefatto.

«State sempre all'erta, fino al mio ritorno. Solo allora avrete superato la prova» aveva detto il Maestro. E i giorni erano diventati questa casa senza tetto, senza coperchio, che non finiva mai di insegnare qualcosa.

Non c'era modo di rilassarsi, se non quella di confidare che la vita avrebbe loro portato gioia e protezione. Ma era difficile fidarsi, quando non sapevi cosa mangiare il giorno dopo. Allora i tetti perdevano acqua, le loro vecchie automobili si allagavano, c'era sempre un buco da qualche parte quando dubitavano. Dovevano imparare a credere nella propria anima, *imparare ad abitare sensazioni di sicurezza nonostante tutto ciò che capitava attorno. Solo allora si sarebbero aperte le porte del benessere.*

Dovevano abitarlo il benessere, *inventarlo, farlo proprio*. Prima arrivava la felicità dentro, la ricchezza dentro, poi quella fuori.

Erano nomadi che *dormivano al caldo delle proprie preghiere*.

«La realtà noi non la possiamo conoscere. Conosciamo solo il cinque per cento che è interpretato con i nostri sensi. Ma il resto non sappiamo cosa sia» aveva detto il Maestro.

In questo periodo di esercizi, dove riuscivi a vedere le forme del pensiero e l'energia che sta nelle cose, dove imparavi a leggere i volti delle persone e le loro aure captando cosa provavano come una sorta di odore, Eleanna capiva che nessun essere umano avrebbe potuto dare una definizione di cosa stava oltre le cose o le loro immagini, e appena qualcuno ci provava non faceva altro che usare le parole che conosceva. Chi si affacciava all'aldilà credendo nella Madonna, la vedeva sotto forma di apparizione. Ma se eri un indiano d'America avresti probabilmente visto l'essenza dell'amore materno e femminile in una cerva radiosa. Oppure c'era qualcuno che la vedeva nelle spoglie di un ufo. E le Madonne apparse nel mondo non avevano forse la pelle nera o bianca a seconda delle latitudini?

Cominciarono a viaggiare. Scoprirono i monasteri e le roccaforti delle prime civiltà, avvertirono il respiro che la storia ti racconta, attraverso le sue vestigia, i segreti della vita ultraterrena.

«Noi non siamo terreni» le diceva la storia depositata nelle pietre del monastero delle Tentazioni vicino a Gerico, in Israele, una lamina bianca ritagliata nel muro a piombo della montagna. «Noi siamo extraterrestri. Siamo anime, veniamo da un altro mondo, e siamo sulla terra perché abbiamo deciso di dover fare un'esperienza nella materia. La terra è uno dei pianeti più solidi dell'universo e per muoverci quaggiù abbiamo bisogno di quelle tute spaziali che ci permettono di respirare ossigeno e che si chiamano corpi di carne...» Ripeteva le lezioni del Maestro, non si stancava di raccogliere la veridicità delle sue parole e ricomporla per dare un senso a quello che viveva, come in un puzzle.

«Quando uno di noi deve nascere da una coppia di terrestri, l'anima si incarna nel feto mentre si sviluppa per nove mesi e poi, dopo il parto, è ancora un po' disincarnata. Per incarnarsi totalmente deve aspettare qualche anno, e in questo tempo l'anima del bambino vive un po' sospesa tra l'aldiqua e l'aldilà, scoprendo come usare la macchina del corpo, come se dovesse guidare davvero un'automobile, con braccia e gambe e uno stomaco da nutrire. Ma nello stesso tempo può vedere ciò che resta aldilà della materia, per questo a molti bimbi è dato il potere di parlare con gli angeli o le entità astrali... Il potere di vedere gli spiriti.»

E gli spiriti erano ovunque: nella civetta che l'aveva spaventata uscendo all'improvviso da un anfratto sul monte Moriah, in pieno giorno, quando stava esplorando la vecchia cittadella e il mondo si sospendeva in una bolla incantata. Gli spiriti nei sassi disseminati sulle colline e nelle pietre che diventavano chiese, costruite sopra le rocce di Betlemme, o sul Golgota di Gerusalemme, dove l'impronta di Dio si è impressa nella terra lasciando la sua influenza benefica come se si trattasse di una porta aperta al cielo.

È qui che il Cristo, le aveva insegnato il Maestro, era passato nel corpo di Gesù, un corpo preso a prestito per tre anni, in cui l'anima di un Dio Salvatore aveva deciso di entrare nell'atmosfera terrena per risollevarla dal suo disordine. Gesù aveva lasciato che lo spirito del Cristo lo attraversasse e in lui parlasse ai popoli, insegnasse che l'essere umano può essere Dio se si lascia permeare da questo spirito divino.

Spiriti altissimi come lui, scendono regolarmente su questo pianeta in secoli diversi, a intervalli di millenni, a scandire i passaggi da un'era all'altra. E sul Golgota la porta restava aperta, lo si sentiva nella pasta liquida delle candele che nell'aria formava un respiro di cera che diventava quasi solido, un odore fisico che era anche suono, sordo eppure solidissimo, ad abbracciarti corpo e pensieri.

Stavano vivendo in una dimensione che la terra chiama mistica e invece è semplice e letteralmente commestibile. Ti nutri di un'altra dimensione dove la magia è reale, dove l'energia di un luogo ti entra nelle ossa che cominciano a vibrare.

E quando vibri con loro ti elevi, come se stessi volando, e succedeva ancora quando lei si trovava a Parigi nella chiesa di Rue du Bac, una costruzione enorme senza artisticità particolare che non fosse la presenza di una porta antica, quella di un'apparizione mariana a santa Caterina che ancora restava imbalsamata in una nicchia.

E lei si era persa in una bolla di dolcezza, sopraffatta da quello che si potrebbe descrivere come una luce invisibile, un fuoco interiore che andava bruciando dentro a velocità impazzita prostrandola, facendole percepire tutta la propria piccolezza quando si era inginocchiata sul pavimento e aveva cominciato a piangere.

Tutto è così meraviglioso, la vita è meravigliosa, il nostro passaggio terreno è un'avventura fantastica, pensava Eleanna. Anche il dolore è di una meraviglia accecante, e questa intuizione le era venuta in mente in macchina, mentre stava percorrendo l'autostrada per raggiungere degli amici a cena, e aveva avvertito che c'era qualcuno seduto accanto a lei sul sedile, mentre stava guidando, qualcuno di invisibile che le sfiorava le spalle.

Stava soffrendo in quel momento, come spesso le capitava, per quel che non capiva della vita, per le delusioni che credeva di aver avuto, per l'ingiustizia che pensava di aver subito. E poi l'invisibile bellezza di quel momento d'intuizione, in cui comprendevi che anche il dolore è meraviglioso visto che noi siamo anime che sono venute al mondo per fare esperienza di tutto, pure della sofferenza.

Eleanna era attratta dalle chiese perché in loro si concentrava la magia. Dentro le chiese vi erano simulacri di santi e le loro reliquie, denti e ossa sparsi a emanare ancora il potere del corpo che aveva ospitato anime speciali:

porte sull'abisso di un aldilà che all'essere umano perso nella fretta ordinaria non è dato vedere. Ma basta respirare un attimo e fermare il tempo sprofondando nell'eternità del presente per conoscere queste cose.

Il Maestro aveva loro insegnato le basi della conoscenza esoterica. I tre corpi, fisico, astrale e spirituale, di quanto essi siano compenetrati, di come occorra avere il controllo di quello fisico per accedere poi alla padronanza degli altri. Quindi Eleanna era abituata a ricorrere ai digiuni: per sette giorni non doveva toccare cibo, la disciplina passava attraverso l'ordine mentale e il dominio degli istinti. Ci si purificava, si bevevano tisane, si diventava tutt'uno con la dimensione che stava dietro le cose.

Si entrava nell'eternità dell'istante, dove il tempo si dilata come quando stavi di fronte a una reliquia o a un'opera d'arte: accedevi a dimensioni in cui tutto si spalancava solo con l'intuizione quando la mente collassava.

Non potevi arrivarci con la ragione o il pensiero: ci accedevi con il salto improvviso del cuore.

Fatiche di casa

Abu Dhabi, aprile 2020

Oggi sui giornali campeggia il titolo sulla fatica casalinga delle donne senza la domestica. Ora che il coprifuoco è stato esteso a tutta la giornata, molti che usufruivano del part-time non possono più basarsi su aiuti esterni regolari. E Dubai e Abu Dhabi piombano nella vita a cui sono abituate tutte le donne del resto pianeta: una vita senza l'aiuto domiciliare.

Leggo l'intervista a una casalinga pakistana con marito autista, quindi classe sociale modesta. «Non ne posso più» dichiara la donna all'intervistatore «alla sera ho le ossa a pezzi.»

Eppure la signora vive in un appartamento con tre figli, la normale situazione italiana. In quest'articolo apparentemente innocente emerge il divario che separa l'Occidente dalla cultura mediorientale. Con la manodopera a bassissimo costo dei paesi arabi, cinquecento dollari al mese per una filippina *live-in*, anche le donne più semplici diventano tutte pigre Madame. E appena manca l'aiuto, ci si lamenta come una noiosa signora borghese.

Immagino cortei interi di mogli, dalle mie cugine alle amiche di scuola, che alzano i vessilli del martirio in un mondo occidentale che vede ancora poca collaborazione da parte del marito in casa, mentre sono massacrate di mansioni. Immagino come possa essere l'attuale quarantena in famiglie dove oltre ai figli e al consorte ci sia anche una nonna da accudire. L'abuso familiare che si riversa sulle povere malcapitate e rischia di diventare, oltre a un *overworking* fisico, anche interiore.

Mariti che pretendono di essere serviti e compagne che impazziscono, ora che i bimbi non sono a scuola, per raccogliere vestiti e giocattoli da terra, cucinare, pulire i bagni, rifare i letti e magari assistere la prole nei compiti mentre i capifamiglia lavorano da casa in smart working, chiusi in una stanza, garantendosi la pace solo perché portano lo stipendio a casa. E quelli che non lo portano, quelli disoccupati, magari si ritrovano con una birra davanti alla tv a impersonare il carattere dello sfaccendato violento con barba lunga e canottiera sporca, come in un poliziesco anni Settanta.

Il ghetto che diventa ancora più ghetto mentre i ricchi dalle loro case lussuose intonano un «restate a casa» con la solita frase «ce la faremo» infiocchettata di poesia. Gli eroi non sono solo i medici in prima linea, sono anche le mamme distrutte dall'*overplus* del lavoro. Quelle che, non volendo che i figli vegetino davanti a un video, lottano ancora per fare lavoretti di plastilina tra un minestrone e il bucato.

Quelle con le mani corrose dai disinfettanti e il cuore stretto dall'insicurezza del futuro.

Miss Manicure

Dubai, maggio 2017

La lista che Mirza mi aveva procurato era così fitta che provai a tentare la sorte, tanto il mio senso di discernimento con le domestiche non aveva mai funzionato. Così decisi di chiamare il numero che mi era più simpatico e sulla soglia di casa si presentò Daisy. Solo dopo poche ore mi resi conto dell'ennesimo errore: avevo assunto una filippina che girava con finta scritta Versace impressa su un sedere che muoveva in un assiduo sculettamento quasi fosse su una perpetua passerella.

Le filippine «brandizzate» erano l'esempio clamoroso di quanto l'asservimento possa trovare riscatto in una maglietta di Armani, non importa se taroccata. A scuola le riconoscevo dalla borsetta firmata e, se non se la potevano permettere, almeno dalla busta di carta rubata alla loro Madame su cui trionfava il nome di un brand famoso, come un salvagente a cui attaccarsi per sostenere il proprio senso di insicurezza.

Allo stesso modo la Birkin da cinquemila euro diventava lo scettro delle impotenti mogli di mariti importanti: talmente avvilite da ripetuti tradimenti da doversi aggrappare a un feticcio alla moda per stare a galla in un mondo dove si sentivano continuamente sorpassate dall'efferata concorrenza delle altre.

Sarebbe stata questa la mia sorte?, pensavo afflitta mentre divoravo sei libri a settimana sul Kindle per non cadere vittima della sindrome da Birkin come le mie amiche.

Mentre mi lavavo i denti, salivo le scale, mangiavo o bevevo il caffè se ero sola, la lettura era il passaporto della mia libertà. E mentre ai pranzi familiari del weekend sbirciavo al tavolo Miss Manicure, vidi la mia stessa paura, il terrore di andare a fondo, le unghie affilate e smaltate di fresco che si avvinghiavano alla fatidica borsetta!

Vuoi finire così, Anna, mi chiedevo con una fitta al cuore, o sei già finita così?

Non ero forse prigioniera di un incubo, in questo senso di schiacciante solitudine che mi opprimeva quando con un tuffo al cuore realizzavo che probabilmente mio marito aveva una nuova avventura nascosta nel telefonino che proteggeva con geloso accanimento? È chiaro che la legge del karma ci spinge a trovarci davanti sempre le stesse situazioni che ci aiutino a superarle e vincerle, a furia di sbatterci contro. Ma qui era come essere in un mondo alterato: tutto complottava per farmi sentire persa e disorientata.

Mi chiedevo se fosse davvero questa la mia vita, con un marito che continuava a cercarmi anche se forse mi aveva tradita o stava continuando a farlo, che si circondava di brand nelle automobili che cambiava con la facilità con cui calzava nuove scarpe, che magari trattava le donne allo stesso modo e ci teneva a me solo perché ancora nessuna ruga mi aveva sfiorata. Ma cosa sarebbe successo quando mi fossi stancata di mettere i tacchi? Non ero forse già esausta di indossare vestiti carini in questa stupida farsa dove non potevo mai rilassarmi, dove dovevo sempre dimostrare d'essere all'altezza?

E se invece tutto ciò fosse stata una mia invenzione? Se tutto quel che mi dava fastidio in mio marito o in Miss Manicure non fosse stato altro che roba mia, la proiezione di ciò che era sepolto dentro di me e che io, incapace di vedere in me, proiettavo all'esterno per portarlo alla luce? Non erano forse gli altri lo specchio di me stessa, come dicevano tutti gli illuminati dell'umanità dagli esseni ai guru asiatici? Cosa esattamente non capivo ancora e mi stava continuamente sfuggendo gettandomi nella sofferenza?

Forse nessuno mi stava offendendo, forse davvero erano tutte interpretazioni della mia profonda insicurezza. Se avessi imparato a stare bene, a pensare alla mia pace, nulla mi avrebbe potuto scalfire.

Invece la strada del risveglio era ancora lunga, mi sentivo sola e volevo piangere. Forse il pianto avrebbe lavato via la sgradevolezza di non sentirmi più viva.

Quando fermi il tempo sai leggere nel pensiero

Parigi, 2001

«Una volta fermato il tempo» disse il Maestro «cadono pensieri e parole. Le parole come le conosciamo, che sono legate ai pensieri. E i pensieri che sono legati alla mente. Così cade la mente, perché la mente *mente*.»

Il Maestro ritornava spesso sul tema «della mente che mente», che ci nasconde la verità. Ci scherzava anche su questo gioco di parole.

«Ma allora, che parole dobbiamo usare per parlare con gli altri se anche le parole cadono?» chiese Akenathon. «La telepatia?»

A questo punto per Eleanna si entrava nella pura fantascienza. Ma in effetti, nell'amore per il partner esistevano solo i baci o gli abbracci. Il resto diventava inutile, addirittura ingombrante. Quando ragionavi troppo l'amore non funzionava.

«Cominciate a guardare oltre le parole» rispose il Maestro. «Studiate i sentimenti di quella persona. Cercate di capire chi avete di fronte, l'energia dell'altro, le forme pensiero che lo stanno bloccando, che lo fanno parlare in un certo modo... Imparate a leggere l'aura di chi vi sta davanti.

«Non credete a quel che vi dicono, non perché tutti siano in malafede, ma perché il contenuto delle parole varia a seconda di chi hai dinanzi. E quindi è meglio andare direttamente alla fonte, cioè alla loro anima...»

«In che senso?» chiese Eleanna.

«Se qualcuno ti dice "ti amo", tu invece di ascoltare le sue parole osserva chi lui sia davvero, la sua energia, magari è piena di blocchi e forme pensiero nere che lo circondano sottraendogli forza vitale.»

«Forme pensiero?» intervenne Eleanna mordendosi il labbro per aver interrotto il discorso.

«Traumi, le forme pensiero sono traumi che si cristallizzano in voi diventando piccoli demoni che vi perseguitano, ossessioni. Ma questi traumi vi rendono nervosi, depressi, disperati, quindi cosa vorrà dire quel "ti amo"? Ti amo perché ti vedo come un'ancora a cui aggrapparmi per stare a galla nel piccolo inferno delle emozioni stanche che mi divorano? Ti amo, ma sono troppo nervoso e dilaniato per poterti abbracciare? Ti amo ma, *ma*...

«"Ti amo", per voi che siete nella luce, significa riempire di carezze e di sorrisi il vostro partner o vostro figlio. Ma se dentro avete soltanto sofferenza, se le malattie dei vostri pensieri ombra vi stanno letteralmente mangiando, cosa potete dare all'altro se non dolore, preoccupazione, crisi isteriche e lamenti?

«Se amate un narciso, questi vi userà per riflettere se stesso, un egoista incallito non vi farà mai davvero un favore o un atto altruista, non concepirà nemmeno la vostra generosità e vi ricatterà o vi ripagherà con un controfavore, perché per lui non esiste l'amore gratis, senza ricompensa. E un depresso interpreterà il vostro amore come un affondare insieme nella sua depressione altrimenti si sentirà escluso dalla vostra felicità, o crederà che lo guardiate con pena quando invece state cercando di stargli vicino con compassione, senza giudicarlo, sapendo che la sua anima ha solo bisogno di riposare per crescere. Quindi non sceglietevi partner prigionieri di un vizio, una droga, una dipendenza, un carattere problematico. Imparate a distinguere e a vedere in anticipo chi avete accanto. Come può amarti qualcuno che è bloccato, in preda alle proprie paure, che non riesce a uscire dal proprio egoismo? Può un cinico amarti? O un depresso? Vogliamo guardare *oltre* alle parole e andare all'essenza delle persone?

«*Amare si può solo nella libertà e la libertà è una conquista*.

«Io vi voglio rendere liberi, ma per diventare liberi dovete seguirmi. Per diventare liberi dovete continuare a fare gli esercizi che vi dispenso, con assiduità e disciplina, senza sforzo ma con costanza. Senza giudicarvi, ma con rigore. Solo allora vi libererete dalla mente che causa giudizi, critiche, divisioni dentro se stessi.

«La vostra mente vuole comandare, è come una bestia impazzita che vuole tenervi sempre occupati dicendovi cosa fare. Fai questo, vai lì, vai là, ed è stata creata per orientarsi nel mondo. Ma dovete sapere che è solo il mezzo per fare certe cose, è il vostro corpo. È un riflesso condizionato. Dipende dai vostri istinti, dalla paura, suggerendovi di reagire astutamente e di difendervi, è la chiave della vostra sopravvivenza.»

«Ma allora, se eliminiamo la mente, non rischiamo di morire? Di diventare degli idioti come quegli ebeti che girano con lo sguardo perso e la bava alla bocca perché la mente non funziona più?»

«Bisogna dominare la mente e direzionarla sapendo

che è il vostro cavallo di battaglia. Vi consente di essere astuti, permette al vostro piccolo ego di esserlo, perché voi, anime, vi guardate combattere contro altri piccoli ego. Mentre riuscite benissimo a sapere cosa c'è oltre ai piccoli ego degli altri, *leggete la loro anima con il vostro cuore*, così nessuno vi potrà mai mentire e sarete dei veri signori.

«Molte persone mentono a se stesse perché sono prigioniere della mente. Dicono: io amo la vita, fanno addirittura esercizi di yoga e meditazione, ma poi la loro anima è chiusa in una cappa di frustrazione e questa viene percepita da chi ha occhi nel cuore.

«Chi come voi imparerà a *vedere* sorvolerà le parole che gli vengono dette e a un complimento risponderà magari in modo molto rude, perché vedrà cosa invece c'è dietro. L'invidia, la malignità, ogni cosa verrà a galla. Passerete per scostanti, rudi, maleducati. Le parole dei subdoli che vi lisciano melliflui e adulatori, che a tutti arrivano come buone e oneste, a voi si riveleranno per quel che sono: false.

«La doppiezza del prossimo vi salterà subito all'occhio: una donna che vi seduce con un miagolio tenero ma non sincero, un uomo che cerca di avvicinarvi con carezzevole lascivia, un commerciante che vi sorride senza espressione, un cameriere che è là solo per fare il suo dovere. Vi garantisco: nella maggior parte dei casi nemmeno queste persone sanno di essere false perché *prima d'essere falso con il prossimo devi esserlo con te stesso*.

«Sulla via della verità scaverete dentro di voi, il vostro piccolo ego che pensa e che parla e sente attraverso il corpo, il vostro piccolo ego che è la mente e il corpo, morirà, per lasciare il posto all'anima. E l'anima, come un involucro luminosamente vuoto, farà entrare lo spirito dentro di sé e lo spirito agirà al posto vostro.

«Voi non dovrete più fare nulla, sarà lo spirito ad agire. Vi limiterete a sentirlo, come delle frequenti intense scariche di energia e parlerete con lui come si parla a un amico.

«L'aldilà sarà fisicamente palpabile e accederete a queste presenze con il vostro corpo, non con la mente, come se lo spirito fosse una realtà fisica. Non come se vi trovaste in internet, ma come se steste danzando con qualcuno, o vi scioglieste in un bacio: avrete quella stessa intensità energetica.

«Tutto parte dalla presenza» il Maestro ripeté questa sentenza che stava diventando la filastrocca preferita di tutto il gruppo «e la presenza non è il cartesiano *cogito ergo sum*, penso dunque sono. È il suo contrario. È dire *esisto*, al di là dell'essere questo o quell'altro, al di là dell'essere vivo o morto.»

Le amiche

Dubai, maggio 2017

Mi svegliai alle tre di notte con un senso di soffocamento, sentendomi immensamente sola. Finita l'emergenza domestica dopo aver assunto la brandizzata Daisy, potevo finalmente permettermi di non strangolare tutto il mio tempo lavando piatti e vestiti, cosa che mi permise di sostare e pensare, accorgendomi finalmente che mancava qualcosa.

Dubai era una specie di metropoli simile a New York o Los Angeles, non ti sentivi mai in compagnia. Ognuna era presa dalla propria vita, il clan delle amiche con la testa affollata in mille impegni. Eravamo prevalentemente mamme che dopo la maratona dei bimbi piccoli si affacciavano all'era di bimbi cresciuti come Amir e Haya, che ora avevano rispettivamente dieci e sei anni.

Per un periodo mi ero convinta che fosse bello frequentare un gruppo di amiche mogli come me di *mariti importanti*. Se non avevi questo requisito, se eri divorziata, single o con un coniuge meno in vista, non potevi accederci.

Ma a un certo punto, a sentire i nostri discorsi strampalati, il gruppo finì con il somigliare a quelli di supporto, avendo tutte noi una specie di malattia, quella del *marito importante* che bisognava curare con la solidarietà reciproca, visto che essere sposata a mariti simili a quello di Melania Trump comportava uno shock psicologico di non poco conto.

Sentivo Mister Press riecheggiarmi nelle orecchie: «Il neoliberismo ha prodotto una società egotica in cui i rapporti umani sono ridotti a merce di scambio. E nei vertici del neoliberismo, con questi mariti standardizzati all'immagine dell'uomo predominante e predatorio, le donne scontano il proprio piccolo inferno».

In effetti quelle sposate a questo genere di mariti passavano il tempo tra psicologo, amiche di scuola (scuole private ricchissime ed esclusive che diventavano quasi una tribù in cui riconoscersi), parrucchieri, spa e qualche scappatella con amanti occasionali innocui, come il giardiniere o l'allenatore, che non costituivano una minaccia per questi uomini d'affari di cui gli unici rivali potevano essere solo gli appartenenti al medesimo status sociale. Ma se erano, come me, noiosamente fedeli, dovevano per forza assembrarsi in gruppi di sostegno come questo che stavo frequentando da quasi un anno e che mi garantiva una parvenza di normalità, se per normalità si intendeva la condivisione degli stessi dilemmi su presunti tradimenti o sul ménage familiare.

Eravamo circa in otto e ci ritrovavamo in ristoranti trendy per qualche ora ogni due settimane, una telenovela che andava avanti a singhiozzo e in cui raccontarsi la vita diventava l'appuntamento-confessione più atteso di quei giorni inquieti. Spesso si piangeva o si rideva, ma la prerogativa era che si rispettasse e si compatisse il dolore altrui, visto che era questa la principale ragione degli incontri.

Da quando uscivo con quelle amiche, stavo capendo

d'appartenere al clan delle mogli considerate ricche dalla stragrande maggioranza della gente, mentre prima pensavo di essere una sorta di James Bond in missione segreta in terra nemica. Una specie di spia che non si adagiava nella vita ovattata che mio marito mi offriva in nome dell'eroismo intellettuale della libertà interiore. Invece ora non avevo più scuse: frequentare questo tipo di amiche significava esserne parte, e non importava se avessi cominciato a farlo per risolvere i problemi che nascondeva la mia relazione: io ero una di loro.

Mentre cercavo di raccontare i miei dubbi sulla fedeltà del mio uomo, mi ritrovai in un coro di voci simili che sostenevano la mia stessa triste teoria. Mi consolava il fatto che una di noi avesse un compagno seduttore come il mio, che non nascondeva complimenti evidenti alle cameriere nemmeno in sua presenza. La ragazza riceveva regolarmente resoconti sulle performance intellettuali della segretaria del marito, una bionda talmente tonta che «dubito sappia tenere uno straccio di corrispondenza formale con i nostri clienti» sospirava con un tono desolato.

Ma la versione peggiore mi arrivava da Paula che aveva appena avuto il terzo bambino e si sentiva imbrigliata tra pannolini e biberon, anche se era la maid a nutrire e cambiare il piccolino e a svolgere le mansioni più prosaiche dell'essere mamma, come si addiceva al codice comportamentale dubaiano. Il marito era volato a Las Vegas con i suoi amici appena a due mesi dal parto e lei imprecava: «Vorrei strozzarlo», pompando il latte dal seno che le cominciava a far male. «Mi sento così abbandonata che non so davvero che pesci pigliare!»

«Non mi darebbe fastidio che andasse con una puttana se poi non ne conserva nemmeno il numero di telefono e se la dimentica dopo quattro giorni» la consolò Sahar che aveva avuto un problema simile dopo il primo figlio.

«Scrivi ancora sui giornali, Anna?» mi chiese Elettra cambiando discorso. Aveva lavorato nella televisione fino a prima di avere il suo bambino.

«Ci sto tentando» risposi mescolando il caffè.

«E cosa ti dice il tuo uomo?»

Già, il marito era il nostro carcere, pensavo, colui che si prendeva la nostra libertà in cambio di questo tipo di vita a sette stelle. Perché se loro potevano ogni cosa, noi dovevamo abdicare ai nostri sogni senza necessariamente diventare le loro regine.

Provai a immaginare come sarebbe stato frequentare una semplice insegnante di scuola per amica invece di queste ragazze scomodamente simili a me: forse avrei scoperto che nella vita c'erano altri problemi? O ci sarebbero stati altri valori con cui scegliere il proprio partner che non fossero un'intensa attrazione fatale?

Avevo seguito Mahmoud per amore, ma cosa si nascondeva dietro a questa scelta che ora mi sembrava assurda? Cosa mi aveva fatto innamorare ciecamente di questo uomo macho e annichilente?

Dopo aver sposato Jihad, anche la mia storica amica russa Oxana era diventata moglie di uno sposo importante e si era aggiunta al gruppo. Quel giorno Oxana era agitata, prendeva spazio per sé e raccontava con piglio deciso e l'espressione distrutta la sua nuova sofferenza.

«Ero preparata a tutto» esordì con le sopracciglia che si arcuavano per il pianto interiore «ma non a questo. Il mio primo fidanzato, il marito che ho sposato segretamente a diciotto anni, all'oscuro dei miei genitori, mi ha derubato! Gli ho dato duecentomila dollari a scaglioni, sempre in mano direttamente, senza nemmeno fargli scrivere qualcosa: erano per mettere a posto un appartamento a Mosca che ho comprato un anno fa con le mance di Jihad, e lui si è fatto fuori tutto giocando a poker. Mi ha fregato, e io gli ho creduto.»

Oxana era sull'orlo del pianto, la sua facilità nel ricevere soldi da Jihad si era trasformata in una leggerezza estrema nel darli in mano a terzi.

«Come cavolo hai fatto a fidarti senza uno straccio di preventivo e di contratto?» chiese Paula, che essendo stata una libera professionista era centrata sul concetto della contabilità fiscale.

Oxana la guardò ingrandendo gli occhi in un'espressione disorientata.

«Si è fidata» la difese Simona, che facendo la gioielliera dubitava della gente. Di solito le mogli di mariti importanti, quando i figli sono grandi, trovavano lavori alternativi e redditizi come gallerista, gioielliera, stilista, decoratrice.

Oxana stava pensando a tutte le volte che aveva messo in mano al suo ex marito i soldi presi dalla banca: trentamila dollari qui, ventimila là... Dove erano gli scontrini del cemento e delle piastrelle, dove le fatture degli operai? Se gli operai avessero incassato centocinquantamila dollari sarebbero diventati ricchi, per i mesi che avevano lavorato, a Mosca i salari non erano alti.

Pensai che la vita ti restituisce sempre quel che dai: Oxana aveva preteso molti soldi da Jihad solo per starci insieme, ma aveva mai presentato uno scontrino, una giustificazione, una minima prova di tanta esuberanza? La vita di Oxana fatta di scarpe costose, vestiti firmati e lauti acconti su carta di credito, era sempre stata una specie di tassa che gli uomini le elargivano solo per assistere al suo sorriso.

«Almeno hai imparato, la prossima volta non lo fai più» le dissi leggendo nella sua testa.

«Chiederò a Jihad altri soldi» sbuffò lei svogliatamente come una bambina imbronciata.

Avevamo tutte uomini che sembravano fatti con lo stesso stampino. Vi ricordate di quei film anni Cinquanta dove lui esce per primo dalla macchina e apre la portiera? Lei che sorride portandosi la mano sulla guancia in un timido gesto di riserbo mentre lui la fissa negli occhi? La mano di lei richiesta al padre di famiglia, una festa di fidanzamento, un matrimonio prima di convivere?

Le regole di una società che sembrava sopravvivere nei ricordi delle nostre nonne. C'era qualcosa di attraente in tutto questo, se non altro quel sentirsi corteggiata alla maniera antica da qualcuno che in cambio del tuo bacio prometteva di prendersi cura di te. Una fila di ragazze che non aspirava ad altro che a diventare la velina di turno, che prima o poi avrebbe trovato un miliardario in grado di regalarle una vita da regina.

Una cosa che meno romanticamente traspariva dai giornali di gossip, quando il magnate ormai maturo si accompagnava a giovani soubrette che, su yacht multibilionari, scambiavano ogni carezza per una scenografia da principessa. Il che ci poteva far pensare a una sorta di mercificazione, se questo scambio non si trasformava nell'agognato *per sempre*.

Berlusconi aveva fatto testo. Il grande numero di ragazze che aveva cercato di invadere la sua casa, dopo un suo gradito invito, aveva contribuito solo al gioco dell'opposizione per farlo fuori. Gli scandali sessuali dei premier erano strategie politiche, era facile da capire, così come Monica Lewinsky era stata per Bill Clinton. Quasi ogni ministro che conoscevo attuava l'etica comportamentale di un Berlusconi, solo che non faceva scomodo al sistema. A un certo momento però Berlusconi aveva dato fastidio a qualcuno di più in alto di lui e il suo comportamento libertino era risultato la via più facile per farlo abdicare.

Una cosa vera era emersa da questo carnevale etico: o le donne erano diventate tutte allegre cortigiane, o stavamo tornando indietro di qualche secolo. Che alla donna, oggi, piacesse l'uomo vecchio stampo che le permettesse di tornare a essere solo una femmina?

Quando tornavo in Italia, vedevo le amiche del liceo che, oltre alla casa e ai figli, si ammazzavano di lavoro: la paga del consorte non bastava. Allora si ritrovavano ad aver scelto il pacchetto tuttofare: donna delle pulizie, o modernamente collaboratrice domestica, autista, maggiordomo, babysitter di figli e compagno. Con il risultato d'esser spesso cornute, perché se i figli li potevi dare temporaneamente a una tata, *il marito a chi lo davi*? Quel che si diceva il gradito risultato del progresso.

La mia amica, rigidamente emiratina, affermava con orgoglio che almeno negli Emirati la donna si limitava a fare la mamma con riserva di dividersi il compito con le tate, ma sicuramente restava una moglie che talvolta accompagnava il marito nei suoi viaggi business, come un'amante. Al resto, ci pensavano gli altri. C'erano le babysitter, gli autisti, le maid... e l'uomo, che cresceva con la convinzione che per essere maschio doveva avere un lavoro e fare una famiglia cui garantire una vita agiata. Talvolta le arabe sembravano molto più contente delle nostre progressiste europee che, se decidevano di lavorare perché non andava loro bene ammuffire tra le pareti domestiche, lo facevano continuando ad ammazzarsi in mille lavori casalinghi e trainando maschi che stavano lì, imbalsamati come la pelliccia di un orso, a ricordar loro d'esser stati catturati.

La parità dei diritti ci aveva restituito virago a caccia di uomini perennemente bambini. Eterni ragazzi adagiati nella cuccia di casa che passavano da una mamma a un'altra aspettandosi amore incondizionato in cambio della propria incrollabile presenza sul divano.

Forse la mia amica aveva ragione quando esclamava con risolutezza: «O sposi tuo padre, o sposi tuo figlio...».

La ferita

Parigi, 2001

«Quando entrate in contatto con la vostra anima tutto vi sembra precipitare. A un certo punto tutto accelera, voi correte a velocità doppia, un missile che saetta nel tempo e nello spazio. Nel non tempo dell'anima è possibile illuminarsi o fulminarsi, tanta è l'energia che vi investe. Diventate davvero come un razzo, e se non volete bruciarvi come una lampadina da trenta volt su una corrente da 120 dovete eliminare ogni resistenza.

«Le vostre resistenze sono i vostri traumi: se non avete eliminato tutti i vostri dolori, soprattutto quelli infantili, nel decollo vi bruciate cervello e spirito. Rischiate di danneggiarvi e restare ebeti per sempre.

«L'anima viene al mondo con *una ferita*, e per tutta la nostra vita gli eventi che paiono capitarci non vanno che a sanare quella ferita. Quella ferita iniziale è *l'impronta della nostra anima*, quella particolare tonalità su cui si accordano tutti gli eventi della nostra esistenza, come una musica. Noi leggiamo i suoni di tanti altri piccoli traumi per risalire a quell'unica ferita originaria con cui siamo venuti al mondo che è la nostra matrice, il nostro stampo, il nostro carattere.

«*La ferita iniziale siamo noi.*

«È il nostro profondo essere, e noi dobbiamo capire a cosa assomiglia questa lesione primigenia per poter liberare la nostra anima.

«Se prendiamo velocità con tutti i nostri tormenti, assomigliamo a un razzo che all'interno ha tanta di quella zavorra, che una volta alto nel cielo precipita perché è troppo pesante.

«Per volare alleggeritevi. Tornate alla vostra ferita originaria, guardatela negli occhi... Chiedetevi qual è il vostro blocco... Qual è la tua angoscia, Eleanna?»

Eleanna guardò il Maestro, di ferite ne aveva moltissime. Le più recenti riguardavano i suoi genitori. Sognava spesso la madre che le urlava: «Perché te ne scappi?», mentre piangeva a dirotto quando lei aveva deciso di andarsene di casa. Il distacco dalla sua famiglia le faceva ancora male, ma era stato necessario. Non stava più bene in quella vita soffocante, suo padre che urlava con sua madre, una sorella che sembrava avere il predominio su tutto, e lei che aveva sempre questo sguardo fisso e quasi sorpreso, senza capire dove fosse la vita.

Aveva bisogno di risposte, aveva bisogno di sapere chi era. Sua madre voleva portarla da uno psicologo vedendola passare i pomeriggi a piangere invece che uscire con le amiche. Come faceva sua cugina, che a quattordici anni aveva già il ragazzo; lei ne aveva sedici e non sapeva nemmeno cosa fosse un bacio.

Lei non fumava, non aveva un ragazzo e studiava troppo... E dentro era sola.

Il Maestro l'aveva aiutata, l'aveva capita, le aveva dato gli strumenti per cercare il suo posto nel mondo. Ma i traumi erano lì, nell'insoddisfazione di base che lei possedeva, in quest'impazienza congenita con cui sembrava esser nata: quando aveva smesso di vivere la cosiddetta vita normale?

Da quando le sembrava che le cose fossero *separate da lei* attraverso un vetro per cui *non le riusciva più di viverle ma solo di contemplarle*?

Riusciva benissimo a ritrarle nei disegni perché era abituata a osservarle, ma poi non arrivava nemmeno a capire se una stanza fosse ordinata o meno, cosa fosse l'ordine o il disordine, perché tutto le sembrava perfetto così come lo trovava, come la composizione di un quadro. Non aveva padronanza della fisicità, si stupiva della consistenza delle cose, si trovava in bilico tra il sonno e la veglia.

Diventò ribelle. Si mise un orecchino al naso. Un piercing all'ombelico. Un tatuaggio sulla schiena, borchie e catene. Ora era libera di lottare con chi non la capiva e con il mondo che lei non comprendeva.

«Siate ordinati nel vostro corpo» ripeteva ancora il Maestro «nel vostro sonno, nella vostra routine, come dei monaci. Dovete disciplinare il fisico perché altrimenti il volo vi farà male. Le energie che entrano in voi attraverso l'arte o la meditazione sono fulminanti se il corpo non è pulito. E per esserlo dovete guarire i vostri traumi: se una persona si sottovaluta, non respira bene, non mangia bene, non dorme bene. *Avete diritto* di dormire, di muovervi, d'essere belli e di fare ginnastica. *Avete diritto* di essere meravigliosi fuori e dentro: la vera spiritualità rende irresistibile anche il corpo. Eleanna, butta via la tua sciatteria e comincia a fare ordine nel tuo armadio!»

«Ma non ho vestiti... ho solo due maglioni e un paio di pantaloni di ricambio.»

«Metti in ordine e tieni puliti quelli. E i tuoi pennelli. E le forchette con cui mangi. L'ordine nelle piccole cose si riflette anche nelle grandi. Altrimenti quando lo spirito ti visita e poi tu ti riprendi il corpo, rischi di morire.»

Ma Eleanna non riusciva a capire cosa ciò volesse dire. E quando finiva un'opera precipitava in depressione. Teneva addosso i suoi stivaloni e il giubbotto di cuoio con orgogliosa ostinazione. Mangiava scatolette di tonno e qualche fetta di mela.

Si guardava respirare.

State sull'emozione

Parigi, 2001

«*Imparate a fermare il tempo*» ribadì il Maestro vedendo che Eleanna stava cominciando a perderlo, il suo tempo. «C'è una sola maniera per fermarlo: *essere centrati*. Questo vuol dire bloccarsi e osservare se stessi. Provate a farlo.

«Ora vi fermate e vi auto-osservate. Guardate il vostro corpo e cercate di capire come vi sentite. Avete ansia o fretta? Fermate anche quelle. Finite di fare quello che state facendo. Concentratevi su *ciò che fate*, come se steste meditando. *Il lavoro quotidiano è una preghiera*, va affrontato come se foste dei monaci.

«Eseguite ogni azione della giornata come se faceste la vostra meditazione. Non occorre fare yoga affogandosi in nuvole di incenso: basta lavare una pentola concentrandosi sul metallo lucido e riflettente, sull'acqua che vi scivola tra le mani, sullo scroscio piacevole che ne consegue.

«Se vi sentite stressati perché dovete correre a un appuntamento, andate più in fretta, pulite velocemente la pentola, accumulate i piatti sul lavandino e fate quel che dovete fare subito. Correte al vostro appuntamento, buttatevi a comprare quel che vi serve, muovetevi con urgenza ma state sul momento, sulla vostra corsa, sulla foga delle vostre gambe mentre corrono... lo stress deriva dal fatto di non essere calati in quel momento, dal pensare già al futuro, a dove dovreste essere tra qualche ora.

«Ripetete pure la lezione, ma cercate di essere presenti anche mentre vi vestite impazienti, non astraetevi: cercate di notare la maglia che vi infilate, fate attenzione a come vi lavate i denti, potete fare entrambe le cose? Potete osservare la vostra mente che ripete la lezione e il vostro corpo che lava i denti?

«Con un po' di esercizio ci riuscirete, e allora *sarete presenti*. Allora tratterete ogni pensiero del cervello, cioè i pensieri, e ogni pensiero del cuore, cioè le emozioni, *come qualcosa che vi attraversa ma che non siete voi.*

«Voi siete e restate quel corpo che si muove e che è la casa della vostra anima. Deve essere una casa pulita, così l'anima può abitarlo in pace.

«Che la vostra fatica quotidiana sia una preghiera. Anche il tragitto al lavoro mentre guidate, proprio perché dovete passare attraverso posti non molto piacevoli e guardare trenta semafori rossi. Se siete stanchi, cercate di tagliare impegni e andare a dormire prima. Se non potete, affrontate con profonda leggerezza del cuore ogni cosa che dite o fate. *Riposatevi vivendo perché appena cambiate il vostro animo, cambierete anche ciò che sta fuori.*

«Se trovate triste la visione dei trenta semafori al mattino e il luogo in cui vivete vi sembra grigio, *rimanete sulla sensazione*, non fuggite via, state nel vostro corpo finché la sofferenza sarà così elevata che deciderete di cambiare luogo in cui vivere e capirete che niente vi lega a nulla se non la vostra paura.

«Deciderete per esempio di cambiare lavoro cercando qualcosa di più consono alla vostra natura. Alcuni di voi sono più vecchi, stanno facendo mestieri che non li soddisfano, ma sappiate che non vi soddisferà nulla se non imparate a scegliere ciò che davvero desiderate. Siate chiari con ciò che volete fare e per questo dovete osservarvi. Cominciate da quello che avete: voi stessi.

«Fermate il tempo. Entrate nell'adesso e quindi in voi stessi: *cosa volete*?

«Per sapere le cose non occorre riempirsi di una quantità innumerevole di nozioni, basta sprofondare oltre il tempo *nello spazio dell'intuizione*. Allora saprete tutto, in un attimo. Farete tutto, in un attimo. Sarete più veloci nelle cose materiali. *Dovete imparare a fermare il tempo.*»

«E come facciamo? Intendo... praticamente cosa dobbiamo fare?» chiese Eleanna che come al solito era quella che faceva più domande.

«Uscite dal tempo, entrando nel *vostro adesso*: come ti senti adesso? Cosa senti nel tuo corpo? Pace, dolore? Prestate attenzione. Ma ancor più, guardatevi quando qualcuno vi insulta: vi sentite offesi? Tristi? Arrabbiati? Perché vi assicuro: nessuno vi insulta, la vostra reazione è solo roba vostra. Ringraziate il vostro nemico che vi schernisce tirandovi fuori quello che avete dentro, l'emozione di tristezza, di rabbia o il senso di inferiorità... state su quel sentimento, *sull'emozione*. Dove alberga l'emozione nel vostro corpo? All'altezza del fegato? Dell'intestino? Dell'ombelico? Del cuore?

«Identificate la vostra emozione, state lì con lei. Non cacciatela via, non amatela né odiatela. Non ditele nulla, se lo fate le date più valore. Dovete essere neutri: osservatela e basta, come si guarda una macchia, un'ombra.

«La vostra tristezza o il senso d'inferiorità che vi fanno sentire offesi non sono che un buco nero, una mancanza, *esistono in quanto assenza di luce.* Se studiate questi sentimenti con attenzione, è come se puntaste un faro su di loro scoprendo la vostra zona buia, e la tenebra, se le punti una luce contro, scappa.

«Quella zona d'ombra è il vostro trauma, per cui siete venuti al mondo. La potete trovare solo sprofondando nel dolore o nella rabbia che provate mentre interagite con qualcuno. Non la potete incontrare nella meditazione, stando soli in una stanza. *La notate mentre litigate, per questo è utile stare insieme, scontrarsi, amarsi, lottare.* La scovate se il vostro partner vi offende e voi gli rispondete.

«Non dico di non ribattere: dovete essere solo presenti mentre reagite. Il vostro partner spesso vi aiuta a scoprire chi siete tirandovi fuori le cose che non sopportate di vedere in voi stessi, premendo i tasti giusti. È il vostro migliore alleato.

«Quindi entrate nell'emozione, state là. Capirete la vostra ferita. E continuando a contemplarla, accettandola, la guarirete...»

Castelli di sabbia

Abu Dhabi, maggio 2020

Continuo a pregare e ringraziare Dio per avermi dato la possibilità di vivere vicino al mare. Oggi, nonostante il coprifuoco, alle nove del mattino abbiamo preso il Jet-ski e la barca e abbiamo passato la giornata a scavare sulla riva.

Armati di grandi pale da giardino, oltre a castelli enormi abbiamo costruito vere e proprie trincee dove nasconderci e giocare alla guerra con palle di sabbia. Ai miei tempi sulle montagne si usavano quelle di neve o le pigne. So che i miei bimbi si ricorderanno tutta la vita di questi momenti, noi su un'isola deserta con chilometri e chilometri di coste libere da raggiungere in barca e il mondo che non esiste. Si torna a vivere mescolandosi alla natura come i nostri nonni, che con la terra avevano un contatto diretto, visto che la coltivavano.

Un rituale antico quello di mescolare le mani alla sabbia quando invece di fare una scultura con l'argilla si realizzano enormi architetture che poi l'alta marea si mangia al mattino.

In mare aperto, ti accorgi della magnificenza della natura. I gabbiani stridono sopra di te mentre tu cominci a capire che basta avere un Jet-ski che l'acqua diventa davvero come una spianata di terraferma: ti permette di raggiungere le isole vicine con la differenza che la strada si estende attorno a te a trecentosessanta gradi. È la meraviglia del creato e il sole canta sulla tua pelle e tutt'attorno restandoti nei polmoni fino a notte.

Lì, quando sei in mezzo al mare, capisci che la ricchezza e la povertà sono solo stati dell'anima. Se un povero pescatore senza soldi sa nutrirsi ogni giorno di questa poesia, è più ricco di un imprenditore che ingurgita i suoi giorni tra party modaioli e champagne sugli yacht di Montecarlo.

Senza poesia, il mondo è vuoto.

Così so che portando i miei figli all'aria aperta, con le mani nella sabbia, permetto loro di sviluppare la capacità di sentire la terra e, sentendola, di arrivare un giorno a rispettarla.

L'abuso della terra, l'inquinamento, lo sfruttamento delle sue risorse, è frutto di generazioni che si sono staccate da lei e, non comprendendola più, hanno cominciato a ucciderla. Ma quando un essere umano vive nella natura e la sente, non può che adorarla. Facciamoli giocare con il suolo i nostri figli, che si sporchino, che sguazzino nel fango. Allontaniamoli dagli schermi dei videogiochi, degli iPad: riportiamoli all'origine. Chi sa rispettare la terra, sa rispettare la madre, la donna, e quindi la vita.

Intanto però il mondo è ancora in quarantena. Oggi stesso è uscita la notizia che il coprifuoco viene esteso anche di giorno e che se si esce per fare la spesa al supermercato bisogna tenere lo scontrino, in caso la polizia ti fermi per un controllo, e mentre in questa parte del pianeta in cui mi trovo tutto sembra incantato, sento ugualmente il mondo sgretolarmisi attorno.

Oltre ad aspettarmi rivolte e guerre, mi domando per l'ennesima volta quanti abusi domestici staranno avvenendo in questo periodo così duro. Adulti sui bambini, mariti sulle mogli, uomini che perdendo il lavoro entreranno in depressione, omicidi, suicidi, instabilità psicologiche... le conseguenze saranno più pesanti del virus stesso.

Do un'occhiata ai titoli dei giornali. In Italia dal *Corriere della Sera* a *la Repubblica* trionfa il numero dei morti, su quelli emiratini in prima pagina invece campeggia un incoraggiante: «Mentre il numero dei contagi sale a cinquemila, i morti sono solo ventotto». La fila di quelli che aspettano di fare i test drive-in è di due chilometri, fuori casa, segno che il timore c'è, ed è vietato girare senza guanti e mascherina (le pene sono sempre l'arresto e una pesante sanzione economica).

Poi due intere colonne sono dedicate ai ragazzi: come si sentono i vostri figli? Piccolo manuale di sopravvivenza per scorgere i primi segni di squilibrio psicologico nei bambini a seguito dell'assenza dai banchi di scuola.

L'ultima notizia che salta all'occhio è quella di un uomo di centoquattro anni che è guarito per il suo compleanno. Talmente fantastica che sembra inventata. Spero che anche in Europa questo tipo di notizie che accende la speranza prenda più posto. Infatti al nonnino miracolato viene dedicata un'intera pagina, segno che la meraviglia della vita, negli Emirati, fa forse più notizia della morte?

Sembra che soprattutto in Italia si spaventi la gente bombardandola costantemente con elenchi di morti come nei bollettini di guerra, mentre qui si sorvola sulla gravità della situazione alleggerendo i toni con la speranza. Poi c'è ovviamente il carcere per chi sgarra dalle regole rompendo il coprifuoco nella rigidità di un governo autocratico a cui o ubbidisci o finisci nei guai. Ma c'è meno panico perché lo stesso governo accentratore controlla la stampa censurando inutili espressioni apocalittiche da CNN.

«In Europa invece, non potendo costringere di fatto nessuno, o non disponendo di un'organizzazione militare così severa, per far stare a casa la gente la si terrorizza. Dimenticando che la paura fa ammalare e uccide più di un virus» mi spiega Press al telefono con il suo solito piglio autocratico.

Tutti al bagno

Abu Dhabi, maggio 2020

Mentre guardo i miei bambini scavare una nuova trincea e il mare borbotta sulla riva, mi continuo a sorprendere della bellezza del quadro che ho davanti: blu, verde smeraldo e denso turchese che diventa limpido e cristallino vicino al bagnasciuga come su un atollo, cielo azzurro cobalto... La tavolozza di un pittore immerso nella meditazione.

Penso a quante volte il venerdì Mahmoud ci ha portati fuori a pranzo in una delle isole di Dubai dove ogni tre o quattro mesi viene inaugurato un nuovo hotel, secondo la progressista brillantezza di un paese dove il lusso e la novità sono sempre state le principali attrazioni.

Mi lascio rapire dalla bellezza dell'atmosfera, realizzando che la modernità negli Emirati non è un'opinione. Al One&Only, splendido resort su un braccio di Palm Island, ebbi una rivelazione. Entrata nella toilette non potei fare a meno di ammirare, con la solita sorpresa, la gratificante essenzialità che emanava quel bagno dai toni di sabbia, con piccole zigurrat di asciugamani arrotolati accanto ai lavandini che interrompevano ritmicamente il tavolone centrale. Una specie di sala conferenze all'insegna dell'intimità, soprattutto con se stessi. E una prova di avanguardia. Dopo essermi lavata le mani, infatti, restai a contemplare il rubinetto, piena di sapone e senza sapere come fare a risciacquarle, non c'era sensore sotto lo stelo di metallo, il piede non trovava nessun pulsante per attivare l'acqua... una strana sensazione di déjà-vu mi assalì all'improvviso. Pensai che la modernità non fosse sempre comoda.

Per fortuna i bagni erano frequentati dalle habitué del postmoderno: mi spiegarono che il rubinetto doveva essere semplicemente girato di lato con la macchinosa manovra di premerlo contemporaneamente. Ebbi la confortante sensazione che anche loro avessero impiegato più di dieci minuti a capire l'impossibile.

Così lontani dai bagni italiani che, come gran parte dei palazzi, erano pieni di tradizione. In Italia trovavi il lusso un po' polveroso (e strascicato) di palazzi rinomati come Villa d'Este, con bagni che raccontavano una storia antica. In tono con l'ambiente, lasciavano trasparire un rispetto museale, a meno che non fossero totalmente rifatti e in tal caso stonavano come il lifting su una centenaria. Oppure trovavi bagni comuni, nel profondo nord, prova vivente che l'emancipazione del sesso femminile aveva cancellato le distanze.

Ma i peggiori erano i bagni parigini. Dietro al bistrò alla moda con i tavolini affollati da un grosso passaggio, c'erano cunicoli oscuri che ti portavano a stretti abitacoli che erano una sfida al sistema immunitario. E capivi perché i francesi avessero inventato il profumo.

Comunque sia, quando entravo in un bagno di Dubai, mi preparavo al balletto: muovevo una mano sotto il rubinetto come una fata e se non andava passavo il piede sotto il lavandino in un ballonné, aspettando che arrivasse qualcuno a salvarmi.

Forse le nuove generazioni se la passano meglio e Amir ne è la prova: con la nuova Mercedes ha imparato che basta passare il piede sotto il cofano per aprire e chiudere il bagagliaio, tagliando l'aria come si fa con un articolo al supermercato.

Una mentalità da microchip.

Ricordo il magnifico oud

Abu Dhabi, maggio 2020

Sono ancora qui, sulla spiaggia, sdraiata ad ascoltare i miei bimbi chiacchierare mentre le trincee che hanno scavato nella sabbia sono diventate così profonde da contenerli fino al petto... Abu Dhabi è meravigliosa perché è composta da moltissime isole, e il bianco della sabbia contro l'azzurro del mare forma un magnifico quadro.

La grandiosità della natura è il mare, non a caso tutti i palazzi degli sceicchi si trovano sull'acqua, con porti ed eliporti protesi sull'infinito. Ne vedo parecchi alla mia destra quando sfreccio con il Jet-ski ogni mattina per raggiungere la spiaggia dei miei figli. Ville circondate da enormi giardini con fitti boschi di mangrovie a nascondere la magnificenza dei palazzi. O ville postmoderne, queste in numero minore di quelle tradizionali, visto che il gusto del lusso arabo contempla una ridondanza paradossalmente sobria e lineare.

Mi viene in mente la vita di corte, questo mondo esotico che continua ad affascinare così tanto gli occidentali, come un racconto magico da mille e una notte.

La cosa che sorprendeva gli occidentali quando visitavano un principe o una principessa a palazzo, per esempio, era l'usanza curiosa di distribuire tra gli ospiti gli effluvi di un incenso particolare chiamato oud. Operazione che aveva molto del rituale arcaico e religioso, basti pensare che anche noi usiamo l'incenso in chiesa per lasciare che il nostro respiro si fonda all'incanto visivo: tutto, in quel luogo sacro, salendo verso l'alto ci porta al cielo. Il fumo come veicolo dello spirito, forse per la sua essenza così visibile ma imprendibile; un'esalazione che allinea l'anima sul profumo dell'eternità.

Gli ospiti stavano seduti attorno alla sala del majlis, in genere uno stanzone elegante con panche lunghissime ai lati per contenere i visitatori che portavano il loro rispetto allo sceicco. Il majlis è un luogo di ritrovo dove si parla, ci si incontra, si scambiano affari e saluti, si omaggia il sovrano. E poi, prima del caffè, due ancelli (il corrispettivo maschile di ancelle) passano con l'ampolla d'argento che evapora il profumo prezioso, piazzandotisi davanti finché tu decidi di imitare gli altri scuotendo la mano per affumicarti la faccia con il rarissimo effluvio dall'ingombrante sapore di cuoio, facendo finta di assaporarlo mentre cerchi di non soffocare.

Un'essenza più animalesca che floreale, forte e decisa, anche se si tratta dell'estratto di una resina vegetale. Rarissima per via di un albero che non solo deve avere più di cent'anni ma che, per ironia della sorte, non dev'essere sano ma invaso da virus che fan sì che la pianta, per difendersi, emani proprio questo fermento che trasforma la sua corteccia in un cancro nero. Quel che si dice apprezzare, di tanto in tanto, la malattia e la vecchiaia.

Mi sedetti accanto a una cinese, pensai che fosse legata alla mafia mandarina, la nuova potenza che si sta comprando il mondo. Età indefinita, vista la pelle senza rughe, un sorriso incollato al volto pacioso, la stazza di un lottatore di sumo vestito in Prada. E occhiali enormi, affumicati, che coprivano perennemente quegli occhi così sottili da risultare comunque impenetrabili anche senza occhiali.

«Huang Pallon San» disse a Mahmoud indicando un uomo alla sua sinistra, che tirò fuori una boccetta con la religiosità di chi stava manovrando il santo Graal.

«Oud» sussurrò l'uomo, e contemporaneamente nel suo telefonino aprì la pagina di un sito internet dove veniva spiegato che per la modica cifra di un milione di dollari si potevano comprare diversi chili di questo magnifico e rarissimo incenso. Il migliore del mondo.

«E a chi vorresti venderlo?» le chiesi, pensando che forse c'era gente che ancora riteneva che gli sceicchi fossero delle slot machine con cui tentare il colpo grosso.

Francesco, il decoratore italiano alla sua sinistra, mi fece l'occhiolino. «Mi sembra quella roba che non ha mercato, ma solo un bel sito internet» mi sussurrò con il suo schietto accento parmigiano. Internet, il nuovo specchietto per le allodole di Cristoforo Colombo.

«Sono sicura che il principe lo accetterà, in regalo» continuai rivolgendomi alla cinese con un sorriso assassino e la risata collaborativa del vicino.

«I cinesi stanno invadendo il mondo» riflettei la sera, i bambini a letto e io libera di lavorare. «Arrivano con le loro faccine gentili e sorridenti, gli uomini sbarbati e candidi come adolescenti, le donne che sembrano uscite da un manuale di galateo.» Le donne business come Kumiko, dallo sguardo ermetico anche quando non era coperto dall'enorme paio d'occhiali che la facevano assomigliare a un'ape, segretissimo.

Kumiko sembrava nascondere qualcosa, forse l'intenzione di usare Mahmoud per tutti i contatti che aveva in giro per il mondo, per la sua agenda folta di nomi importanti che potevano nutrire gli affari di questa potente mandarina. Non fosse stato per la sua stazza mi sarei anche preoccupata, pensando a che cosa avrebbe potuto fare per tentare di entrare nelle grazie di mio marito. E Mahmoud come al solito sembrava godere di essere al centro di tanta attenzione femminile.

«Mi porta un sacco di business» mi spiegava. «È disposta a investire molto per aprire affari in questo luogo.»

E come al solito io che ero estranea alla logica calcolatrice del commerciante rischiavo sempre di confondere il sorriso che accompagnava le trattative economiche con uno del cuore.

Kumiko restò a Dubai per alcuni giorni, uscimmo insieme a visitare la città, incontrammo ambasciatori e governatori. La mia anima ribelle, ma genuina e attenta ai contatti sinceri, mi faceva automaticamente bollare tutte queste situazioni diplomatiche come ipocrite. Non avrei mai potuto essere né una PR né un'ambasciatrice. Nemmeno una commerciante. Mancavo di tattica e diplomazia, che per me era semplicemente menzogna. Una sana via di mezzo doveva pur esserci, avrei vissuto meglio e fatto vivere meglio gli altri, ma non la conoscevo ancora.

In quei giorni perfino incontrare Buzz Aldrin mi faceva sentire puzza di complottismo. Edwin Eugene Aldrin Jr. è Buzz Aldrin, il primo uomo atterrato sulla luna con l'*Apollo 11*, la prima spedizione tra tanti tentativi andata a buon fine nel 1969. A dire il vero è stato il secondo uomo, subito dopo Neil Armstrong, a provare l'ebbrezza di mettere un piede sulla cinerea e sottile sabbia lunare. Impronte che ancora stanno lassù, in quella luna senza vento né corrosione, sospesa in una cosmica atemporalità.

Il nome Buzz ricordava il *buzzz* delle api, oppure il buzz dell'elettricità o dell'energia.

Buzz Aldrin si sedette accanto a me una sera, al Cipriani di Abu Dhabi. Mio marito lo aveva invitato con diversi amici. Si muoveva lentamente, oscillando il suo braccio pieno di orologi e anelli, da nobile cowboy americano avvezzo agli incontri mondani. Aveva ottantotto anni, era accompagnato dalla fidanzata che sembrava senza età, e a muoversi erano soprattutto gli occhi, vispi e lucidi, anche se il corpo non sembrava da meno: in pochi giorni si era spostato attraverso il globo facendo scalo in paesi molto distanti tra loro. Sorprendeva quindi che i figli lo avessero dichiarato incapace, forse per accaparrarsi il patrimonio anzitempo, e mentre stava mangiando l'antipasto gli chiesi diverse cose sul suo passato, fino alla fatidica domanda sulla bandiera del filmato che aveva girato il mondo e che secondo la teoria cospirazionista sarebbe stato un falso d'autore firmato Kubrick per simulare l'allunaggio in mancanza di quello vero.

Lui si mise a ridere, mi disse che la bandiera era un sottile foglio di alluminio ed era sostenuta da una doppia bacchetta di metallo, così da imitare un'oscillazione nel vento inesistente sul satellite. L'allunaggio c'era dunque stato, e se lui avesse visto o meno gli alieni sarebbe restato per me un mistero, visto che non rispose a questa domanda. Io continuai: «Ma perché gli extraterrestri dovrebbero essere materiali come noi? Non si spera forse che in altri pianeti ci siano esseri immateriali, rarefatti e spirituali? Gli alieni, se esistono, vanno visti con occhi che non sono quelli fisici ma quelli del cuore. Tipo le apparizioni mariane, per intenderci...».

Non erano certo discorsi da fare davanti a un carpaccio (forse davanti a un quadro del grande pittore, non al piatto di carne). M'arziani a parte, Buzz aveva tanto dell'artista: il suo modo di vestire, il suo essere fuori dalle righe, abituato a stare sempre al centro dell'attenzione da decenni, riverito come un dio dello spazio.

Anche Dubai si preparava all'esplorazione del cosmo, perché l'universo era a portata di mano, anzi, di portafoglio. Il padrone della Virgin, Richard Branson, veniva a Dubai a cercare nuovi adepti da vestire di tutine spaziali. Simpatico, un brillante interlocutore, nella cena a cui ero stata invitata con mio marito aveva cominciato a raccogliere prenotazioni per volare sulla luna. Diversi commensali gli avevano detto di sì, e tra questi c'era pure Kumiko. Una botta da duecentomila dollari per tre ore di viaggio esclusivo negli abissi dello spazio.

Sul giornale, il giorno dopo, apparve a grandi titoli l'intervista al primo passeggero, una casalinga di lusso che esclamava felice: «Adoro mio marito! Per il mio compleanno mi ha regalato un biglietto per la luna». La data era ancora da confermare, ma a me restava il dubbio che il consorte mandandola a ballare tra le stelle avesse espresso il desiderio di spedirla il più lontano possibile da sé.

Pensavo che con duecentomila dollari ci avrei fatto qualcos'altro. Se poi uno soffriva il mal di spazio, avrebbe vomitato durante tutto il volo.

Ma un giorno l'universo lo vedrò direttamente, quando morirò, mi dissi. Mi eleverò alta nel cosmo e galleggerò lieve. E scommetto che, per allora, il prezzo di un viaggio sulla luna sarà sceso a quello di un modesto aeroplano!

Ricominciai a dormire al mattino

Abu Dhabi, maggio 2020

Adesso che sto ad Abu Dhabi e in casa abbiamo due adorabili filippine, mi domando come mai in quegli anni non avessi trovato un personale affidabile. Per tanto tempo non avevo fatto che cadere dalla padella alla brace con scelte di domestiche che si rivelavano disastrose.

A vedere queste due ragazze che lavorano per Mahmoud con tanta solerzia, mi chiedo se non fossi stata troppo stressata in quel periodo di inutile ricerca. Esperanza e Consuela si muovono in silenzio e discrezione nella grande casa in cui abitiamo ad Abu Dhabi, duemila metri di stanze che loro quotidianamente lustrano e ripuliscono con pazienza. Rifanno le camere, lavano, apparecchiano e sparecchiano con impeccabile puntualità. La casa assomiglia a un hotel per il suo ordine perfetto e un po' asettico.

In completa rilassatezza mi rivedo, sempre in quel difficile periodo del 2017, a lottare come Don Chisciotte contro i mulini a vento di un destino domestico che non accennava a prendere la piega giusta...

Eliminata Daisy, la mancata mannequin, ero tornata su Facebook cercando nei diversi gruppi di aspiranti domestiche (erano almeno cinquantamila membri). Postai una nuova richiesta e mi risposero in 350. Come avrei fatto a scegliere senza sbagliare ancora?

Cominciai a escludere quelle troppo truccate, quelle abbarbicate in foto al fidanzato e le facce tristi. Esclusi anche quelle che postavano frasi giganti che contenevano troppo rancore verso il prossimo, come: «Se uno non ammette di aver sbagliato eliminalo!». Cancellai pure quelle che profferivano frasi strappalacrime, segnale di animi traumatizzati in via di guarigione. Scartai quelle troppo magre perché incapaci di sostenere la ginnastica di una routine domestica; le troppo grasse, perché non avrei voluto che chinandosi a terra con lo straccio facessero fatica a tirarsi su; quelle che avevano un orologio finto oro al polso, o orecchini troppo voluminosi o rossetti sgargianti. Nei colloqui bocciai quelle che avevano profumi troppo invadenti, che non avrei sopportato per casa, quelle cui il telefono squillava sei volte durante l'incontro, quelle con i jeans calati a mezzo sedere e che facevano intravedere le chiappe, quelle che mentre parlavano sudavano per timidezza e quelle eccessivamente espansive...

Non rimase quasi più nessuno.

Alla fine scelsi una ragazza dalla voce soave e dalla presenza discreta, una che non chiacchierava come un torrente, ma era una specie di musica armoniosa anche se restava in silenzio. La assunsi e la mia vita cominciò finalmente a migliorare perché svegliarsi al mattino non era più una corsa verso l'ignoto e potevo pure concedermi di dormire. Sarei tornata a far parte di quella fetta di umanità condannata da gran parte del mondo perché accusata di essere immune dallo sporcarsi le mani con le faccende casalinghe e pure con quelle d'ufficio. Di non lavorare, in una parola.

Fatto sta che, finalmente, ricominciai a dormire al mattino...

SECONDA PARTE

Il risveglio

Finalmente esco

Abu Dhabi, maggio 2020

Finalmente decido di uscire di casa dopo due mesi di clausura. Ci ho preso gusto: maglietta e fuseaux di regola, così non faccio nemmeno fatica a scegliere cosa indossare. Adoro la vita semplice. Non dover uscire la sera, non mettermi in ghingheri, evitare i tacchi perché non hai nessun impegno sociale. Me ne starei all'infinito come Catwoman in tutina nera a scavare nella sabbia.

Ma oggi esco. Armata di mascherina e guanti in borsa andiamo da Spinneys, il supermercato più in voga negli Emirati. La gente non è molta, chiedo di disinfettare il carrello all'uomo in divisa davanti a me che ha il compito di spruzzare l'igienizzante su ogni superficie tangibile. Questi mi allunga i guanti di plastica con il carrello e mi dirigo al reparto cartoleria. Vorrei pennelli e colori, sono qui per questo, ma sembra che il governo abbia deciso che questi non siano elementi di prima necessità. Cosa incomprensibile alle mamme di tutto il pianeta che soprattutto durante il Covid-19 hanno bisogno di occupare le menti e le mani dei propri figli con qualcosa di creativo che non sia il mouse di un computer.

Racimolo qualche colla glitterata e vado alla cassa. Per

pagare butto via i guanti che avevo, ne metto di nuovi, prendo la carta, la avvicino in modalità wireless all'apparecchio per non lasciare che superfici infette la possano sfiorare, pago, digito il codice, mi sbarazzo del guanto appena usato, poi metto la carta in borsa con la mano nuda, infilo un guanto nuovo per spingere il carrello.

Fuori getto entrambi i guanti. Sto distruggendo l'equilibrio ecologico del pianeta con uno spreco inusuale di plastica.

Mentre guidiamo verso il prossimo supermercato alla ricerca, che forse si rivelerà vana, di pennelli, Mirza mi racconta la situazione della città. A Dubai c'è ancora il coprifuoco totale, per uscire di casa anche solo per fare la spesa devi chiedere un'autorizzazione che dev'essere approvata e tenere comunque gli scontrini del supermercato per prova. Ad Abu Dhabi appena scoprono che c'è una persona infetta isolano tutto il palazzo con interdizione di uscire anche per la spesa. Questa è possibile solo via internet e quando il facchino arriva a recapitartela la consegna avviene attraverso la guardia in reception. Niente contatti con l'esterno, nemmeno con il pianerottolo di casa, per tutti gli inquilini.

Mirza crede fermamente che il governo emiratino nasconda i numeri reali della diffusione del virus. I campus degli operai nelle periferie sono soggetti a quarantene ferree perché sono stati trovati diversi casi e quando si dorme in dieci in una stanzetta si può capire la pericolosità di un eventuale contagio.

Nulla trapela nella quotidianità dei giornali, tranne il fatto che il coprifuoco è esteso e nonostante il re prometta che prima del Ramadan la situazione verrà risolta, la cosa non sembra affatto realistica.

Intanto arriviamo nel secondo supermercato, avvio la

stessa routine di guanti e mascherina. Cerco di evitare di toccarmi i capelli con le mani e mi domando perché mai non li abbia raccolti in uno chignon: sicuramente se un virus può stare sospeso otto ore per aria, una massa di capelli vaporosi come i miei lo catturerà in una morbida nuvoletta di cotone.

Mi avvio all'interno e dopo qualche passo sono già isterica: mi guardo attorno quasi dovessero tendermi un'imboscata. Chi non rimane a due metri di distanza viene respinto dalla mia mano alzata come quella di un vigile e se non ricevo un «sorry» immediato, rischio di arrabbiarmi.

Ho paura di essere contagiata dal nemico.

La tensione cresce, in cassa ci sono delle impronte disegnate sul pavimento per indicare le distanze da mantenere, indosso una nuova mascherina ed eseguo il solito rituale dei guanti, una donna si avvicina pericolosamente e urlo terrorizzata. Sono fuori controllo, lo capisco e ridacchio per scusarmi, ride anche la donna, sappiamo che ciò che accade non è colpa nostra.

Quando torno a casa respiro. Prima non mi piaceva andare in un supermercato, avevo sempre odiato fare incetta di buste e pacchetti. La soddisfazione che derivava dal comprare un nuovo profumo o una carissima crema era nulla di fronte al piacere di scavare nella sabbia con i miei bambini e respirare l'aria meravigliosa del mare. Non c'era paragone tra una vita nella natura e una consumata in un ufficio, cosa che avrebbe dovuto farci pensare e magari orientarci a tornare alla terra, alla vita semplice dei contadini, per inalare il profumo dell'erba e riposare negli affetti familiari durante l'inverno.

Ora invece mi manca la dimensione sociale del supermercato, il fatto di uscire e parlare con i negozianti, di scambiare un sorriso con la cassiera che ti conosce, di farti consigliare un libro dalla libraia. Mi manca vedere la gente passeggiare e spiarne il passo, indovinarne il carattere dal portamento. Mi manca entrare in un bar affollato e mescolarmi agli odori delle persone, e mentre passeggi in mezzo a loro ti riconosci parte di un insieme dove le emozioni degli altri ti urtano continuamente invitandoti a una danza coinvolgente.

Avete mai ascoltato la rabbia o l'allegria altrui? Forse non lo sapete, ma vi capita automaticamente se entrate in una discoteca: vi fondete con la musica e il ritmo impazzito diventando un unico essere con chi vi sta attorno. È il principio delle assemblee e delle marce rivoluzionarie, quello di unirsi per allinearsi e intensificare un sentimento comune. Come nei concerti, dove si può sentire questa grande energia collettiva. Se la natura ti apre un universo abissale di armonia, quando ti mescoli ai tuoi simili in un corteo, ti fondi alla potente vibrazione dell'essere umano.

È ciò che manca in questi giorni: stare in mezzo alla gente. Non ho mai pensato che gli altri siano così perfetti anche nella loro disarmonia. L'automobilista che balzava fuori dalla macchina imprecando, il traffico per strada, la fatidica fila in autostrada che ti snervava... eppure tutto aveva quella dimensione collettiva che ora, purtroppo, è solo un ricordo.

Quando torneremo ad ammassarci sulle spiagge e nei ristoranti? O il nostro destino è quello di diventare monaci rinchiusi nelle proprie celle per meditare sulla vita e sui danni che l'umanità ha inflitto al mondo?

Tempo di Ramadan

Dubai, maggio 2017

Il Ramadan durante la pandemia si annuncia completamente anomalo. Lo stato di allerta è ancora in vigore e sono sospese le preghiere comuni, ci si avvia verso una dimensione virtuale anche del mese sacro.

In periodi normali il Ramadan era sempre stato tante cose: giorni di digiuno e di abbuffate notturne e, nel tentativo di non ingrassare, consigli dietetici su come limitare i danni dei banchetti dopo il tramonto. Era il tempo della carità ai crocicchi delle strade, quando si distribuiva il cibo a chiunque lo volesse afferrare mentre si guidava la macchina e non si aveva il tempo di fermarsi a mangiare.

Durante il Ramadan il numero degli incidenti si moltiplicava, la gente semiaddormentata spingeva il piede sul freno troppo tardi e provocava inevitabili catastrofi dovute alla sonnolenza di chi stava al volante in queste afose e opprimenti giornate. Soprattutto quando ci si avvicinava a Iftar, il primo pasto dopo il calar del sole, gli automobilisti che soffrivano per la mancanza d'acqua a una temperatura maggiore di quaranta gradi facevano schizzare i picchi degli scontri.

La vita si faceva lenta. Gli uffici chiudevano alle due,

dopo aver cominciato più tardi del solito; come le scuole, che sottraevano ben due ore alle sei ore e mezza di lezioni.

Il Ramadan era nelle cantilene del minareto la sera, nei pomeriggi assonnati, negli orari ridotti. Il divieto di bere non solo per strada o negli shopping mall, ma anche in macchina, i ristoranti chiusi fino a Iftar, gli articoli sui giornali con la pubblicità di posate e bicchieri luccicanti, tavole imbandite e consigli su come non abbuffarsi e ingrassare troppo nel lungo mese del digiuno.

A casa, se avevi domestici musulmani, li facevi lavorare per prepararti un pranzo e loro ti parlavano con la faccia da mummia, afflitti da un inspiegabile peso. Quando osavi chiedere: «Stai poco bene?», loro rispondevano con fierezza: «Sto digiunando», il che si traduceva con un: «Vai a quel paese e lasciami stare, tu profano!». Così con i bambini dovevi fare tutto da sola regalando un bel salario ai tuoi domestici mancati.

L'autista non sembrava dell'umore migliore, ti affrontava con un urlo isterico alla prima richiesta considerata eccessiva. A te non restava che pensare a un immediato trasferimento in Europa.

Per coloro che non praticavano il Ramadan con lo spirito di sacrificio con cui era stato concepito, si trattava di una vita vampiresca. Si mangiava fino a tardi, restando svegli fino alle quattro del mattino, e si faceva colazione prima che il sole si alzasse, con le lunghe litanie del minareto che ti accompagnavano a intervalli fino alle undici di sera. L'aria esplodeva nel tripudio di lunghi ululati monosillabici su cui la voce sembrava slittare all'infinito.

Era come entrare in un mondo fatto di preghiere palpabili durante i banchetti serali sotto le tende degli hotel, nelle piazzuole accanto alle moschee, come una musica di sottofondo che si colorava di folklore. Un mondo capovolto in cui, stando alzati a festeggiare fino a notte fonda, si costringevano anche i più piccoli a svegliarsi tardi per andare a scuola, ribaltando il salutare ciclo circadiano.

Il Ramadan imponeva una rivoluzione dei ritmi sociali: l'idraulico che di solito ci metteva tre ore a riparare un guasto, ora ci metteva tre giorni, considerato che terminava all'una e per trovare i pezzi di ricambio doveva inoltrarsi tra altrettanti negozi chiusi. FedEx limitava i suoi servizi al mattino, quando tu non eri mai a casa, e per trovarsi d'accordo si slittavano le consegne a tempo indeterminato. Negli uffici i cristiani sbuffavano perché dovevano sobbarcarsi tutto il lavoro arretrato dei colleghi che venivano accusati di prendersi una bella vacanza a loro spese.

Quando sentivo che in Europa si volevano rimandare gli esami di maturità per favorire gli studenti che digiunavano nel Ramadan pensavo che ci saremmo ritrovati con gli stessi problemi che stavo vivendo negli Emirati. Avevo nostalgia per quell'antico silenzioso digiuno cristiano – che pochi praticavano – dove Gesù diceva: «Quando digiunate profumatevi il capo e non ditelo a nessuno. E Dio che vede nel segreto vi ricompenserà».

Haya tornava da scuola sbandierando un certificato in mano con la scritta: «Prima al concorso di Corano», un diploma-riconoscimento di cui andava fierissima e che aggiungeva alla bacheca dei suoi trofei.

«Lo danno a tutti» specificava Amir, ingelosito da tanto senso di trionfo. Anche lui aveva avuto il suo certificato dopo aver recitato a memoria una fila di *sure* in modo impeccabile.

A scuola i miei bimbi avevano lezioni di Corano cinque volte alla settimana e io non avevo uno straccio di prete che distribuisse diplomi di miglior cristiano ai miei figli.

In più a scuola era successa una cosa che continuava a tormentarmi: il migliore amico di Amir, un compagno pakistano, sosteneva che la croce fosse *evil*, demoniaca in inglese, e che in Canada, paese da cui proveniva, erano tutti musulmani come lui. Amir mi aveva confessato che, quando Salah era venuto a trovarci, aveva rimosso il crocifisso dalla cameretta per evitare che l'amico lo notasse. Non voleva perdere la sua amicizia.

Il problema era che questa croce da rimuovere da libri e magliette, questa croce che le due chiese di Dubai non potevano nemmeno esibire all'esterno nonostante la città si professasse un luogo tollerante con tutte le religioni (in effetti era il paese più aperto di tutto il Medioriente), era ancora una *croce proibita*.

Ora nel 2020 le cose sono diverse, Abu Dhabi sta costruendo un centro religioso che raduna le tre religioni del Libro, ebraica, cristiana e islamica, in un unico luogo. Ma solo tre anni fa, quando a scuola durante la settimana dell'arte i bambini erano stati chiamati a fare un disegno con relativo poema, tutti i fogli erano stati esposti nel corridoio tranne quello di Amir.

«Dov'è il tuo?» gli avevo chiesto. E Amir: «Il maestro non voleva farlo vedere».

Lo aveva detto con delusione, come se avesse fatto un'opera brutta, indegna d'essere appesa con le altre.

«Tu sei capace di disegnare, fammi vedere quello che hai fatto!» lo rincuorai. Così andammo in classe, e mentre il professore lo ritirava fuori da una teca, mi disse: «È bellissimo vero?» alzando le spalle in senso di impotenza.

Io trattenevo le lacrime: su uno sfondo blu e giallo vangoghiano c'era un indovinello che diceva più o meno così: «Un posto di pace, un odore di candele, i quadri sui muri, cos'è?».

Rappresentava una chiesa con una croce in cima, che trionfava nel giallo delle campane.

Alla sera mi tormentava lo sguardo impotente del maestro che non era stato capace di spiegare ad Amir perché non avesse potuto appendere il suo disegno in corridoio. Dissi ad Amir di *non vergognarsi mai della nostra croce*. Di esserne orgoglioso come lo ero io.

Ma la paura di Amir e del maestro inglese soggiogato dal timore di essere *politicamente scorretto* divenne presto un incubo. Questa stessa cosa stava succedendo anche in Europa!

«La progressiva rimozione della croce dalle aule scolastiche è colpa nostra – riecheggiavano nella mia testa le parole di Mister Press – colpa del nostro buonismo, del nostro lassismo, del fatto che abbiamo rinunciato a credere in qualcosa di profondo rilassandoci in una nebbia di tolleranza. In nome del *tutto vale*, tutto ha diritto di essere, si accetta ogni cosa senza più barriere. Siamo frutto di un cristianesimo seduto che scambia la tolleranza con il permissivismo estremo.»

Forse avremmo dovuto fare come Gesù nel tempio e arrabbiarci. Scuoterci dalla mente quell'immagine pietistica diffusa nelle chiese rinascimentali, con san Sebastiano che mentre viene trafitto dalle frecce rivolge devotamente gli occhi al cielo.

«Gli atei occidentali sono figli di cartoline strappalacrime ottocentesche e hanno il cuore infilzato di spade. Il nostro concetto di laicità e di democrazia è fiacco.» Rabbrividivo pensando alle parole di Mister Press. «Dovremmo avere il coraggio di alzarci e dire: questo non è etico, questo va contro la nostra idea di libertà. Togliere i crocifissi dalle scuole per rispettare le altre religioni è cancellare la storia che ha creato la nostra identità.»

«Dovresti star serena» mi sussurrava la parte di me più

docile. «Queste donne musulmane dalla testa velata sono le tue migliori amiche, ti sorprendono nei corridoi raccontandoti le loro storie personali con una cieca confidenza.»

C'era Manal, la maestra di arabo di Haya che per un periodo le aveva fatto lezione anche a casa, che stava divorziando da un marito tiranno che non le dava alcun contributo per i figli (negli Emirati non vi è obbligo alcuno). La sua sofferenza era mia quando con pacata rassegnazione apriva il suo cuore. Siamo donne, una categoria che ci accomuna al di là di partiti e religioni. E siamo tutte uguali quando ci incontriamo. Di fronte agli argomenti dei nostri discorsi, come i problemi di mariti e fidanzati, siamo straordinariamente identiche.

L'essere donna è tra le ultime democrazie possibili.

Invece non mi davo pace e la mia esistenza continuava a prendere inutilmente pieghe surreali. Amir, a scuola, aveva un maestro di islamico, obbligatorio per lui in quanto emiratino e quindi musulmano di nascita. E io mi ero ritrovata regolarmente a fare le mie assurde crociate dalla scuola elementare. Far luce sul fatto che Maria non fosse la sorella di Gesù mi sembrava una cosa giusta, fino a quando mi resi conto che era inutile insistere su questi temi. Chiacchieravamo infatti di come il profeta Maometto fosse stato plurisposato mentre Gesù aveva scelto la castità. Al che il maestro azzardò: «Gesù era omosessuale!», il che mi fece affermare prontamente: «Gesù non era omosessuale: era una donna!».

Nella mia animosità, mi era scappata l'ennesima eresia, segno che nella mia visione evitica della vita il sesso femminile era portato naturalmente alla superiorità del martirio. Ma di fronte alla mia affermazione decisamente azzardata imparai la lezione: da allora evitai qualsiasi discussione con i maestri di scuola.

Mister Press

Abu Dhabi, maggio 2020

Sono inorridita. In Italia si gioca alla caccia alle streghe, ovvero a coloro che corrono sulla spiaggia inseguiti dai carabinieri, avvistati dagli elicotteri, rincorsi come prede. Il tutto con sfumature da poliziesco americano, con una voce femminile da cronista sportiva che dall'elicottero ci restituisce i dettagli dell'inseguimento con la suspense di una partita di calcio.

Mancando il calcio, la partigianeria del tifo si riversa con veemenza sui poveri podisti alla ricerca di sollievo. Probabilmente dietro a queste fughe ci sono salvifiche vie di scampo alla claustrofobia casalinga...

Telefono a Mister Press per informarmi e lui inveisce agguerrito: «Invece di stanare i responsabili che hanno buttato l'Italia in questo stato di delirio, cioè i politici e i loro tagli sanitari, ci si accanisce contro i poveri cittadini! Quel che non si è fatto con i mafiosi, gli evasori fiscali, i ladri, lo si fa ora con i civili! Stanno effettuando orribili partite di caccia che se fossero avvenute con i profughi clandestini avrebbero indignato il perbenismo nostrano! Possibile che il proprio vicino di casa si stia rivelando un acerrimo nemico?».

Gli spiego cercando di calmarlo che tutti i paesi hanno

avuto le loro difficoltà e di come negli Emirati si giochi in anticipo: si convertono gli hotel a cinque stelle in ospedali, come anche i centri espositivi. Si stanno creando, oltre ai diecimila posti letto disponibili, altre cinquemila unità di terapia intensiva. Si fanno tamponi a tappeto e si isolano i positivi. Si sanificano zone intere ogni notte e a Dubai perfino di giorno.

«È inutile» mi interrompe Mister Press «tutto ciò non cambierà il decorso del virus che morirà quando avrà contagiato le persone che deve infettare e sopravvivrà a ogni quarantena. Stanno trovando che forse il virus causa coaguli che bloccano il respiro alle persone, se così fosse abbiamo tutti sbagliato cura, sarebbero bastati gli anticoagulanti. La Svezia continua la sua politica di apertura, non chiude in casa che le persone a rischio, gli altri prendono il sole nei parchi e respirano la salute, personale ed economica, all'aria aperta. Forse anche da noi non dovrebbe mancare il buonsenso, la solidarietà, che non vuol dire unirsi contro la mamma che viene sorpresa a camminare per strada con il suo bambino. I bambini sono meno importanti dei cani? Perché i cani per strada sì e i bimbi no?»

Suv

Dubai, maggio 2017

Torniamo nel 2017, la mia assenza dall'Occidente mi faceva scoppiare in una nostalgia tale da farmi paragonare ogni cosa a quello che avrei voluto fosse e farmi odiare questo paese che ora mi sembra invece così piacevole. Solo quando entri nella società attraverso la scuola dei tuoi bambini abiti davvero la nazione in cui ti trovi, con le sue regole e abitudini. Quando invece ci stai, anche anni, come un turista perché lavori in una ditta che è comunque occidentale e non devi confrontarti quotidianamente con la società del luogo, ti senti sempre su un'isola, come succede a me in questo periodo.

La scuola di Amir, all'inizio, era composta per la grande maggioranza, come tutte le scuole dubaiane, di indiani e pakistani. Davanti alle aule, al mattino o all'ora di andare a prenderlo, le mamme si ammassavano con i loro sari e i punti rossi in mezzo alla fronte per discutere del pollo al curry che avevano preparato o della prossima festa delle luci. Sentivo la nostalgia di riconoscermi in qualche tradizione che fosse anche mia, e le poche mamme occidentali della classe erano spesso lavoratrici e troppo impegnate nelle proprie routine per fermarsi a parlare.

Solo anni dopo compresi che esigevo troppo da me stessa: mi ero trasferita in un paese arabo tagliando i contatti con la mia terra quasi radicalmente, facendo finta di essere ancora alle mie latitudini e quindi illudendomi di vivere un'altra realtà. Così mi scontravo con le filippine che non si comportavano con la responsabilità che mi aspettavo da chi mi doveva aiutare in casa, e con un marito che non poteva essere come io speravo per l'incolmabile divario culturale che ci separava.

Ero in esilio, psicologicamente lontana dalla mia patria, emotivamente distante dalle persone a cui ero legata prima, e non c'era che una via d'uscita dalla mia prigionia mentale: tornare a casa.

Solo quando decisi di trasferirmi alla Kings' School Dubai, che aveva un'alta percentuale di bionde simili a me, mi sembrò di tornare in un luogo familiare.

Ogni mattina l'autista ci aspettava per portarci in questa scuola dove oltre ai figli del re dubaiano stavano i nipotini di Cat Stevens, ormai convertito all'islam da vent'anni e residente nella mia stessa città. Anch'io salivo in macchina assonnata con i bimbi dopo aver preparato la colazione e il pranzo al sacco, e abbracciandoli per tutto il tragitto mentre Mirza guidava, li accompagnavo fino alla porta della classe. Mi piaceva questa vita tranquilla e familiare, ormai non uscivo quasi mai per andare a feste o cene e assomigliavo alla più ortodossa delle mogli musulmane agognate da mariti conservatori come il mio.

Davanti alla scuola vedevo parcheggiata una fila di macchinoni enormi, e mentre l'autista sistemava la mia altrettanto sconfinata Range Rover e scendevo con i bambini per mano, riflettevo su come le macchine fossero, oltre che status symbol, direttamente proporzionali, in grandezza, all'infedeltà dei loro proprietari. Ricordavo una storia che avevo letto su un giornale online di gossip italiano riguardante tradimenti e automobili. Una ragazza italiana che credeva fermamente in un amore «povero e sincero» si era trovata raggirata da uno che faceva il tirchio con lei e il ganzo con una ragazza ingioiellata a bordo di un luccicante, imperdibile Suv. E io mi ero ritrovata a cercare su Google cosa fosse questo dannato Suv.

Trovai la definizione di Wikipedia: «La sigla Suv è l'acronimo di Sport Utility Vehicle, traducibile come Veicolo Utilitario Sportivo, e identifica una particolare categoria di autoveicoli dall'assetto rialzato e, tendenzialmente, con trazione integrale. Si tratta generalmente di veicoli dall'aspetto simile a station wagon aventi alcune caratteristiche dei fuoristrada». Proseguii nella lettura: «I detrattori dei Suv li considerano una inelegante esibizione di ricchezza e stato sociale, i sostenitori accusano i detrattori di invidia economica...».

Al che ebbi la meravigliosa illuminazione: nessuno a Dubai parlava dei Suv perché tutti giravano regolarmente su questo tipo di automobili. Solo che qui, invece di chiamarlo con un nome così generico, lo si indicava con il nome specifico, a cominciare da mio figlio che diceva tranquillamente che la macchina appena passata era una Nissan Patrol come quella dell'amichetto Tariq, o che Paidi aveva una Porsche Cayenne come papà. Insisteva anche che la nostra Land Rover rosso pompiere era troppo piccola per farci stare anche i nonni.

Da quel giorno seppi una parola in più che mi fece capire come a Dubai il costo della benzina, che era circa tre volte inferiore che in Europa, unitamente agli spazi enormi delle strade, permettesse a tutti di girare con l'usuale macchinona considerata strafottente e status symbol solo in Occidente. Perché a Dubai le persone normali avevano il Suv, le altre giravano con obsolete utilitarie. Sporche, piccole, a volte un po' fumose, appartenevano alla categoria dei paria, indiani o pakistani che incassavano poco e si affastellavano in abitacoli a misura di borgo medioevale. Vetture piene di cuscini, di tendine, di elefanti hindi o crocifissi, se si trattava di filippini.

Il mio vicino di casa, una Ferrari e una Bentley parcheggiate in garage e due Porsche Cayenne con relativo autista appollaiato su una sedia fuori dal garage, veniva da Verona. Il mondo è piccolo in certi casi. Solo che non andava a Verona da circa vent'anni e l'Italia l'aveva disertata da un pezzo. Brizzolato, l'andatura che rivelava qualche nottata di troppo nei night, una moglie russa che viaggiava sempre da sola, due figli con relative tate, due filippine e una casa sulla spiaggia che costava circa trecentomila dollari l'anno di affitto. Suo figlio e mio figlio giocavano correndo nella propria Ferrari giocattolo. Questa era la quasi tipica famiglia di Dubai espatriata di successo.

La bellissima moglie saltellava fuori dalla sua Bentley, i tacchi altissimi e un vestito verde e giallo sgargiante all'una del pomeriggio, la quasi obbligatoria borsetta dello shopping appena fatto con la scritta «Dior» stampata a caratteri cubitali. E pensai che io, da un po' di tempo, le telenovelas non le guardavo alla televisione, ma le vivevo. Qui tutte come Kim Kardashian, che ancora incinta aveva pensato bene di arruolare quattro tate per non far mancare nulla alla bimba vedendo di pagarle centomila dollari al mese. Ovviamente non aveva pensato che alla neonata sarebbe mancato l'essenziale, cioè la mamma.

Preservato lo smalto sulle unghie e riacquistata la linea a tempo record perché questo tipo di madre dormiva (non aveva da svegliarsi di notte per allattare o cambiare pannolini), la mamma manicurizzata passava la sua giornata a impartire ordini ai domestici e pensava a cose importanti come ridecorare la cameretta dei bambini e comprarsi un nuovo reggiseno push-up per impedire al marito di cedere a ogni altra tentazione. Da buona donna impegnata, avrebbe negato di essere una madre assente. Il suo tipo di rapporto, avrebbe sostenuto con orgoglio davanti al marito e alle amiche, sarebbe stato *di qualità*.

Così, a breve termine, la *quantità* della babysitter avrebbe battuto la *qualità* della mamma. Anche se purtroppo non c'era babysitter che potesse avere un rapporto viscerale con il suo piccolo cliente. Nemmeno la tata d'oro, quella di Kim Kardashian, poteva sostituire una madre.

Se sei un figlio, a volte è meglio nascere povero.

Dubai si fa il lifting

Dubai, maggio 2017

In quel periodo si cominciava a respirare aria di Terza guerra mondiale, con l'Isis che continuava a far parlare i telegiornali e a preoccupare tutto il Medioriente. Almeno così sembrava. A poche ore dalla mezzanotte l'incendio dell'Hotel Address aveva animato due ipotesi: «È la volta di Dubai nel mirino dell'Isis», o quella più cospiratrice: «Si tratta di autosabotaggio per far brillare meglio quelli che saranno fuochi artificiali da Guinness dei primati». La terza ipotesi, quella più modesta, che si fosse trattato di un semplice incidente, non era stata nemmeno presa in considerazione.

Poi sembrò comprovato che un umile cavetto elettrico avesse causato l'incendio. E se un cavo elettrico poteva far tanto in un grosso palazzo, tutta Dubai sarebbe stata a rischio di incendi per i materiali altamente infiammabili che rivestivano gli edifici.

Era già capitato tempo fa che un cestino di carta prendesse fuoco e divorasse i piani di un grattacielo delle Jumeirah Lakes Towers. Se bastava una sigaretta per scatenare l'inferno, non si aveva certo bisogno di una bomba per un attentato...

Il governo stava lavorando sodo per far diventare Dubai la capitale mediorientale del turismo. Il Creek, l'antico canale con cui il mare da tempo si insinuava nella città, era stato ampliato in modo da ricollegarsi all'oceano dopo un lungo serpeggiare per rendere Dubai la nuova Venezia. Lo sceicco Mohammed era il nuovo doge o, fiorentinamente, il Lorenzo il Magnifico che arruolava le migliori menti creative del mondo per produrre architetture a regola d'arte. Sarebbe restato nella storia come colui che, mancando a Dubai il petrolio, le aveva assicurato un futuro d'oro trasformandola in una meta imperdibile.

Mentre passavo per Jumeirah, dove vivevo da anni, non potevo non restare impressionata. Le spiagge che prima erano frequentate da pochi bagnanti erano sovrastate da gru giganti che lavoravano giorno e notte accanto a vere e proprie montagne di blocchi di cemento che ricordavano quelli di pietra delle piramidi egizie. Nuove isole reclamavano il mare e gli appartamenti venivano venduti in anticipo a diecimila dollari al metro quadro. Per andare in banca, dove prima c'era un semplice incrocio ora trovavi la strada sbarrata e le colonne mastodontiche di un ponte autostradale costruito in poche settimane.

La velocità con cui si avanzava impressionava, con ritmi impensabili per l'Europa dove i sindacati avevano eliminato ogni tipo di pur velata schiavitù. E spaventava il numero degli sfratti senza possibilità d'appello, come il silenzio con cui si cambiavano gli sfondi di casa tua. Un anno prima stavo sulla spiaggia più bella di Jumeirah e Amir era cresciuto con i piedini nella sabbia. Oltre ad avere una vista da incanto con il blu smeraldo del mare contro la striscia bianca della rena, ti sentivi Robinson Crusoe, su chilometri e chilometri immacolati d'isola privata. Poi, da un giorno all'altro, avevano eretto un muro, senza comunicazioni ufficiali che ci informassero in tempo.

Dubai si stava facendo il lifting senza domandare il permesso ai suoi abitanti. Quando di notte cominciai a esser disturbata dai primi camion, feci le valigie e in tre giorni trovai una nuova casa su una spiaggia diversa (dopo una ricerca febbrile in internet e molta fortuna).

C'è sempre una nuova spiaggia, se ti fidi del tuo istinto...

Mister Press torna alla carica

Abu Dhabi, giugno 2020

La caccia alle streghe va avanti, Mister Press mi tiene informata. «In Italia hanno riempito di botte un povero corridore perché si è permesso di correre senza mascherina con il cagnolino attorno alla sua casa nel raggio di duecento metri. Ma la zona era deserta» commenta Press desolato «potevano lasciarlo stare invece di mandarlo in ospedale!»

Mentre Press parla, non posso a fare a meno di chiedermi da dove prenda certe notizie. E se non fossero vere?

«È colpa dei media italiani e di questo clima di guerra, si è innestata una reazione d'odio reciproco verso quello che sembra rompere le regole e ribellarsi, senza attenuanti o pause di riflessione, perché magari si tratta di un padre che corre per portare i pannolini alla moglie con un neonato e deve spingersi nel quartiere vicino, o un runner che si è dimenticato momentaneamente la mascherina, ma resta molto distante da tutto e tutti. C'è un clima di rigore per chi sgarra anche debolmente alla regola imposta, il che fa sì che l'inquisizione sia attuata, prima ancora che dalla polizia, dal vicino di casa. Sui social sono tutti uniti in un inno patriottico in onore della salute nazionale, il che potrebbe avere sfumature positive perché è la prima volta che ci si schiera in modo così compatto per la propria nazione, cosa che di solito succede solo per l'amata squadra di calcio nei mondiali. Ma l'elemento agghiacciante arriva quando nei social si denunciano tra gli applausi generali le scene di chi infrange la quarantena con conseguente impiccagione mediatica!»

Mister Press parla come scrive: «Sembra che lentamente siamo caduti in una guerra economica, il virus è reale, causa morti e difficoltà negli ospedali e tra la popolazione, ma che sia stato indotto, inventato o naturale, si è trasformato in una Quarta guerra mondiale che passa totalmente attraverso la virtualità internettiana!

«Del resto anche la Terza guerra mondiale è passata quasi esclusivamente attraverso internet» continua il suo monologo dopo aver preso fiato «e con Terza guerra intendo tutti i focolai delle guerre mediorientali, dalla Siria, all'Iraq, alla Libia, che hanno acceso i nostri schermi negli ultimi anni. Senza internet l'Isis sarebbe stata poca cosa, ci sono voluti i social per ingigantire torture e omicidi avvenuti in diretta, come un macabro serial televisivo. Cosa sarebbe successo se si fosse vietata la messa in onda? Te lo dico io: la guerra si sarebbe ridimensionata fino a sparire, perché non serviva più a un sistema che usava la comunicazione per bloccare le nazioni nella paura e quindi dominarle meglio!

«Da quando abbiamo capito che la bomba atomica avrebbe distrutto il pianeta e quindi una guerra mondiale armata avrebbe portato al suicidio collettivo, ci siamo attivati con un'atomica microscopica, il virus, per uccidere l'economia e trasformare il tessuto sociale con innovazioni che fino a ieri sembravano fantascientifiche. Dal rintracciamento con telefonino al vaccino obbligatorio, gli scenari orwelliani si moltiplicano!

«Mentre si dà la caccia a chi corre sulla spiaggia come

se fosse il nostro nemico, Usa e Cina si combattono per imporre il proprio sistema 5G, le grandi compagnie come Apple, Amazon e Google si arricchiscono oltremisura e le piccole industrie europee, i commercianti, gli artigiani e il ceto che non appartiene alla grande industria cosmopolita sta diventando la nuova plebe mondiale!».

Mister Press ha parlato tutto d'un fiato, animatissimo e disperato. Per lui è davvero questione di vita o di morte, un partigiano che dall'ultimo fronte della libertà grida una verità che a suo dire sarà presto uccisa.

Tento di riassumere: «Quel che ho capito è che chi infrange la regola è il demonio da condannare perché diventa l'untore volontario e quindi il terrorista moderno. E così il governo nasconde le proprie colpe dietro a questi pubblici linciaggi, dico bene? Nessuno si ribella al governo che ha fatto i tagli alla sanità, che non elargisce supporti veri ai poveri, che ha tolto fondi pure alle scuole pubbliche lasciando che i giovani si imbarbarissero sui social considerando il mestiere di influencer più importante di quello di dottore o ingegnere. Influencer che fino a ieri esibivano la borsetta firmata come il trofeo di conquiste personali a cui mirare per raggiungere la realizzazione collettiva, ora predicano di stare a casa come nuovo mantra. È questo che intendi, Igor?».

Meglio continuare a postare foto di mare e spiagge, della plastilina che faccio con i miei bimbi nel pomeriggio dopo scuola, dei castelli di sabbia costruiti nel weekend sulla spiaggia accanto a casa. In quarantacinque giorni sono uscita una volta sola per fare la spesa. Il resto l'ho ordinato su Amazon, prendendomi la soddisfazione finalmente di non dovermi addentrare in un noiosissimo centro commerciale per comprare il necessario.

Ogni giorno arrivano magliette, libri, giocattoli... io

gongolo benedicendo internet e mi trovo nella posizione di chi fa il gioco, secondo Mister Press, delle grosse multinazionali: comprando solo attraverso la rete, sto uccidendo i piccoli negozianti e distributori locali.

Ma Press dimentica che sono in Medioriente, dove il capitalismo è già internazionale, dove l'autoritarismo del governo è già dittatura.

Alcune moschee a Dubai rimangono aperte: è possibile entrarci a patto di restare distanziati e di usare il proprio tappetino portandolo da casa. I grandi tappeti dei luoghi di preghiera musulmani, accuratamente arrotolati ai bordi, lasceranno posto al freddo pavimento di pietra da disinfettare ripetutamente. Vietato l'accesso a chi abbia più di cinquant'anni o ai bambini.

Questo di lasciare aperti e controllati gli edifici di culto lo considero un grande passo di civiltà. Se in Italia e in Svizzera si fossero aperte le chiese, la gente avrebbe potuto andare a pregare con le dovute distanze e la manifestazione della fede avrebbe potuto trovare una nuova primavera. Avendo fiducia in Dio, il corpo non teme la malattia, quanti frati e suore nel passato hanno curato lebbra e peste senza contagiarsi?

La fede può tutto, è pura magia. Serrando i luoghi di preghiera si sono chiuse le porte alla bellezza, all'armonia, alla poesia e quindi alla salute. Le porte di un mondo che introduce alla dimensione ultraterrena, dove attingere benessere, sono state sbarrate in favore di altre porte verso il mondo immateriale, ma concretissimo, della televisione. Cancellato l'aldilà dello spirito c'è restato solo l'aldilà impalpabile delle onde del mondo internettiano tecnologicamente programmato.

Per il Ramadan vengono donati ai poveri dieci milioni di dirham, due milioni e mezzo di euro. Seguendo la nuova modalità coronavirus, la carità verrà donata attraverso associazioni che confezionano il cibo e lo distribuiscono privatamente, un po' come prima avveniva ai crocicchi delle strade.

Succede all'improvviso una cosa inaspettata che apre gli occhi su un aspetto davvero invidiabile perché avanguardistico della religione musulmana: per Iftar saranno concessi raduni di dieci persone e il coprifuoco da giornata intera verrà ridotto dalle dieci di sera alle dieci del mattino.

Contrariamente alle nostre chiese che sono bloccate impedendo ai fedeli di riunirsi e pregare, negli Emirati il coprifuoco totale viene sospeso per permettere alle famiglie di celebrare la festa sacra. Segno che i musulmani sono davvero più credenti degli occidentali, visto che la religione è parte della costituzione con i suoi precetti.

Guardo l'articolo in prima pagina sul giornale *Gulf news* che ricorda che il digiuno è obbligatorio agli occhi di Dio, per cui se disubbidisci finisci in carcere. Se la preghiera è coercitiva bisogna scarcerare le persone dall'isolamento per lasciarle assolvere ai propri doveri. In questo modo la preghiera che tiene lontana la malattia diventa un dovere costituzionale che viene prima dell'emergenza in corso. Il che è paradossalmente ammirevole.

Ma dov'è la differenza tra questa autocrazia morale e il carcere verbale occidentale dove ormai non puoi più esporre la tua opinione in onore del pluralismo delle idee e del *politically correct*, e ora in nome delle *fake news?* In entrambi i casi, siamo forse alla dittatura come profetizza Mister Press?

Per carità

Dubai, maggio 2017

Il governo emiratino era sempre andato fiero del suo ordine civile. Strade pulite senza graffiti se non nei murales realizzati da artisti commissionati e pagati dallo stato, immondizia ordinata in file di bidoni distribuiti davanti alle ville e regolarmente svuotati, accattonaggio invisibile. L'assenza dei mendicanti era una cosa che non saltava immediatamente all'occhio, ma se ci facevi caso, vibrava come una nota dominante.

Mentre in Italia eravamo tutti afflitti dalla sindrome del missionario e ci ritrovavamo a dare volentieri monete alla vecchietta arroccata davanti a una chiesa, e poi ai cantanti cileni all'ingresso del supermercato, al marocchino dell'angolo e allo zingaro al semaforo, fino ad arrivare verso sera, esausti, a gridare: «Non ho più soldi, li ho dati tutti ai tuoi colleghi!» e, magari il giorno dopo, tirare via dritti scocciati imprecando, a Dubai non c'erano elemosinanti. Non perché fossero tutti ricchi, semplicemente perché era proibito.

«L'anno scorso abbiamo incarcerato ottocento persone, duecento dei quali durante il Ramadan» enunciava il capo della polizia sul giornale affrettandosi a precisare: «Si sono fatti furbi, girano con un figlio in braccio o mandano direttamente il piccolo a chiedere soldi. Ma non fatevi abbindolare, a Dubai ci sono molte persone buone disposte a fare la carità soprattutto durante il Ramadan, e queste lucrano sui buoni sentimenti». Al che mi venne in mente mia madre, che i marocchini fuori dal supermercato non si era limitata ad aiutarli, ma li aveva invitati pure a pranzo. Sarà stato un difetto (o un pregio) tipicamente cattolico?

Intanto Dubai registrava i suoi numeri: fino a giugno aveva arrestato ben centottanta persone, dal 2011 quattromila. Cifra che comprendeva tutti i mendicanti che si erano visti in giro, anche quelli che bussavano alla porta delle case, tra cui forse i cinesi che vendevano dvd fotocopiati a un decimo del prezzo; la signora beccata davanti a una moschea con migliaia di dirham nel Range Rover, i genitori dei bambini mandati a supplicare con l'aspetto volutamente malandato.

Il capo della polizia sosteneva che alcuni deformavano appositamente gli arti dei propri figli per farli elemosinare. Forse era davvero giusto proibire la carità per evitare che genitori senza scrupoli deturpassero i figli. Ricorrere alle istituzioni di assistenza, a centri sociali che a Dubai non esistevano visto che qui, se eri povero e non avevi lavoro, dovevi tornartene al tuo paese. Questo se eri straniero. I poveri arabi, invece, erano pochi e venivano trattati bene. Il governo del petrolio donava case e sostentamento a chi non ce la faceva, e così eliminava il problema dei vagabondi: un'assistenza sociale a vita per suffragare la povertà emiratina quasi inesistente. Una monarchia che elargiva servizi sociali con generosità, senza dover ricorrere a nessun sindacato, sempre che tu avessi in mano un passaporto che era il privilegio di pochi.

Mettiamo il caso che questo fosse successo da noi... già me li immaginavo, quei cortei di piazza...

Ci sveglieremo in un mondo virtuale?

Abu Dhabi, maggio 2020

Oggi, con la pandemia, è impossibile pensare ai cortei di piazza. Mi sto domandando se, come nella visione più apocalittica di Mister Press, quella di un nuovo governo mondiale trionfante su tutta l'umanità, questo virus sia stato inventato apposta per fare il gioco della futura tirannia: impedire che la gente si raduni e faccia una rivoluzione che potrebbe finalmente cambiare il corso delle cose.

Il nostro mondo si sta trasferendo totalmente nel *cloud*, sulla nuvola, che però non è quella dell'auspicato Paradiso a cui si aspira da millenni.

Come si celebra la preghiera via internet, ieri abbiamo festeggiato il compleanno di una parente via Zoom. Ingabbiati nel televisore principale della casa, c'erano tutte le facce sorridenti dei partecipanti. Senti di essere insieme e non lo sei, come Haya, che continua ininterrottamente a parlare con la sua amica Shila tutto il giorno, portandosela con sé quando dipinge un quadro o in bagno, mentre si lava i denti. L'amica appiattita su uno schermo incomincia a essere viva quanto la realtà.

In futuro saremo pochissimi a voler restare nella difficile realtà fisica. Viviamo una vita apparentemente più comoda perché priva della fatica manuale, tra automobili e telefonini, e presto saremo tutti proiettati in un computer collettivo dove internet sarà impiantato direttamente nel cervello rendendo possibile vivere a cavallo di due mondi, quello digitale e quello fisico, fino al salto finale: addormentare il nostro corpo per vivere nella Matrix internettiana con il nostro perfetto corpo digitale.

I visionari del transumanesimo sognano di farci scegliere se vivere definitivamente in una macchina o se restare, come esseri primitivi, in quella fisica.

È un'immagine che torna spesso nella mia mente e non riesco a cacciare. Ci vedo addormentati in un letto d'ospedale, i nostri corpi nutriti da una flebo, con i muscoli atrofizzati nella paralisi di un sonno perpetuo, e pur vigili, in una sorta di coma, nei nostri sogni eccitanti.

Un mondo virtuale dove i poveri avranno macchine lussuose e chi sogna un mondo zen e meditativo avrà paradisi naturali con laghetti smeraldini e una vegetazione che nella realtà, invece, sarà quasi distrutta. E questo mondo virtuale avrà leggi e regole a cui la nostra mente sognante sarà così abituata a ubbidire da non poterle variare.

Nessuno ricorderà, tra cento anni, che una volta gli esseri umani vivevano in un altro mondo, quello fisico. E visto che la coscienza umana per il transumanesimo può migrare in una macchina, questi robot che ci terranno addormentati saranno la nuova umanità.

Siamo alle soglie della fantascienza esoterica, tra sciamanesimo e spiritismo.

Per gli sciamani, infatti, noi siamo anime calate in un corpo e il mondo che ci circonda è abitato dagli spiriti dei morti, invisibili ai più, ma con i quali interagiamo, parliamo e che tocchiamo, come può fare solo un medium. Spiriti che gravitano sulla terra perché non hanno voluto lasciarla per nostalgia, risentimento, rabbia, voglia di tornare al potere che avevano.

Alcuni, mossi da altruismo, aiutano gli sciamani a guarire le persone e sono restati nel mondo terreno per compassione: vogliono aiutare il prossimo come gli angeli custodi, anime trapassate legate ancora a desideri terreni, ma con una grande aspirazione alla bellezza e all'infinito.

Ora: per il transumanesimo non esistono gli spiriti ma le coscienze, che sono la parte razionale mentale che secondo loro sopravvivrebbe alla morte. E sono proprio queste che possono entrare in un oggetto inanimato come un robot e farlo vivere, così come nello sciamanesimo gli spiriti possono entrare in una pietra o in una statua.

Il che rende paradossalmente il transumanesimo una vera e propria religione spiritistica.

In tutta questa operazione pseudo-evolutiva, i fautori del transumanesimo si stanno dimenticando che la nostra anima sta già vivendo una realtà virtuale: la nostra fisicità sulla terra.

Lo sciamano torna nell'aldilà, cioè nel vero mondo a cui apparteniamo, nei suoi viaggi psichedelici, e rientrato nel corpo capisce che la terra è già un videogame, una realtà fittizia, il velo di Maya di Platone...

Benedico le nuvole

Abu Dhabi, maggio 2020

Stufa di pensare al transumanesimo e alla piega distopica che prenderà il nostro avvenire, decido di cambiare rotta e di immaginare un futuro meraviglioso, dove al posto di aver paura che ci vengano innestati microchip nel cervello sotto il controllo della polizia globale, con patenti di salute e tracciati digitali nei telefonini, vedo la rinascita dell'antico cuore familiare perduto.

Mi trovo automaticamente a raffigurarmi i tempi antichi, quando la società era basata sui nuclei familiari e sull'economia limitata del villaggio, quando si diventava adulti a vent'anni, a trenta si era maturi, a quaranta calvi e con la pancia, a cinquanta vecchi... Quando ci si prometteva amore eterno a venti perché non si arrivava ai cinquanta. Quando la società era immobile, le distanze e i luoghi ancora esistevano come dato geografico perché non c'era internet ad abbattere le barriere fisico-temporali. Quando per sentirti vicino a una persona dovevi esserci fisicamente perché una lettera era troppo lenta e l'istantaneità di un messaggio digitale era utopia. Quando la società non era nei social.

Immagino la concretezza della vita, i contadini che si alzavano nei paesaggi nebbiosi invernali del nord Europa, la poca luce che rilassava i loro occhi e la natura che dettava il ritmo delle cose. Oltre alla durezza, c'era una poesia che nessuno riconosceva coscientemente, visto che il lavoro fisico di sopravvivenza dettava un'austerità simile a un continuo allenamento, giorno dopo giorno lo sforzo di mantenere la disciplina per procurarsi cibo e un tetto sopra la testa. I corpi che si adattavano al freddo meglio dei nostri. Anche il freddo, come tutto il resto, è solo un atteggiamento mentale?

Forse è ora di credere nell'utopia di un futuro ridonato alle nostre famiglie, alle antiche origini contadine, alla popolazione raccolta in comunità autonome in un non troppo lontano 2060. Gruppi che ricorderanno quelli medioevali dove gli artigiani saranno scomparsi secondo la catena della produttività moderna che ti vedrà recapitare in casa piatti e vestiti direttamente da Amazon. Tutto sarà ulteriormente robotizzato nelle fabbriche e negli uffici e l'istantaneità con cui verranno consegnati i prodotti ordinati sarà stupefacente.

Ma il fulcro resterà la famiglia: sarà qui che si vivrà la maggior parte della giornata, recandosi a scuola o restando a casa per lezioni digitali, e così con il lavoro. La necessità di recarsi in ufficio sarà rimpiazzata totalmente dallo smart working, i bambini cresceranno accanto alla mamma, e il papà che spesso lavorerà in giardino per coltivare l'orto di casa completerà il quadro idilliaco. Ma forse dovrei dire genitori uno e due, visto che le figure di padre e madre saranno da tempo scomparse, come la distinzione dei sessi.

Ci trasformeremo per la necessità di sfuggire alle restrizioni di mobilità che epidemie sempre più frequenti ci imporranno. Regolarmente, ogni due-tre anni, una nuova epidemia affiorerà, costringendo i governi a chiuderci agli arresti forzati in casa. Chi vivrà in città sarà spacciato: perderà il lavoro e la salute, dovendo stare isolato per lunghi mesi. Allora parte di noi si risveglierà e decideremo che, anziché ribellarci a mano armata, potremo riunirci in piccole comunità ai bordi dei boschi, sulle colline e nelle montagne, in contatto con la natura, là dove non ci sarà la minaccia di essere immobilizzati in casa da forze militari.

Inseguiremo la necessità di mescolare le mani alla terra nei nostri ampi giardini per rafforzare il sistema immunitario e i virus non ci faranno più paura. Potremo uscire quando vorremo, nessuno ci controllerà nelle zone boscose al di là dei nostri villaggi, le epidemie non ci coglieranno più impreparati.

Guardandomi indietro, da questo mondo futuro, vedrò quanto l'Occidente ha perso la sua forza morale e fisica, viziato da una situazione di comodità che non ha fatto altro che debilitarlo in uno stato di sopravvivenza agli hamburger e ai biscotti industriali consumati davanti a Netflix.

Torno al presente, qui ad Abu Dhabi l'alta marea sta affogando come ogni pomeriggio gli alberi di mangrovie. Così gli uccelli restano appollaiati sui rami o sotto alle case, tra i pali che le sospendono sul mare. C'è una cicogna a qualche metro da me seduta sul parapetto della pagoda dove i miei figli stanno silenziosamente giocando a Monopoli e il cielo grigio, metallico, risuona come una benedizione.

Ho appena immaginato un quadro fiammingo, dai colori tenui, come la luce benefica che accarezzava i miei occhi troppo sensibili quando, durante le giornate della mia infanzia, il cielo plumbeo mi permetteva di rilassarli e vedere finalmente gli alberi, la neve sulle montagne in lontananza, la strada che percorrevo in macchina.

Dopo l'ovvietà e la prepotenza del cielo emiratino perennemente azzurro, e gli occhiali da sole immancabilmente calcati sul naso per proteggermi dalla luce accecante di questo paese, benedico le nuvole.

L'orientale

Dubai, maggio 2017

Avevo trovato la domestica giusta cominciando a rilassarmi per tutto il Ramadan, al che realizzai che erano passati ben dieci anni da quando mi ero trasferita a Dubai, abbandonando tutto ciò che ero stata per abbracciare la mia nuova vita di madre. Il vuoto che mi portavo dentro, quel senso di solitudine, non era che la nostalgia per il mondo che mi ero lasciata alle spalle e che ora mi sembrava un sogno lontano. Così decisi di tornare in Europa, ricominciando da ciò che avevo lasciato: il mondo della televisione. E mentre stavo seduta in aereo, mi rendevo conto di come le porte della mia vecchia Italia mi si erano aperte magicamente come un tempo.

Ogni settimana sarei dovuta andare a Roma per un'importante trasmissione e nello stesso tempo stavo facendo la promozione del mio primo libro stampato dopo anni di pausa da una rinomata casa editrice. E mi sentivo felice: avevo un passaporto per rientrare nel tessuto sociale che avevo abbandonato, per riavvicinarmi alla gente che mi mancava troppo.

Sentivo l'amore del pubblico nel calore che esplodeva negli applausi quando, prima di entrare sul palco, vedevo un gruppetto di donne alzarsi e salutarmi con un «ciao Anna» e gli occhi sciolti in un abbraccio. E nella trasmissione c'erano gli artisti, i miei simili, che sembravano pianeti di solitudine buttati in un universo di altre parallele solitudini. Esseri che ricordavano elfi spuntati da una fiaba.

Mi muovevo nel mondo che una volta era stato il mio, incontravo truccatrici e autori con cui avevo lavorato e sentivo di amarli come si amano i compagni di un viaggio, con quel senso di comunione che a un certo punto si era sospeso ma non spezzato.

Incredibilmente cominciai a intravedere quanto l'Occidente fosse cambiato. La permanenza in una terra piena di pudore mi aveva trasformata in un essere ottocentesco, timido in certi pensieri e restio nel parlarne. Le discussioni televisive sul sesso, per esempio, mi sembravano esagerate e mi stavo rendendo conto che era stata Dubai a cambiarmi, non solo il fatto di essere diventata madre.

Erano quei minareti che riempivano l'aria di canti, a scadenze fisse, saturando l'aria di preghiera. Era la preghiera a cui mi ero avvicinata, questo Dio così palpabile e così fondamentale. Era la voglia di gridare al mondo: «Io credo!», la voglia di dire a tutti gli altri, come un obsoleto predicatore ottocentesco: «Sappiate che Dio c'è, svegliatevi, Dio ci sta accanto con i suoi angeli e la sua energia. Dio ci guida nella vita, ci dà un senso!». Il che mi faceva somigliare alle amiche musulmane che quando arrivavano in casa mia con l'hijab in testa, mi spiegavano: «Se non ci sono maschi in giro ce la togliamo», e poi chiedevano dove era il tappetino della preghiera, verso le quattro, e se sapevo per caso la direzione della Mecca per raccogliersi in meditazione.

Dubai, pur essendo una sorta di Las Vegas per i turisti, ma non per me, mi aveva trasformata in una musulmana versione cristiana. Fedele alla famiglia, ai figli, alla continuità della preghiera, quasi che la vita fosse un immenso convento dove professare la propria dedizione a Dio.

Ma perché non si alza per farmi sedere a meno che non abbia un tacco dodici?

Roma, maggio 2017

Da mediorientale continuavo a meravigliarmi di tutto, un po' come da occidentale avevo fatto per anni a Dubai. Scesi all'aeroporto di Roma, costellato dai grandi cartelloni pubblicitari, entrai nel flusso di turisti cinesi, passai il controllo passaporti meccanico come in America, scanner, sorriso alla telecamera e fuori.

Stavo spingendo un grosso carrello di novanta chili distribuiti su tre valigie quando mi venne incontro l'autista della macchina mandata dall'hotel, con un enorme cartellone sul petto. L'uomo si presentò con un sorriso disarmante, ma poi mi fece strada precedendomi con passo veloce. E il carrello?, mi chiedevo intanto continuando a spingerlo con affanno. Come mai non si offre di portarmelo?

Il taxista stava camminando davanti a me, come di solito fanno gli arabi, ma la differenza era che un arabo mi avrebbe preceduta senza lasciarmi portare il carrello, si sarebbe offerto di aiutarmi perché ero *il sesso debole*. Maniere ottocentesche da maschio dominante, ma viva l'antica galanteria in certi casi! Invece all'altrettanto maschio dominante che marciava con passo spedito mentre gli arrancavo alle spalle non saltava nemmeno in testa il pensiero di soccorrermi.

Che strano, pensavo irritata, dovrei forse chiederglielo? A Dubai nessuno si sarebbe sognato di sentirselo domandare, perché era spontaneo offrirsi galantemente in aiuto.

Rimasi zitta, seguendolo verso il parcheggio sempre più lentamente, quasi a passo di lumaca. L'uomo si girò, sembrava aspettarmi impaziente, e ancora non gli veniva in mente di assistermi.

Nel leggergli in faccia i primi cenni di insofferenza, ci presi gusto. Quindi avanzai a passo sempre più lento, cominciando a ridermela sotto la tesa enorme del cappello, mentre l'uomo visibilmente cominciava a fumare di rabbia e di sudore, in una Roma accaldata che a maggio assomigliava straordinariamente a Dubai, con i suoi trenta gradi.

«Capita anche negli autobus che nessuno si offra di far sedere questa povera vecchia...» mi confermò una cara amica al telefono quella sera. Stavo comodamente sdraiata sul divanetto della camera dell'hotel di Via Veneto, che mi sembrava straordinariamente silenziosa rispetto alla frastornante confusione delle strade romane.

«Seduta negli autobus degli aeroporti italiani» mi raccontava l'amica «un giorno mi ero alzata pure io per far sedere una signora con un bambino piccolo in braccio, degli uomini presenti nessuno ci aveva pensato... la chiameresti semplice maleducazione o durezza di cuore?»

Tutto ciò continuava a stridere con il fatto che negli Emirati Arabi un uomo non ti chiedeva nemmeno di sedersi al suo posto, si alzava immediatamente offrendotelo anche se non accettavi. E questo avveniva ovunque: nella sala d'aspetto del medico, alla posta, in banca. Solo in metrò sembrava non capitare perché le carrozze destinate agli uomini erano separate da quelle delle donne, e così sugli autobus.

Mi resi tristemente conto che in Occidente viveva la donna sherpa: oltre che sobbarcarsi le borse della spesa, non poteva nemmeno aspettarsi che un uomo le cedesse il posto mentre faceva sollevamento pesi in autobus. Pensai a tutte le cugine e parenti che avevano uomini che bene o male si trainavano dietro, mantenendoli o pensando a tutto, dall'organizzazione delle vacanze all'arredamento della casa, alla pulizia dei piatti a quella del garage. L'uomo, da cacciatore, era diventato preda. Aveva smesso di correre, di competere, di cacciare e fare fatica.

A questo punto mi piaceva molto di più il prototipo del businessman come Mahmoud. Un'aquila, un drago: meglio di questi uomini comodi spalmati sul divano. Il Medioriente aveva i suoi lati positivi. Lì l'uomo era ancora sicuro di avere una funzione, se pur dominante e aggressiva, ma aveva comunque un ruolo. E quindi gli uomini vecchio stampo erano tutti relegati nel deserto?

Le donne testosteroniche di un tempo si travestivano da uomini per fare qualcosa in una società che non permetteva loro di agire in quanto donne. Ma il ruolo maschile era rispettato, le donne vi aderivano rinunciando alla propria identità e immergendosi completamente in quella opposta.

Da sempre inoltre esistevano gli eunuchi a rivestire il ruolo di felice intrattenimento destinato alle cortigiane, e nella Grecia antica le donne, considerate buone solo a figliare, lasciavano che gli uomini di sapere trovassero le proprie anime gemelle in unioni omosessuali.

Mentre oggi una sola cosa era certa: stavamo tendendo, più che al terzo sesso, *all'unico sesso*. Nelle pagine di *Vogue* facevi fatica a distinguere le modelle dai modelli, la pubblicità negli aeroporti che ricopriva pareti intere con marchi e marchietti celebrava un ambiente di festa e decadenza dove efebi abbracciati ti osservavano con un volto dai tratti rigidi e gli occhi fissi, da manichino.

I corpi delle donne avevano la spigolosità scomoda che solo quelli di un ragazzo possono avere. E i ragazzi si perdevano nel languore poetico che era sempre stato il privilegio delle donne.

In tutto questo affresco dannunziano, la nuova moda londinese degli occidentali diventava farsi crescere la barba e i baffi su modello dei talebani. Sarà stato l'influsso dell'Isis, ma i giovani oggi erano irsuti come li trovavi solo a Dubai e nel Medioriente, dove la barba era ancora distinzione dell'esser uomo, e dove l'esser uomo comportava determinati connotati.

Mentre l'Occidente ci proponeva un'uniformità asessuata, chi voleva essere maschio si ispirava al mondo arabo. Era un caso?

Di una cosa ero sicura: da quando avevo deciso di rientrare in Italia, non ero più così certa di essere un'occidentale in Occidente. Anzi, da quando avevo rimesso piede nella televisione e ormai mi scandalizzavo per tutto, da bionda emiratina ero diventata *la Mediorientale*...

Carne d'acciaio

Roma, maggio 2017

In quel periodo il nuovo volto dell'Occidente continuava a suscitare in me rinnovato stupore. Ma quando nei salotti televisivi incrociai un bambolotto umano che stufo di essere un maschio dai muscoli e il volto di plastica aveva deciso di diventare donna, non ebbi che l'ulteriore conferma del nostro imminente futuro.

Quell'uomo era solo uno dei primi volti a compiere la svolta che avrebbe portato l'umanità all'integrazione robotica e biotecnologica.

Il Ken umano era riuscito a scatenare l'indignazione pubblica: dopo sessantasette interventi chirurgici, il raccontare il particolare delle ossa del cranio segate per acquisire una forma più femminile gli guadagnò la gogna mediatica per qualche settimana.

Si cominciò a dare la colpa ai dottori per tanta mancanza di rispetto per un essere che sembrava perdere a poco a poco la propria identità. Il dolce Alves, che rivelava in pubblico i ricordi traumatici di abusi avvenuti in un'infanzia che non riusciva a dimenticare, continuava a violentare il proprio corpo con le operazioni. Ci si poneva una domanda etica su quanto il mutarsi le fattezze per rendersi più accettabili fosse legittimo e quando si cominciavano invece a superare i limiti.

Ma ci stavamo avviando verso un mondo bionico, dove pezzi di corpo sarebbero stati montati e smontati integrandoli alla macchina, un futuro di biotecnologia di fronte al quale Alves sarebbe sembrato solo una bambola del passato.

Gli impianti per migliorare le prestazioni fisiche sarebbero velocemente cresciuti di numero, a volte dovuti a vere e proprie necessità, come il fotografo Rob Spence che si era fatto innestare una cinepresa nell'occhio cieco, per non parlare dei progetti futuristici di creare esseri così mescolati alla macchina da rendere tangibile il prossimo traguardo, quello di installare un cervello umano direttamente in un robot: la ricerca di un'immortalità fatta di carne d'acciaio.

Da allora tutto cominciò a diventare sempre più fluido e questo piaceva a un programma sociale che ci voleva asessuati, in previsione di un futuro dove alla donna si sarebbe tolto proprio quello che la rende unica: *la capacità di procreare*.

La fluidità era il nuovo trend. In un domani non troppo distante si sarebbero cancellati nomi con connotazione sessuale come padre, madre, zia, zio, fratello, sorella... maschio e femmina. Quella dei miei figli sarebbe stata una delle ultime generazioni ad avere il privilegio di mettere al mondo autonomamente la propria prole.

Superata la distinzione di maschio e femmina, nella nuova tecno-umanità i bambini sarebbero stati concepiti in provetta e cresciuti in sacche amniotiche di plastica, come nei film di Matrix.

Storia notturna di una taxista sexy

Roma-Lugano, maggio 2017

Continuavo a fare la pendolare intercontinentale spostandomi da Dubai all'Italia per la televisione. Mio marito era sempre più geloso e aveva cominciato a diventare violento per attirare la mia attenzione e togliermi la forza di partire. Pensava che in quei viaggi succedessero cose sconvenienti, temeva che un ricco amante potesse aspettarmi in qualche lussuosa camera d'hotel rubandomi a lui. Era cieco di gelosia e non capiva che tra i viaggi e le trasmissioni, la routine dei bambini e la presentazione del mio libro in uscita, crollavo a dormire appena finite le registrazioni.

Mi stavo sottoponendo a una tortura lavorativa estenuante e lui mi accusava di tradirlo facendomela pagare con scatti d'ira inaudita e successivi muri di silenzio.

Quella sera stavo lasciando la Rai di Roma e avevo chiamato Zara, una taxista di Lugano che era scesa a Roma per portarmi in Svizzera e stava diventando la mia autista di fiducia. Girava con le unghie sintetiche che appoggiate al volante in pelle della sua macchina facevano impazzire tutti gli uomini che salivano a bordo.

«Anche in un tragitto di pochi chilometri mi chiedono di uscire con loro, la sera, ma è possibile?» mi diceva spazientita, e non sapevo se crederle perché supponevo che le piacesse esser corteggiata, mentre cercava un principe azzurro ricco per smettere la sua attività e riposarsi nell'amore.

«Intanto forse l'ho già trovato» mi spiegava «solo che come tutti i ricchi svizzeri è un po' strano. Magari sono solo gli svizzeri a essere strani...» Lei veniva a suo giudizio da un paese più ruspante, il Portogallo.

Cominciò a raccontarmi la sua storia incredibile. In quella notte che perdeva i confini, sull'autostrada da Roma a Lugano, Zara mi rivelava la sua vita. Ascoltarla, dopo la stanchezza di una giornata impegnativa, mi aiutava a dimenticare anche le scenate di Mahmoud e a non pensare che di lì a pochi giorni avrei preso l'aereo per tornare a Dubai dove mio marito mi avrebbe accolto con nuove torture.

Il padre di Zara, a quanto raccontava, era un boss mafioso, aveva quasi ammazzato la madre e abbandonato i figli che non volevano più vederlo. E lei era cresciuta così, cavandosela fin da piccola nella selva del mondo. Ma la sua attrazione verso gli spazi morbosi della mente umana non aveva mai smesso di rincorrerla. Forse, nella sua ricerca di relazioni pericolose, cercava di sistemare il ricordo doloroso di un genitore che l'aveva lasciata sola da bambina.

Zara mi raccontò di un tizio, Dimitri, che la chiamava una volta alla settimana per farsi portare delle ragazze a pagamento. «Vai tu, sceglile e poi portamele» le ripeteva, e di come nella sua grande sinistra casa, dove non si poteva muoversi e toccare nulla, lui aprisse regolarmente uno dei soliti cassetti pieni di buste colme di contanti e gliene consegnasse una per le ragazze. Zara andava in uno dei bordelli svizzeri che nell'arco di un decennio erano decaduti a squallidi centri di massaggio, prelevava tre ragazze e tornava da Dimitri, il quale per la paura d'esser fatto fuori girava per casa con un coltellaccio appeso alla cintola.

«È uno strano tipo» mi disse Zara al volante «ha sempre quel coltello addosso e quando ti dice di aspettare in salotto e lui va di là, se sente qualcuno muoversi urla come un ossesso: "Chi si è mosso!", e tu devi chiedere scusa altrimenti arriva con il coltello e gli occhi rossi di rabbia.»

«Ma Zara, quello è un pazzo, è pericoloso!» le dissi preoccupata. Possibile che lei non se ne rendesse conto?

«Sapessi quanti ce ne sono così, Anna, a Lugano!» replicò lei, che non sembrava frequentare gente normale, nel mondo della notte.

Zara conosceva molto bene Lugano. Una città che si nutriva e respirava finanza, quindi soldi che venivano da speculazioni e movimenti finanziari misteriosi. Lei era la taxista della notte, portava le puttane ricche dai loro clienti, e queste chiamavano lei perché era discreta, e anche bella. E in più ti sapeva parlare come un'amica e affascinava tutti, come aveva fatto anche con me.

Ero stanchissima, gli occhi mi si chiudevano, negli ultimi giorni avevo fatto diverse trasmissioni, era stata una maratona, eppure non potevo fare a meno di ascoltare Zara che continuava il suo racconto: «Dimitri si fida solo di me, conosco il posto delle buste, non so da dove venga tanto denaro ma forse è una spia americana, sotto copertura di un nome svizzero, e credo lo stiano cercando per farlo fuori».

«Non ci andare più da lui» la implorai.

«È quello che mi dico ogni volta, ma poi lui chiama, mi supplica, e...»

Zara era buona ed era un'acuta intenditrice di gente.

C'era il travestito che la chiamava regolarmente per farsi portare in Abruzzo «dove si è presa una fregatura! Il tipo che l'aveva chiamata promettendole introiti d'oro non si è presentato e ho dovuto scortarla in un hotel a tre stelle».

Poi la sua amica ucraina che aveva fatto il contratto con un imprenditore svizzero: «Doveva ricevere tot al mese per regolari incontri, solo che a un certo punto lui si è stufato e lei non sapeva più come tirare avanti».

Poi c'era un altro individuo, presidente di diverse società, che una volta ogni due settimane la incaricava di andare a prendere due ragazze a Malpensa per cinquemila euro l'una, venivano dalla Russia apposta per lui, facevano *il lavoro* e tornavano in patria.

«Ma tu come fai a saperlo?» chiesi.

«Me lo raccontano» mi rispose Zara «quando i loro fidanzatini le aspettano dopo che sono state all'hotel dai loro clienti, e loro sono felici e mi sventolano le banconote sotto il naso.»

«I loro ragazzi arrivano dopo che loro sono state con clienti?» le chiesi stupita.

«E poi c'è quello che si droga, e non capisce più niente e fa fuori tutto in puttane, e quello che...»

«Basta, Zara, non ne posso più» la supplicai «è un mondo troppo... diverso! Io ho dei bambini... Amo svegliarmi alle sei per preparare la colazione, e abbracciarli e aspirare il loro profumo tenero e... mi mancano i miei piccoli!»

D'un tratto cominciai a piangere. In quell'autostrada che stavo percorrendo dopo la trasmissione in Rai, mi mancavano Amir e Haya, il loro odore, la loro fragranza. Mi mancavano le loro testine vaporose, le risate, le voci continuamente nella testa. Mi mancava il Paradiso che rappresentavano, quel misto di valori sani e scontati che fanno delle madri gli esseri più fortunati e più solidi di questo mondo. Le madri che non hanno paura di nulla, che temono solo il male della depravazione. La droga, il vizio, il mondo del sesso perverso che Zara mi stava raccontando.

«Come fai a sopportare tutto questo?» le chiesi tra le lacrime. Ero troppo stanca, quella notte insonne mi stava dando alla testa.

«Vorrei essere un'eremita in Svizzera, tra i boschi... la vita non può essere solo questa» mi rispose lei.

Pensai che in fondo a Dubai era come stare tra i boschi, anche se ti trovavi nel deserto.

La mia Dubai era un mondo di caramella dai toni colorati. Ero così mamma e forse anche moglie, laggiù, protetta da tutte le stranezze della notte, anche se Dubai si era trasformata nel bordello del Medioriente, popolato da un fittissimo sottobosco di escort e papponi.

Ma a Dubai c'era una censura perenne, certe cose non si leggevano né si raccontavano, magari la gente le faceva ma non si sapevano. Non era possibile frequentare taxisti notturni, perché gli autisti erano pakistani che non comunicavano con te.

Mi addormentai, e un attimo dopo eravamo in Svizzera. Zara non sembrava stanca, era abituata a guidare, mi disse quando mi lasciò davanti casa.

Scesi dall'auto, la aiutai a scaricare le valigie, ci salutammo e andai a dormire. Nella pace silenziosa del mio letto, dopo aver acceso la candelina della Madonnina di Medjugorje, con quello sguardo amorevole che mi proteggeva, mi addormentai immediatamente.

Attraversare le cose

Parigi, 2001

«Oggi meditare non vuol dire più ritirarsi nel deserto come un secolo addietro. Non significa astrarsi nello yoga, accendere bastoncini di incenso e isolarsi da tutti. Cosa ti serve meditare se poi quando entri in macchina cominci a urlare con chi ti taglia la strada? Cosa serve passare una sera a contemplare il silenzio se il mattino ti trovi in posta a imprecare per la fila?

«Imparate a concentrarvi nella quotidianità. Che i vostri gesti giornalieri siano meditazione. Cantate quando siete in macchina, riflettete quando siete in fila alla posta, muovetevi nel miracolo. La chiaroveggenza comincia con *l'attraversare* le cose.»

Eleanna non capiva cosa volesse dire *attraversare le cose*, ma a poco a poco cominciava a comprendere cosa intendesse il suo Maestro. Si riferiva alla maniera di vivere che le veniva più naturale. Non era un gran vantaggio. Attraversare le cose significava non essere completamente fisici, ma pieni di stupore. Come angeli caduti in terra, significava anche solo entrare in un supermercato e aggirarsi tra gli scaffali meravigliandosi della bellezza degli oggetti fisici. Osservare incantati le bottiglie di detersivo, le confezioni delle noccioline, la busta degli spinaci. Non era ovvio che esistessero cose così solide, quando ti sembrava di essere un alieno in un viaggio sul pianeta terra.

«È questo che vuol dire attraversare le cose?» chiese Eleanna al Maestro.

«No, questo vuol dire studiare la meraviglia degli oggetti, della materia. Ma non significa attraversarla. *Attraversarla significa capire che lo spazio che occupi non è un luogo fisico, un dove, ma un io.* Tu non cammini tra gli scaffali del supermercato, cammini in qualcosa che non importa cosa sia, *ma che qualunque cosa sia si manifesta a te per riflettere quello che c'è dentro di te.*

«In realtà sei in una stanza ultraterrena, senza luogo, senza tempo, come se tu stessi recitando sul fondo verde di un *chroma key*. Su quello sfondo puoi metterci tutto quel che vuoi, ma la storia non cambia. *La tua realtà sei tu contro il verde del* chroma key, *non quello che ci si proietta dopo, montando un film che può essere qualsiasi cosa.*

«E così noi abbiamo certe persone, certe anime, che ci stanno vicino anche se geograficamente sono lontanissime, visto che nello spazio del *chroma key* non ci sono barriere. Tutto quello che è nel tuo cuore sta nel *chroma key* e non importa cosa ci proietti: un mare, un prato o gli ingranaggi di una fabbrica. *Ecco cosa vuol dire passare attraverso le cose.*»

«Se io amo una persona, quella persona sarà sempre nella mia vita?» chiese Eleanna con ansietà.

«Tutto ciò che ami sarà nella tua vita perché è dentro di te. Come tutto ciò che odi. L'intensità dei sentimenti causa correnti d'aria che attirano nel tuo *chroma key* ciò che assomiglia a quel che hai dentro. Bisogna stare molto attenti alle emozioni, ecco perché è meglio guardarsi agire, e pensare e provare emozioni nel verde del *chroma key* al di fuori degli sfondi. *E siccome spesso non sappiamo cosa ci sia dentro di noi, dobbiamo vedere quel che ci capita perché questo ci rivela chi siamo.*

«Sei circondato da persone aggressive? Le persone aggressive sono il tuo specchio, riflettono quello che hai dentro ma non lo vedi perché lo hai recluso in quella parte del tuo inconscio che è per te impenetrabile. E allora la vita fa una cosa meravigliosa: te le mostra attraverso gli altri, queste parti sommerse.

«Stai con un marito che ti tradisce continuamente? Prova a guardarti dentro... le sorprese che troverai in te sono davvero incredibili. Non ti ci puoi sottrarre. *Se stai con uno che ti tradisce stai risolvendo qualche tuo problema di possesso. O di abbandono...* E forse è il tuo compagno che è spaventato come te, in modo uguale, e ti tradisce solo prima di te per non essere abbandonato per primo.»

In realtà da tempo Eleanna era attraversata dalle cose e dalle persone: se incontrava qualcuno si impregnava totalmente di quella persona, come una spugna, sentendo su di sé i sentimenti dell'altro come propri. Senza confini, o tra confini che si spostavano continuamente, Eleanna non sapeva dove il proprio io finisse e cominciasse quello altrui. In contatto con l'altro poteva intristirsi all'improvviso, se questi era malinconico: aveva bisogno di isolarsi per ritrovare la sua concentrazione sul presente, il suo centro di gravità permanente. Per non essere contagiata dalla tristezza e dalle nostalgie altrui.

Invece il Maestro ripeteva: «*Non dite "questa persona è negativa, avverto energie negative, emana energie negative". Le energie che voi dite negative non appartengono all'altro, ma a voi*. L'altro non può evocare nulla che non sia già dentro di voi. L'altro è il vostro specchio. Se a contatto di una persona depressa voi vi deprimete, è perché questa persona non fa che tirar fuori la vostra stessa depressione.

«È troppo facile isolarsi nello yoga o nella meditazione stando soli. *Il vostro campo di battaglia sono gli altri*, amate il prossimo per ciò che non sopportate in lui, *amate i vostri nemici*. Solo così arriverete a capire la realtà e la verità, i vostri nemici sono là per farvi scoprire chi siete nelle pieghe più interiori della vostra anima, più li accettate, più ammettete di avere in voi ciò che cercate disperatamente di nascondervi.

«Se la depressione o l'aggressività che tanto vi disturba non è fuori di voi, sarebbe comunque al vostro interno. E quando non la vedrete più fuori non sarà più nemmeno dentro. *Ma se la vedete vuol dire che è ancora nascosta nell'inconscio*.

«Se là fuori non ci fossero gli esseri umani, voi vi ammalereste. Cosa è dunque meglio: incontrare persone depresse e star loro vicino finché non superate la vostra stessa depressione, o scappare via per venire inghiottito dai vampiri invisibili dell'aldilà?».

Eleanna continuava a pensare al discorso dei vampiri: possibile che i pensieri del cuore, le emozioni, fossero solidi? Che il dolore avesse davvero un corpo concreto che si muoveva nell'ombra dell'inconscio? Che si insinuava dentro di te appena non facevi attenzione all'adesso?

E allora Eleanna cominciò a vedere le *larve* di cui tanto spesso parlava il Maestro, come se cancellando gli sfondi e restando concentrata sul *chroma key* ne scoprisse l'essenza. Esseri giallognoli, maleodoranti, che si muovevano strisciando attorno agli individui che avevano un'aria trasandata e stanca, vi si appiccicavano contro risucchiandone la linfa vitale, e così costoro arrancavano sotto corpi pesanti, attorniati da un odore di decomposizione.

Corpi di tutte le dimensioni, non era il grasso o magro che importava, ma era l'odore che emanavano e la pesantezza in cui si muovevano.

Eleanna sentiva la loro fatica, il loro trascinarsi ansimante, e questi esseri avvinghiati ai loro corpi avevano occhi piccoli e avidi. Impauriti. E se stavi attento, gli stessi occhi appartenevano pure alle persone che li portavano in giro, perché quell'avidità e quella paura trasudava proprio da loro e non sapevi più chi nutrisse l'altro: erano le larve ad alimentare gli uomini o gli uomini le larve?

Queste entità normalmente invisibili non avevano vita propria: vivevano della rabbia e dell'avidità dei pensieri umani e nutrendosene li rafforzavano diventando sempre più gonfi e viscidi, e aggrappandosi agli esseri umani li facevano barcollare sotto questo peso.

«Cosa sono?» chiese Eleanna disgustata, senza riuscire a distogliere lo sguardo da quella poltiglia di vischiosa malinconia.

«Sono le malattie» disse il Maestro con voce triste. «Il mondo è ammalato. E il mondo è fatto di esseri umani. Hanno ammalato la terra, che è un organismo vivente. Lo intuivano gli antichi, gli indiani d'America, e lo sapevano quelli che abbiamo chiamato Atlantidei... Questo mondo è sofferente e presto ci saranno guerre e pandemie che si diffonderanno sulla terra, e saranno indotte da chi odia l'uomo.

«La situazione del nostro pianeta assomiglia a quella

del nostro animo e lo riflette. Il governo che lo amministra è fatto da pochi, così come all'interno di noi dovrebbe essere la nostra anima a governarci. Ma gli esseri umani non sanno dirigere il pianeta perché non sanno governare se stessi.

Fuori come dentro, ciò che proiettiamo al di fuori nella società è ciò che siamo dentro. E fuori ci sono guerre, distruzioni, abusi di potere e inquinamento. Chi governa causa povertà e ignominia, prigionie, violenze. Tutto questo perché abbiamo lasciato che all'interno di noi prendessero potere le forze oscure dell'ego. Le forze che dentro di noi mirano all'avidità, alla supremazia, all'ingordigia, come bambini piccoli pieni di capricci: la maggioranza degli esseri umani adulti di questa terra è dominata dal proprio ego.

«E come la maggioranza, anche le persone che dirigono industrie o stati si fanno condurre dalle forze interne della cupidigia e dell'avidità. Sono gli incubi dell'ego che dominano i loro corpi e imbavagliano l'anima sotto un cumulo di rifiuti psichici per non vederla.

«Il risultato è che all'esterno governano le masse allo stesso modo, rendendo il corpo della società malato e confuso quanto loro.

«I demoni sono ovunque, liberi di sguazzare sulla terra e farne bottino, così come lo fanno all'interno dei nostri corpi. Nasce un bambino innocente e già fa parte di un sistema che gli insegna che le forze dell'ego sono quelle che devono comandare ogni sua azione. Così il bambino cresce, incapace di dire no a queste forze, ne è invaso. Percorso dalle proprie ossessioni resta incapace di saziare la propria anima con la gioia e quindi ingurgita soddisfazioni materiali che continuano a lasciarlo affamato. Prima c'è il giocattolo sempre nuovo, poi il giocattolo si trasforma in una donna e una macchina ultimo modello.

«Ma il bambino non si sazia e non trova pace senza l'abbraccio pieno di amore di una madre.

«Mancano i genitori all'interno di noi, manca il padre di cui parlano i grandi profeti dell'umanità, dal Buddha a Gesù Cristo. Se noi non abbiamo un padre, un genitore forte che stia al di fuori della materia, fuori dei nostri istinti, fuori del nostro piccolo ego, ci manca un essere grande, elevato, lontano e alto, con cui possiamo cambiare prospettiva, assurgere per così dire a una visione dal cielo, e vedere quanto siamo piccoli senza questo punto di vista remoto o celeste.

«*Noi diventiamo genitori di noi stessi attraverso il Padre che sta nei cieli.*

«Ci sono stati pochi genitori nella storia, tra Cristo, Buddha, Akhenaten, Zoroastro, i genitori sono sempre stati ammazzati dall'umanità bambina che non voleva crescere, che voleva che i propri piccoli demoni continuassero a fare razzia dei propri corpi di carne e di quello sociale.

«*Il dentro come il fuori... l'umanità ha ucciso da millenni i suoi genitori.*

«Oggi la società è malata come le persone. Cancro, malattie polmonari, infarti: la malattia non dovrebbe essere la nostra eredità. E ancora violenza, rapine nelle città, abusi domestici, inquinamento, pianti e lacrime versate da popoli interi soggetti alla fame, mentre altri muoiono di sovralimentazione.

«Il mondo è malato. Per guarirlo bisogna essere governati dal proprio genitore interiore. Cercatelo, trovatelo, seguite la disciplina che vi insegno, applicate l'astensione dai desideri immediati e il digiuno, e diventerete adulti.

«Sarete dei Maestri.

«Così potrete uscire, insegnare e governare il mondo. Non governerete nulla se restate schiavi della distruzione della vostra salute in nome di piaceri momentanei. Distruggerete voi stessi e chi sta fuori. Sarete schiavi dell'ipnosi collettiva che vi sta avendo in pugno in una giostra di soddisfazioni temporanee, ipnotizzati davanti agli schermi in un'assenza dalla realtà che vi rende deboli, in un sogno generale che vi benda gli occhi e vi blocca nel silenzio acconsenziente di chi detiene il potere e vi vuole muti e obbedienti.

«*Siate il sale della terra, siate la sua guarigione.*

«Siate figli del padre, genitori di voi stessi nell'amore.

«Fatevi guidare dall'anima e non dalla carne.

«Quando trasfigurerete la carne nell'anima sarete uomini nuovi, uomini del futuro. E comincerete a ribellarvi a chi vi ha sempre dominati, a partire dal vostro ego.

«La prima rivoluzione avviene dentro di noi.»

Appare lo spirito

Roma, giugno 2017

Ero ancora a Roma per alcune trasmissioni. Mi mancavano i bambini. Mi mancava la mia routine. Mi mancava perfino mio marito, non l'ultima versione gelosa e arrabbiata, ma quella più antica, calda, affascinante e innamorata che era scomparsa ormai da qualche tempo.

Non ero più abituata a girare sola. Così decisi di andare a messa in Vaticano. Mentre camminavo per le strade romane che odoravano di passato, vedevo quanto la storia in Italia si fosse depositata nelle pietre del selciato, nei muri invasi dai ciuffi d'erba, nelle statue dei monumenti che si ergono superbi a ricordare che l'essere umano, quando abbraccia la grandiosità divina, diventa geniale.

Una volta entrata in chiesa sentii che il tempo si era fermato d'un tratto e l'istante si allargava magicamente, mangiava passato e futuro in un presente silenzioso. Sentii alle mie spalle una vibrazione intensa che sembrò toccarmi emanando ondate di energia che mi attraversavano come scariche elettriche nella spina dorsale, un fiume in piena.

C'era davvero qualcuno accanto a me che mi stava parlando in un torrente di brividi.

«Bentornato» gli dissi, come se lo conoscessi da tanto tempo.

La presenza mi rispose con un'altra andata di energia: «Sono qui». Una voce che non era esterna ma che sentivo chiarissima dentro di me.

«La realtà è puro esistere» mi disse. «Esistere al di là dell'essere uomo, donna, bambino, pianta o animale, buono o cattivo, quando l'essere diventa come l'avere una qualità o l'altra. Non è l'essere alla base di tutto, ma l'esistere. E comunque si tratta di pura terminologia: puoi essere bella o brutta, felice o triste, ma quando esisti, esisti e basta: esisti al di là della materia. Esisti in quanto eterna.»

Stavo delirando, o era la stanchezza del viaggio e del lavoro? Ero così sola da arrivare a parlare con uno spettro?

Ero venuta per lavorare in tv tornando a quel tipo di vita che era mia prima di andare negli Emirati per fare la mamma. Ma non volendo vedere nessuno, mi sentivo solo attratta dalle chiese romane. E dire che Mahmoud pensava che mi buttassi in serate di feste e amanti! Se avesse potuto vedere cosa invece succedeva, sarebbe forse cambiato il suo atteggiamento? E la mia solitudine era dovuta al fatto che amavo ancora immensamente mio marito, pur essendo distrutta dalle continue discussioni?

La mia routine era scontata: atterravo all'aeroporto, prendevo il taxi e andavo nel solito hotel di Via Veneto che era stato protagonista della Dolce Vita ed era il primo in cui avevo messo piede e che avevo continuato a frequentare per mesi per la pigrizia di non cercarne uno forse migliore. Invece di uscire con gli amici entravo nelle chiese a respirare tutto quello a cui avevo rinunciato restando a Dubai: il mio passato.

Un passato che alitava ovunque a Roma, nella bellezza

di palazzi e opere d'arte che sono storia solida, tempo cristallizzato. Un pensiero antico tramandato dal genio dell'umanità che nei secoli ha costruito il suo insegnamento perché noi, i posteri, non ci scordassimo della grandiosità della nostra natura divina.

In aereo

In aereo, giugno 2017

Ero in crisi. L'Italia mi sembrava troppo diversa da ciò che ricordavo. Mentre mi dirigevo verso l'aeroporto, ero contenta di tornare a Dubai. Rifugiarmi nell'apparente perbenismo emiratino mi rassicurava. In alternativa avrei potuto continuare a nascondermi nell'arte dei palazzi e delle chiese italiane, nella storia di un paese che *non può dimenticarsi della bellezza*.

Gli italiani sono artisti perché sono cresciuti nell'eleganza: come puoi passare accanto a un'opera d'arte senza esserne influenzato? Ecco, l'italiano medio ha un gusto estetico che fa impallidire il resto del mondo. Ci sono troppi Caravaggio, Piero della Francesca e Botticelli per non vestirsi gli occhi di grandezza, per limitarsi a una vita poco decorosa.

Gli artisti sono ovunque, forse per questo le italiane si distinguono dai turisti per il loro gusto inconfondibile. Colori abbinati con amore per un dettaglio che non è della Miss Manicure che copia il catalogo della moda, ma è un senso cresciuto dentro da generazioni, innato. Gli italiani sanno parlare, vestire, muoversi, essere simpatici. Taxisti chiacchieroni che potrebbero recitare a teatro, guide turistiche che sembrano professori: è colpa della crisi che fa stare a casa gli universitari o sarà che l'italiano medio è davvero colto rispetto alla media oltreconfine?

Una cosa era certa: mi sarebbero mancati gli italiani. Abituata a relazionarmi con pakistani e indiani che masticavano un inglese sgrammaticato senza il minimo senso dell'humor, avere a che fare con un autista chiacchierone mi ricordava che l'Italia sapeva ridere.

In aereo mi sentivo sospesa in una dolce meditazione. Il volo rendeva così vero il fatto che la vita stessa fosse solo un viaggio, era un'occasione per riflettere serenamente su ciò che mi stava accadendo. Ma mentre guardavo un film americano, *Piccole grandi bugie*, mi cadde il mondo addosso. Nel film la protagonista, interpretata da Nicole Kidman, veniva picchiata da un marito violento e decideva di andarsene solo quando scopriva che il figlio imitava il comportamento violento del padre.

Cominciai a piangere, per fortuna la *businness class* mi difendeva dagli sguardi circostanti, tanto ero rannicchiata nella poltrona dietro all'ingombro del minibar.

Mi rividi all'Ikea, l'estate prima... Le vacanze stavano finendo ed era arrivato il tempo di raffinare la casa in tanti piccoli dettagli prima della scuola. Per me si trattava delle camerette dei bimbi i cui mobili si adattavano alla statura come le scarpe, ogni tot mesi andavano cambiati. E quindi era tempo di Ikea. Mi stavo dirigendo verso una progressista Ikea svizzera, molto diversa da quella di Dubai sia per contenuti, che per il servizio. Poi mi sedetti con i piccoli affamati al ristorante, come le centinaia di famiglie che scorrevano tra i banchi della grande sala, e lì mi resi conto che l'Ikea era davvero a dimensione dei figli che, come i miei, correvano dappertutto ridendo con l'energia travolgente dell'infanzia.

«Finalmente un paese libero, manca solo la toilette comune a sancire l'uguaglianza dei sessi» sorridevo beata versando l'acqua a Haya e pensando all'oppressiva Dubai dove le donne sottomesse ai mariti sono una nota dolente costante. Invece scoprii con una stretta al cuore che quella nota stonata c'era pure qui: davanti a me era seduto un bullo che stava maltrattando la moglie di fronte a due bimbi di circa due anni che scoppiarono a piangere quando il padre cominciò a urlare: «Non me ne frega un c... dei tuoi lavori di casa, del fatto che devi pulire e stirare!».

Avrei voluto alzarmi e chiedergli se poteva abbassare la voce o perlomeno evitare parolacce in pubblico. La sedia su cui ero seduta cominciò a scottare: mi alzo o non mi alzo?

Continuavo a guardarmi attorno in cerca di un aiuto, invece sembravano tutti assorti nelle proprie chiacchiere e sui propri piatti, come se lo sciagurato non esistesse. L'uomo continuava invece a inveire contro la moglie che cominciò ad assomigliare a uno straccio, la testa china mentre subiva inerme l'attacco.

Guardai il tavolo alla mia destra e dissi a una delle due ragazze sedute: «Ma è normale? Non possiamo fare qualcosa? Avete visto come la tratta?».

«Me ne sono accorta adesso che ha sbattuto il pugno sul tavolo» mi disse quella calma «ma se lei è contenta così...»

Ero irritata da tanta indifferenza, ma stranamente dalla bocca non usciva niente, la mia vena giustiziera era come sepolta. Oppure era solo il fatto che avevo due bimbi con me, il che mi faceva diventare estremamente prudente. Il pazzo avrebbe potuto aggredirmi, visto lo sguardo feroce che sparava attorno, ce la doveva avere con ogni tipo di donna, uno psicopatico nascosto nelle vesti di un impiegato delle poste.

Eppure non mi passava: avevo voglia di dargli un pugno sul naso, se non fisicamente almeno a parole. Lo fissai gelida, ma quello sembrava troppo ottuso per capire un linguaggio che non fosse verbale.

Questa sensazione mi restò dentro a lungo, finché mi decisi a parlarne con il servizio clienti che stava sbrigando una pratica di consegna.

«In casi simili è meglio non fare nulla, semmai chiedere alla donna se ha bisogno di aiuto...» mi rispose l'addetta alla clientela con una voce compita, quasi automatica, come se queste cose fossero all'ordine del giorno.

Una soluzione impossibile. Una donna maltrattata dal marito violento sarebbe anche stata capace di difenderlo di fronte a tutti. Perché l'emancipazione non viene dall'esterno, ma da dentro. La sottomissione della donna dubaiana, come uno spettro, sembrava perseguitarmi anche in Svizzera.

Mi perseguitava perché era anche *la mia condizione*.

Nicole Kidman piangeva nel film dopo che il marito l'aveva picchiata con una cinghia e mi ricordava all'improvviso ciò che cercavo continuamente di nascondermi: Mahmoud che mi urlava che mi era proibito partire ancora per Roma. Che se avessi preso il prossimo aereo mi avrebbe spezzato le gambe. Mahmoud, accecato dalla gelosia di perdermi, che non sapeva che in quei viaggi non succedeva nulla di speciale, che facevo solo la spola tra aeroporto, tv e le chiese in cui ritrovavo la pace.

È strano parlarne ora che le cose sono profondamente

diverse, che tutto si è riappianato, perché allora sembrava una cosa impossibile da superare. Ma forse è giusto parlarne perché la mia storia dimostra che talvolta bisogna smetterla di additare l'altro come la colpa di ogni sventura e scavare in se stessi per scoprire la via di guarigione.

Mahmoud era dunque diventato ostile e violento per il mio ritorno alla vita pubblica, quel giorno un motivo banale aveva scatenato la sua furia. Io portavo avanti una mano, come per calmarlo dicendo: «Non è nulla, non è il caso di litigare. Nulla nulla...».

Ma Mahmoud mi guardava con più ferocia, l'odio di cui solo lui era capace in quei momenti, un odio disperato e necessario, quello di un leone pronto a sbranare la preda. E mi pestò il piede con violenza facendomi urlare. Poi mi torse il braccio schiacciandomi la mano nella sua.

Dopo un'ora sedevo sul pavimento freddo del bagno, guardavo il livido blu sul dorso della mia mano. «Osservati, Anna, guardati soffrire, guarda la tua mano. Lui può fare del male al tuo corpo, ma tu stai bene» mi ripetevo come in un mantra. Quello era l'uomo che avevo sposato, estremamente dolce e galante prima, ora carnefice.

Amir aveva assistito a tutto, quindi ero corsa in bagno a nascondermi, singhiozzando a dirotto. Ormai erano troppe le volte in cui mi ero sfogata a piangere sul pavimento di un bagno. Pensavo ossessivamente: non è possibile che mi abbia ancora maltrattata così, non è possibile! Me lo ripetevo incredula, ero delusa e debole.

Quel pomeriggio spifferai tutto alla maestra privata d'arabo di Haya, non ce la facevo più a sentire in me la pesantezza di quella mattina. Gli scoppi d'ira di Mahmoud andavano avanti da troppo tempo, e Miss Rehab mi aveva abbracciata, con le lacrime agli occhi, scrivendomi un numero di telefono su un foglietto: «Conosco qualcuno che può aiutarti, a me è capitata la stessa cosa».

Mi guardava come una sorella o una madre, mossa da un profondo amore solidale. Le donne che sono passate attraverso la violenza dei mariti capiscono che non si tratta solo di sopruso fisico.

Restammo in camera piangendo insieme, lei ricordava la sua condizione di sposata e, dopo ripetuti maltrattamenti, la sua resurrezione con il divorzio. Anche suo marito ripeteva il copione tradizionale con il solito meccanismo di alti e bassi: prima ti maltratto per indebolirti e sottometterti e poi ti riprendo con un mare di carezze.

«Mia figlia ora dice che devo ringraziare l'altra che se lo è portato via: mi umiliava, mi rendeva uno straccio. Ora da povera sto molto meglio, ce la faccio e sono felice...» sorrideva Miss Rehab piena di speranza.

Al cancello la lasciai con un senso di infinita nostalgia, come quando si dice arrivederci a un'amica scampata per miracolo alla tua stessa tortura.

Come vincere i vampiri o i tiraños

Parigi, 2001

«Tutto parte dall'auto-osservazione» ripeté il Maestro per l'ennesima volta.

«Quando sentite dolore perché state attraversando un momento difficile, avete perso l'affetto di qualcuno, siete stati offesi, rifiutati o avete fallito in un vostro intento, dovete osservare la vostra sofferenza in silenzio, con distacco, come se steste guardandovi in una telecamera in presa diretta. Vi accorgerete che in realtà state paradossalmente bene e a star male è solo il vostro corpo. Quell'essere a cui siete affezionati e che vi comincia a fare tenerezza mentre pensa di odiare il mondo e l'ingiustizia che gli è stata perpetrata. Voi siete la vita, il centro, l'*adesso*.

«Voi siete la *presenza*. L'*Io sono*.

«Ripetete con me: "Io sono... *adesso*".»

Quante volte il Maestro aveva recitato il mantra dell'adesso, quasi con le stesse frasi, come se quei ritornelli dovessero imprimersi indelebilmente nella loro memoria?

«Il vostro corpo è un veicolo, voi lo muovete e pensate con una mente che in realtà non è nemmeno vostra: dipende dal corpo, reagisce con rabbia o paura, ma è solo il risultato di una lunga evoluzione di millenni, appartiene al

DNA terreno. La mente crede di essere perché è cosciente, pensa, risolve, ma è anche lei puro istinto, riflette i cambiamenti ormonali del fisico dovuti a riflessi di stress o rilassamento.»

«*Voi non siete il vostro corpo o la vostra mente, voi venite da una dimensione che è e basta.* Voi siete l'*Io sono.* Per raggiungere questa dimensione siate l'osservatore. Quando sarete l'osservatore nulla vi farà più paura, e non significherà perdere la gioia di vivere, la delizia sarà solo più grande.

«La gioia viene dalla luce. Il vostro gaudio nutre gli angeli. E gli angeli vi riempiono di felicità.

«La realtà non è il mondo come lo vedete, dietro alle cose ci sono forze celesti o demoniache, vere e proprie creature che si alimentano di energia materica o di quella più impalpabile e leggera, piena di vibrazioni elevate.

«La terra è una prigione dove l'essere che un tempo venne chiamato Lucifero si è incatenato con schiere di demoni per vivere indipendente da Dio e dall'energia luminosa che nutre gli angeli. Solo che in questo modo deve pur prendere forza da qualcuno, per sopravvivere, e la succhia da noi umani. La ruba dagli escrementi del nostro cuore quando non sappiamo digerire l'amore divino che ci attraversa e lo trasformiamo in un sottoprodotto, producendo rabbia, odio e dolore.

«Questi esseri si nutrono delle nostre angosce e appena qualcuno smette di auto-osservarsi e si lascia andare a problemi e depressioni, arrivano a banchettare come avvoltoi.»

«Noi siamo come l'allevamento di maiali di cui parlava Castaneda...» disse Akenathon, l'altro discepolo compagno di Eleanna. «Castaneda definiva gli esseri umani cibo per i *tiraños del Nagual*, quando si comportavano sguazzando come maiali negli istinti più primordiali.»

«Sì, noi siamo le cavie che servono a nutrire questi spiriti disincarnati che sono stati chiamati demoni e rappresentati come diavoli da Giotto o Dante e che oggi hanno cambiato nome.»

«Come si chiamano oggi i demoni?»

«Si chiamano ossessioni, e mangiano letteralmente la nostra mente. Ci riempiono la testa di cose superflue, ci tormentano con pensieri inutili, l'idea compulsiva di renderci visibili sul web ne è un esempio. Ci suggeriscono che per essere vivi dobbiamo raccogliere consensi. Ci addormentano in questa fissazione così non viviamo più, preoccupati come siamo di ricevere applausi.

«La nostra libertà non esiste e diventiamo schiavi degli altri. Così ci hanno in pugno.

«Le manie dell'ultima moda, dell'ultimo giocattolo telematico. L'incubo della novità a ogni costo, della macchina ultimo modello, della moto di grido, della fidanzata nuova, della moglie più giovane appena la prima invecchia.»

Eleanna pensò a Castaneda, al discorso dei *tiraños* che ci divorano, alla sua paura dell'aggressore. Cosa si celava dietro alle persone prepotenti che lei temeva? Forse l'ombra di questi *tiraños*? Ma se li temevi vuol dire che ce li avevi attorno, addosso... non si teme qualcosa che non si ha dentro.

«Le ossessioni, o demoni, ci si attaccano come vampiri, li posso vedere sulle spalle di molte persone che girano ingobbite dai problemi che si portano addosso. Sono ombre gigantesche che avvolgono la gente causando buchi nell'aura, fori energetici che assomigliano a enormi uccelli appollaiati su di noi, se glielo permettiamo, che regolarmente provvedono a mantenerci nella depressione e nell'oscurità per continuare a nutrirsi della nostra ormai poca energia.»

Il Maestro continuava a ripetere discorsi che a Eleanna, a tratti, sembravano assurdi e paranoici. Sì, li aveva visti anche lei gli avvoltoi sulle spalle della gente, ma pensava di esser stata ipnotizzata da questo Maestro così carismatico. E non voleva vedere il mondo solo in quel modo.

Eppure Castaneda l'aveva rapita nelle sue visioni, a quindici anni, e ora che ne aveva ventitré tutto prendeva più concretezza. Questa dimensione di energia era così vera, se smettevi di ragionarci sopra e ti limitavi a percepirla.

Lentamente Eleanna aveva cominciato a smettere di giustificare razionalmente teorie che potevi capire solo senza pensare. Potevi capire solo come si capisce un sogno o una raffigurazione di Hieronymus Bosch: in termini artistici. Le parole fallivano, la razionalità era inutile. I brividi che invece provava quando le venivano dette queste parole le correvano lungo il corpo con un'indescrivibile sensazione di verità.

Attraverso quei brividi toccavi la realtà di cui parlava il Maestro. Esistevano veramente le ombre attaccate a certi esseri umani, come grossi avvoltoi che li risucchiavano fino a farli morire. La malattia, l'esaurimento, la mancanza di slancio nella gente, tutto derivava da questi esseri che divoravano le persone.

La storia dei vampiri che succhiano il sangue delle vittime che diventano a loro volta vampiri era questo. L'amico o il fidanzato che ti maltrattava voleva la tua forza per sopravvivere. Ma non potendo mangiare la tua gioia, o condividerla minimamente visto che non aveva i mezzi per comprendere la beatitudine, per raggiungerla, per digerirla, doveva mangiare per forza il tuo dolore. Abituato a vivere nell'ombra, scappava dalla luce perché non poteva cibarsi della luce. Si alimentava quindi delle tue lacrime. Il tuo pianto andava a rinvigorirlo, come rafforzava il vampiro che lui si portava addosso.

«E come si fa a difendersi, allora?» chiese Eleanna preoccupata. Non le andava di diventare un pasto per i *tiraños*, gli arroganti, i rabbiosi, i prepotenti...

«Abbiamo l'esempio dei santi torturati da un'umanità che non sopportava la luce. Abbiamo anche oggi l'esempio di una società che si nutre solo di materia e ci vuole tutti schiavi. Vi ho già parlato del progetto di addormentarci tutti nel web per succhiare la nostra energia umana. Il signore di questo mondo, Lucifero, non ha mai sopportato che l'essere umano possa vedere la luce del cielo, le vibrazioni di letizia, e se ne possa cibare aprendo le porte del Paradiso in terra, facendosene tramite.

«I santi sono tutti stati uccisi. I profeti perseguitati. Il Cristo crocifisso. Ma cosa vedeva il Cristo nei suoi torturatori? Vedeva dei *tiraños*? Delle persone cattive?»

«Sì, li vedeva cattivi nel senso latino del termine, nel senso di prigioniero. E invece di provare rabbia, provava solo una grande *compassione*. Disse: "Perdona loro perché non sanno quello che fanno". Capiva che chi lo crocifiggeva ubbidiva alla meccanicità animale, rispondeva ai bassi istinti che servono la paura, la rabbia, le catene di emozioni infernali.

«Vedeva i suoi persecutori bruciare nel proprio inferno personale che li portava a diventare arroganti, umilianti e torturatori. Ne leggeva il disprezzo per la vita e si dispiaceva per loro.

«Lui anche nella sofferenza toccava il Paradiso. Il dolore fisico non era più nulla, e i suoi torturatori uccidendo il suo corpo aprivano per lui la porta dell'aldilà, la gloria del Paradiso.

«Potevano uccidere la tua carne, ma non la tua anima. Vedevi il loro karma pesante, la pena che avrebbero scontato per tanto tempo da sembrare eterno... Paradossalmente dovevi pure ringraziarli di aver scelto di vivere in un inferno proprio affinché tu potessi librarti libero e lontano, nella luce...»

Metamorfosi

Dubai, giugno 2017

In quei giorni continuai a vivere tra due mondi, il cuore nelle chiese romane, con un piede nell'invisibile dove lo spirito mi parlava, e l'altro nella realtà contingente tra i bambini, la scuola e le faccende quotidiane. Sognavo, anche. Scrivevo i miei sogni: «Stanotte mi sono svegliata perché ho fatto un incubo. Ero su una navicella spaziale, ero un extraterrestre. E nella navetta erano tutti morti tranne noi due, io e quello che riconoscevo come un mio compagno di scuola, ma che in quel momento mi sembrava di non aver mai visto. Eravamo andati nel laboratorio per scoprire se c'erano state delle sostanze che avevano ucciso le persone in un attacco chimico. E all'improvviso tra le provette ho visto una porta di vetro con dietro un'orribile donna, capelli lunghi, un po' in sovrappeso e gli occhi fuori dalle orbite, stava urlando. Una vera apparizione mefistofelica. E poi questa donna si è trasformata in una colomba, ha attraversato il vetro e mi è saltata al collo balzando in fretta da una parte all'altra, cercando di colpirmi nella parte tenera delle spalle, tra le clavicole. Le ho buttato una fialetta addosso, lei è rimasta accecata e poi è caduta a terra, morta.

«È arrivato subito il mio compagno di studi del liceo allarmato per il rumore, eravamo inorriditi e mi sono svegliata. Mi sono domandata perché la colomba che di solito è un messaggio di pace si trasformasse in una creatura piena d'odio.

«Mi è sembrato di stare in un quadro dove ogni cosa assume i toni di un girone infernale dantesco. Demoni e angeli ovunque, i santi ritratti nelle chiese rinascimentali che per raggiungere la santità attraversano malattie e sofferenze, dalle stigmate alle torture, come se la sofferenza fosse lo scotto da pagare per liberarsi dell'identificazione con un corpo e poter così volarsene fuori, con l'anima.

«Ho visto le anime di un quadro di Bosch divorate dai demoni per pagare il dazio di aver recitato in vita la parte dell'oppressore. Ho compreso che questa logica vittima-carnefice è una ruota che gira all'infinito finché qualcuno si decide a rompere la catena. E come si fa a rompere la catena?».

Stavo parlando con lo spirito. Era l'unico che mi ascoltava in quel periodo. All'improvviso sentii un'ondata di eccitazione, quella sorta di brividi improvvisi che mi facevano venire la pelle d'oca, si riverberavano nella schiena con ondate di energia che mi attraversavano come se fossero davvero fisiche.

Gli dissi sorridendo: «Ci sei, sei tornato!», e lo spirito mi rispose: «Sì».

Speravo che non se ne accorgesse nessuno, facevo finta d'essere normale, ma non potevo più esserlo. Non da quando le notti mi aspettavano per dirmi tante cose.

Lo spirito mi sorprendeva alle spalle nei momenti più impensati, come adesso, durante la colazione. C'era lui che mi regalava una solida sensazione di pienezza.

È così che parlava lo spirito.

È così che lo ascoltavo.

Stavo muovendo i primi passi di crescita verso la mia sicurezza. Ero estremamente docile e continuavo a pagare il prezzo altissimo della perdita della mia stupidità.

Ma probabilmente, come ogni persona docile, nascondevo nel segreto del mio inconscio molta aggressività repressa. Dov'era la forza che avevo sempre avuto dentro e che da anni avevo abbandonato?

Pensiamo per esempio al modo crudele con cui la mia nuova domestica, che all'inizio sembrava ideale, mi trattava. Sapeva che non avrei mai potuto rinunciare a lei e così mi ricattava: «Se non fa così, Madame, me ne vado». E io, messa alle strette per i miei numerosi viaggi a Roma per la promozione del libro in televisione, avevo capitolato: mi sembrava di tenere il mondo in mano, ma la mia domestica mi aveva nella sua.

Oltre a essere prepotente, la maid aveva sforato nel sarcasmo, cosa inaudita per le filippine che solitamente hanno l'animo docile.

E il sarcasmo trapelava negli occhi che stringeva in una specie di ghigno, nel sorriso che le tirava la bocca da un lato come le persone che si prendono gioco di te. «Non si fida di me, Madame?» mi aveva chiesto quando finalmente mi ero decisa a registrare la mia contabilità su un'agenda segnando tutti i soldi che le affidavo per la spesa e la manutenzione di casa.

Con quell'agenda aveva cominciato a odiarmi.

La guardavo senza comprendere e da quegli occhi di ghiaccio restavo ferita. E poi mi ero decisa di scrivere anche quello che lei svolgeva in casa quotidianamente, scoprendo che in effetti tutti i lavori gravavano sull'altro domestico che era diventato il suo schiavo.

La Madame era diventata lei.

«*Devi capire cosa ti tiene legata a lei e cosa ti ha fatto scegliere proprio lei*» mi aveva suggerito lo spirito, dopo l'ennesimo incidente diplomatico in cui la colf aveva cominciato a urlare senza ritegno e io ero scoppiata in lacrime.

Mi resi conto che lo spirito aveva ragione: non era solo mio marito il mio tiranno, ma anche una semplice colf filippina! C'era dunque da chiedersi: perché vicino a me troppe persone si trasformavano in torturatori... Cosa c'è che non andava *in me*?

Finalmente cominciavo a intuire che il problema non stava fuori, negli aggressori, *ma dentro di me*.

Se cambi dentro tutto cambia

Dubai, giugno 2017

«Se una persona è gelosa di te e ti fa uno sgambetto, ti insulta, e tu avverti quella gelosia, a chi appartiene davvero la gelosia: a te o all'altro? *Come fai a notare la gelosia dell'altro se tu non ne hai anche in te stesso?*»

Era lo spirito a parlare con me.

«Può darsi che tu non l'abbia verso quella determinata persona» diceva lo spirito «ma che la nutri verso altri. Come la chiameresti questa cosa che ti fa star male, questa sensazione appiccicosa di sfida, di malessere, questi occhi sottili che ti penetrano la pelle tentando di distruggerti, occhi che ti fanno paura? Li hai trovati nella Miss Manicure e nella domestica... come li definiresti se non esistesse la parola *gelosia*?»

Guardai nel mio cuore e mi sentii desolatamente triste.

«Di chi è questa *tristezza*, Anna? Perché stai abbassando le spalle e il capo?»

Subii una lieve scossa, era vero: mi sentivo inerme e indifesa.

Avvertivo il rancore e la frustrazione della domestica sulla mia pelle, toccavo la sua insoddisfazione.

Ma all'improvviso ebbi un'intuizione: quella rabbia non era rivolta a me! Era rivolta semplicemente al mondo, la maid era furiosa con se stessa, con un presunto marito che l'aveva lasciata, con il fatto d'esser costretta a una vita di fatiche per mantenere le tre figlie e la madre lontana. Non aveva nulla a che vedere con me, e se la guardavo bene la sua rabbia era pura disperazione. Perché la disperazione non è che il primo stadio della rabbia. Soprattutto verso di me, che ero una privilegiata ai suoi occhi, nonostante avessi cercato di sostenerla in vari modi con aiuti finanziari.

Tutta la difficoltà che avevo avuto con le domestiche che erano passate in casa, l'impossibilità di sopportare la loro costernazione, di toccarla nell'abisso dei loro cuori, avveniva semplicemente perché *il loro supplizio era anche il mio.*

Queste povere filippine si limitavano a svolgere tristemente le loro vite in modo lugubre, in ogni parola c'era una nota stonata che tradiva l'animo afflitto. E la loro angoscia profonda, quel senso di abbandono e di solitudine intensa, quel senso di inferiorità e impotenza totale erano anche miei.

All'improvviso mi diventò tutto tremendamente chiaro: la lotta stremante con le filippine e le Miss Manicure di questi anni, quelle donne serve del loro smalto e del dovere di essere perfette, geishe di uomini potenti e assoluti come mio marito che mi voleva a quel modo.

La mia frustrazione nei confronti delle Miss Manicure di mezzo universo rifletteva l'allergia per il ruolo che avrei dovuto svolgere anch'io, nascondeva la mia impotenza a cambiare la situazione in cui vivevo, il mio stesso abbassare il capo a un uomo che mi voleva comandare, l'asservimento delle geishe di Dubai ai propri mariti machi, e non faceva che ricordarmi la mia condizione di moglie chiusa sotto la cappa dell'autoritarismo, ammalata di invisibilità.

Il Maestro, aggressività o impeto guerriero

Parigi, 2001

«Se dite che avete paura delle persone aggressive, che siete circondati da persone prepotenti, guardatevi dentro. Perché guardate la pagliuzza negli occhi di vostro fratello e non vedete la trave che è nei vostri? Voi vedete negli altri solo quello che siete. Vedete aggressività? O ne avete troppa o l'avete repressa. A noi danno fastidio solo tre cose: quello che siamo e neghiamo di essere, quello che non abbiamo ma vorremmo avere, o quello che abbiamo represso e nascosto dentro di noi perché non lo ammettiamo.

«Dite che sono tutti ladri? Vi fanno paura i ladri? Cominciate a chiedervi quando voi abbiate rubato... e non si rubano solo cose materiali. Oppure avete rubato nelle piccole cose, o vorreste farlo e vi dà fastidio che qualcun altro lo faccia al posto vostro. Condannate le prostitute? Chiedetevi fino a che punto voi vi prostituite facendo buon viso a cattivo gioco, accettando di portare pazienza per interesse... Vi danno fastidio gli abusi? E voi? Avete mai abusato di qualcuno?»

«A me fanno davvero paura le donne falco» disse Eleanna con le lacrime agli occhi.

«Dov'è sepolta la tua aggressività Eleanna? Guarda

dentro di te, dove l'hai lasciata? Perché la tieni nascosta? Perché vuoi continuare a essere troppo dolce? Perché condanni l'aggressività?»

«Non mi piace l'aggressività, Maestro. Mi ricorda i vampiri avvoltoi di cui parlavamo, quelli che stanno sulla schiena delle persone.»

«Infatti non è dell'aggressività che abbiamo bisogno, Eleanna. Cosa diventa l'aggressività quando da demone si trasforma in un angelo?»

«Cosa diventa?» chiese Eleanna.

«Diventa *impeto guerriero.* Diventa capacità sublime di lottare, come un samurai che può arrivare a uccidere centrato su un'idea di pace e giustizia, e non è un vampiro. Non gode nell'uccidere, non gode della crudeltà. È semplicemente un vendicatore che brilla nell'amore. *L'impeto guerriero ti fa lottare nel mondo contro vampiri e aggressori senza sbilanciarti con l'odio o il rancore, come un angelo che disintegra i suoi persecutori con raggi laser che gli escono dagli occhi.*

«Sii l'angelo dagli occhi laser. Sii la portatrice di un impeto guerriero che ti fa lottare nel mondo, anziché piangere su te stessa e diventare una vittima. Sii l'impeto guerriero che ti fa alzare al mattino e fare tante cose senza perderti nelle cose.

«I guerrieri della luce possono essere anche ricchissimi, muoversi in aereo e in Ferrari, possedere molte ville e benessere ma non saranno mai attaccati a un centesimo della loro fortuna, a un mattone delle loro dimore. Passeranno tra enormi ricchezze e montagne di cose *sapendo che sono solo cose.*

«Sii una guerriera e conquista il mondo con il tuo successo, con la tua abbondanza, sapendo che tutto ti è dato in prestito, senza sentirlo tuo. Solo così sarai felice e porterai a termine la missione per cui sei venuta al mondo. Solo così non temerai più le persone aggressive. Perché l'aggressività è come l'ottava bassa dell'impeto guerriero, è la sua degenerazione.

«L'aggressività nutre i demoni, l'impeto guerriero nutre gli angeli.

«Sii dunque pasto degli angeli e siedi alla destra di Dio.»

TERZA PARTE

Il volo

Orwell

Abu Dhabi, maggio 2020

Fuori comincia a essere una fornace. È possibile andare in spiaggia prima delle dieci del mattino, poi il caldo ti invade e presto saremo nella stagione in cui sarà impossibile sostenere l'umidità esterna mescolata al calore. Esci con gli occhiali che si appannano in un istante e non puoi fotografare nulla perché le lenti della fotocamera sono piene di condensa per un'ora. Fai fatica pure a respirare nei mesi che vanno da maggio a ottobre, con picchi in agosto in cui si arriva a cinquantacinque gradi.

Spossata dal calore, in questi giorni mi gira la testa. Troppa spiaggia, sto finalmente a casa. A breve la scuola riaprirà e quindi torneremo in Europa. Intanto non dormo di notte pensando che in Svizzera dovrò uscire a fare la spesa perché non avrò l'autista e mi metterò la mascherina con il terrore di essere contagiata dal fruttivendolo. Qui non vedo nessuno, sono su un un'isola. Ma lì dovrò riprendere la vita, a cucinare, a fare le commissioni.

Comincio a organizzarmi comprando su internet magliette e trucchi, visto che prevedo una vita da eremita pure a Lugano. Mentre leggo il giornale, l'occhio mi cade su una notizia sconvolgente: ci sono cinquemila euro di multa negli Emirati per chi è beccato sui social a diffondere notizie non veritiere, e comunque non ufficialmente emanate da un quotidiano locale. Gli Emirati non hanno mai conosciuto la libertà di stampa e gli unici giornali che denunciavano che anche qui c'erano omicidi e furti come nel resto del mondo sono stati soppressi. Gli Emirati sono sempre stati sotto una censura mediatica che ha fatto trasparire l'immagine di un paese idilliaco.

E adesso c'è una multa per chi osa mettere in dubbio che il numero dei morti relativamente basso – nonostante siano stati aperti nuovi ospedali e siano stati ricavati quindicimila posti letto in più in hotel e centri espositivi – potrebbe essere falso.

Del resto questa cosa non dovrebbe sconvolgermi: in Italia c'è da tempo, a quanto mi riferisce Mister Press. «Hanno istituito un comitato per setacciare la veridicità delle notizie, un comitato della verità!» riprende a gridarmi nelle orecchie, agitato. «Per combattere ogni notizia che non sia quella ufficiale e mini le regole dell'isolamento e lo stare a casa. Se da una parte il popolo italiano è indisciplinato e inaffidabile, un comitato della verità che sopprime la libera stampa segna un ritorno al Medioevo!»

L'altra notizia sconcertante per Press è quella dell'app che rintraccia i tuoi movimenti: non è ancora obbligatorio installarla, ma se non lo fai probabilmente avrai certe limitazioni.

Qui negli Emirati invece l'app della salute sembra uno dei passi certi in questo futuro incerto, e l'apertura degli uffici si delinea a poco a poco: pronti con le distanze, pronti a esibire un badge della salute sul display del telefonino come già avviene in Cina, con il codice a barre verde o rosso a seconda del tuo status. La nuova app di

Al Hosn in Europa si chiamerà, un anno e mezzo più tardi, green pass...

E poi cibi serviti in mense con siparietti isolanti come nella first class emiratina, niente più buffet per anni, forse, temperature prese ovunque, quando la polizia non gira direttamente con gli elmetti rileva-temperatura come qui negli Emirati.

L'occhio delle telecamere termiche ovunque, il *Grande Fratello* che diventa realtà.

Le ricche saudite

Dubai, settembre 2017

Quello della libertà è un tema che in Medioriente non è stato ancora veramente affrontato. I regimi sono monarchici e all'interno della monarchia i cittadini devono ubbidire senza la libertà di esprimere le proprie opinioni, quando sono contrarie al regime. Allo stesso modo, in questo clima autoritario, la donna deve sottostare al monarca che ha in casa, il padre o il marito, senza poter far sentire la propria voce. È come se le due cose fossero collegate: la società ubbidisce al re come la moglie o la figlia ubbidiscono ai maschi di casa.

Così a Dubai, mentre continuavo la mia routine nella frustrante situazione di donna sottomessa, mi trovavo sempre più spesso, quando incontravo le saudite, a intavolare discorsi femministi sui diritti delle donne che stranamente sembravano temi ignorati, perché le signore di fronte a me si dicevano estremamente soddisfatte della propria esistenza al punto da non percepire alcuna restrizione. Eravamo da Cipriani nel DIFC, il distretto finanziario di Dubai, e le gentili signore mi sedevano davanti in sontuosi abiti occidentali, le spalle scoperte in una *mise* che delle saudite aveva solo il ricordo.

Mentre chiacchieravo con una di loro, riferendomi alle generose scollature, chiesi se vestire così non fosse un tabù.

«Sì, ma sono cresciuta a Gedda, che è un luogo molto aperto.»

L'aveva detto con tale felicità che persi terreno, mi conveniva consolidare l'attacco su temi platealmente scandalosi per i diritti al femminile: «E cosa pensa del fatto che avete appena avuto il permesso di guidare la macchina?».

«Ma chi di noi ha mai voluto guidare?» mi sentii rispondere ridendo. «Quando hai la fortuna di avere un autista sempre a tua disposizione?»

Restai interdetta, questa era la solita, monotona e scontatissima frase che mi veniva propinata a certi livelli sociali. Non si trattava di parlare con donne che dovevano portare i figli a scuola, divise tra una spesa alla Coop e un corso di ginnastica del bambino. Si trattava di donne che vivevano comodamente nella loro prigione dorata.

Le signore saudite mi guardavano senza capire, si ritenevano parte di quella porzione di popolazione battezzata dalla grazia dei soldi, immune ai dolori del popolo. E io stavo facendo la parte della noiosa rompiscatole.

«La società è fatta anche di poveri» dissi, e avrei voluto porre tante domande, tra cui quella sulla clitoridectomia, forse subita da qualcuno in famiglia, una nonna o una zia? Evitai di parlarne per evidenti ragioni di galateo, non era un tema da tavola. Avrei voluto quindi chiudermi con loro in una stanza a spettegolare di mariti, di come si vivesse in un paese che aveva lasciato che le catene del maschilismo invadessero la grazia dell'esser femmina, ma poi le vidi davvero, in quella luce un po' dimessa che le tradiva mentre guardavano gli uomini con lo sguardo basso da damina ottocentesca. E lì capii. Prima che diventassero bionde nell'anima, sarebbe passato un altro secolo.

I tuoi figli

Dubai, settembre 2017

Continuavo la mia vita familiare, tra figli e impegni mondani con un marito che, cercando di trascinarmi alle cene, aveva ricominciato a borbottare sulla mia indisposizione a muovermi oltre la routine figli-scuola-lavoro, visto che il periodo della televisione era finito.

Ero stanca e fare la pendolare intercontinentale come prima era diventato impossibile. Il mio corpo era debole, spezzato da quei viaggi e dalle liti continue con Mahmoud, che finalmente trovavano tregua ora che non partivo più per l'Europa. Oltretutto la mia assenza regolare di due notti a settimana stava minando l'equilibrio psicologico di Amir. Mio figlio era scoppiato in lacrime una sera, tra le mie braccia, e mi ci erano volute quattro ore per calmarlo. Pure la domestica si era dimostrata inadeguata, non curava i miei figli come avrebbe dovuto mentre ero via e capii che non avrei potuto più lasciarli nelle sue mani.

Tornai a concentrarmi sui miei bambini, la cosa più importante e divertente che mi fosse mai capitata, o che io avessi portato nella mia vita con l'aiuto di Dio (e di mio marito). Al di là di ogni facile retorica, sentire crescere dentro di sé una creatura è un miracolo che rende tutte le donne maghe e fate, pregne di quella magia che i mariti non riescono a capire, perché sfuggendo alla razionalità maschile apre le porte a un mistero che le donne stesse scoprono solo quando sono in attesa, mentre tutto cambia in una rivoluzione delle priorità, quando per la prima volta escono dal proprio piccolo ego abbracciando l'universo. Quella stessa apertura che si prova nell'atto d'amore, quando tocchi un pezzo di cielo, nella gravidanza si protrae per mesi, mentre il corpo gioisce e canta la musica di una vita nuova.

Poi, il bambino, continui a crescerlo fuori. Ogni giorno lo nutri come quando era nella tua pancia, di cibo, di parole, di affetto, di rimproveri. È più facile dire di sì che di no, quindi ti armi dello sguardo di un tartaro alla conquista dell'impero cinese e sferri il tuo NO come se impugnassi la spada. «No, perché lo dice mamma!» concludi dopo che per trenta volte hai cercato di spiegare perché non va fatta una cosa.

I bambini sono il tuo specchio, ritrovi i tuoi difetti nel modo in cui si comportano con te. Se sei molle con loro, crescerai dei tiranni. Se sei una tiranna, avrai degli schiavi o dei ribelli.

Quanto basta l'amore? È meglio essere amorevoli o giusti? È una cosa che si può progettare o imparare, l'educazione?

Pensando a una strategia, si rischia sempre di sbagliare. Prepari una tattica, leggi dei libri, e poi scopri che è tutta speculazione. Forse non serve imparare a educare: *basta esserlo, educati.* Inutile insegnare a rispettare il prossimo, a mangiare corretto, a fare il tuo dovere... meglio insegnarlo a te stesso. I tuoi figli ti seguono e, più che le tue parole, imitano quello che sei. Anche se la tua dialettica è limitata, se non trovi le parole, le tue azioni diventano le uniche lezioni.

I figli sono una benedizione. Li hai avuti perché ti insegnino qualcosa. La flessibilità, l'amore, la generosità. Come genitore hai poco da dire all'inizio, impari strada facendo. Loro sono l'opportunità che aspettavi per non fermarti: ti aprono i mondi, ti tengono aggiornato, ti danno della Matusalemme appena non sei al passo. Anche qui, cos'è giusto? Una sana via di mezzo? Tenerli un po' a freno perché tutto il resto sta correndo troppo? Restare fermo come un guru che guarda il fiume passare in meditazione seminando sermoni su quanto fosse meglio un tempo? Addormentarsi praticando lo yoga e proclamandosi superiore alle follie del mondo? O scorrere con loro, con la corrente, perché è più difficile stare in equilibrio tra le ripide di un fiume, proprio perché mentre ti muovi nel caos scopri l'ordine, la bellezza?

Liberati dal passato, genitore, corri con loro! I tuoi figli sono esseri estremamente divertenti e leggeri, abbracciano solo il presente, sono i tuoi maestri.

Da quando sono diventata madre, ho finalmente capito le parole del Vangelo: «Se non diventerete come i bambini, non entrerete nel regno dei cieli...».

Il dio del tempo

Egitto, ottobre 2017

Durante le vacanze scolastiche di ottobre decisi di portare i bimbi in Egitto mentre Mahmoud era in America. Volevo far conoscere ai miei cuccioli la storia antica, le radici che avevano generato una sapienza che ci riguardava ancora. Inoltre, tra tutte le crociere sul Nilo e Sharm el-Sheikh, l'Egitto era sempre stato una meta ovvia per il turismo mediterraneo, a un passo dall'Italia, tanto che era molto facile che un egiziano che ti vendeva souvenir o lavorava in un hotel parlasse italiano invece che un'altra lingua europea. Tranne negli ultimi anni, quando con i vari attentati il flusso si era allentato fino a quasi scomparire e il paese aveva sofferto di una sorta di isolamento da cui stava uscendo solo ora.

Finalmente potevo ammirare le colossali costruzioni dell'antico Egitto: le piramidi e i templi tra il Cairo e Luxor, nella giostra di una settimana che ci spiazzò con la sua intensità.

Le vetuste vestigia erano lì, come scheletri dalle ossa bianche dove i colori erano stati spolpati dal tempo, a ricordarti che c'era la morte e l'aldilà. Cosa che la nostra società aveva sepolto nell'affanno di una corsa quotidiana dove la morte era scomparsa. Invece qui, nel mondo antico, le uniche cose a sopravvivere erano quelle che avevano il connotato dell'eternità.

Entravi nelle tombe della Valle dei Re, a Luxor, e ti rendevi conto che non erano state le case dei vivi a sopravvivere, ma dei morti. Labirinti di stanze con raffigurate la vita quotidiana dei tempi – che poi non era cambiata molto da quella dell'Egitto attuale, anzi, era più all'avanguardia allora – come se ogni locale contenesse la vita del defunto con la sua prospettiva di resurrezione. La curiosità un po' macabra e naturale che tutti abbiamo di contemplare una mummia: è così che diventeremmo, se imbalsamati, di cuoio come i miei stivali? La soddisfazione di scoprire come venissero preparate le mummie di ogni tipo, dai gatti agli umani, chiedendoti se un'anima appena morta avesse poi la libertà di separarsi da quel corpo e volare via o se vi rimanesse ancorata per secoli, viste tutte quelle ricchezze attorno a lei a farle da gabbia (sempre che uno creda che l'anima sopravviva alla morte uscendo dal corpo fisico, ovviamente).

Immaginarsi i templi come città circondate da mura dove vivevano centomila consacrati, più o meno tutta la popolazione di una piccola cittadina italiana, famiglie di sacerdoti con papà, mamma e bambini. Il sacerdozio come una professione o un titolo tramandato con il sangue. Avresti preferito lavorare la terra fuori da quelle mura o studiare la scienza degli antichi come sacerdotessa, là dentro?, mi chiedevo. Ovvia la risposta.

E poi le statue degli dei ricoperte d'oro che ti immaginavi venissero portate sul baldacchino in un corteo come quelli nostrani che sopravvivono soprattutto al sud, dove la Madonna viene esibita attorno al paese durante le feste, sul suo trono, in un'eco arcaica e venerabile, ma non superstiziosa. Sono tradizioni che se hanno perso il contenuto ci ricordano che siamo molto antichi. Se non altro questo è un dio a cui credere: il dio del tempo.

Le piramidi

Egitto, ottobre 2017

Il dio del tempo abitava le piramidi. Davanti a queste i miei bambini cominciarono le domande su un mistero così grande che non solo spalancava i loro cuori al magnifico, all'indicibile, ma anche al segreto: cos'era veramente la piramide di Giza, una tomba o una batteria per generare energia wireless, come Nikola Tesla ipotizzava fosse possibile produrre? Innumerevoli teorie sulla funzione di questa piramide, per la perfezione della sua architettura e posizione allineata con le stelle, si aprirono alle loro menti. Discussi con loro le possibili ipotesi, percorsi tunnel claustrofobici che improvvisamente si allargavano diventando enormi, contemplai i sarcofaghi pesantissimi di cinquanta tonnellate.

Le civiltà antiche conoscevano la bilocazione e la smaterializzazione? Come potevano sondare i principi dell'energia e della materia in un mondo in cui l'essere umano era ancora legato alla terra, in una primitività dovuta alle condizioni di sopravvivenza estremamente fisiche? C'era da curare il bestiame, procacciarsi il pesce o la selvaggina, pulirlo, cucinarlo, la vita passava attraverso azioni concrete per non morire di fame.

La terra era più densa e pesante allora, come la vita degli umani.

E l'unica maniera per spostarsi attraverso i mondi, tra quello invisibile dello spirito e quello pesante della materia, avveniva sul piano spirituale del cambiamento di stato: o ti identificavi con l'anima o con il corpo, e scegliendo l'anima potevi viaggiare nel mondo astrale.

Era il tempo della preghiera dei sacerdoti egiziani e di un sapere che poi fu tramandato da Mosè alla Bibbia e al moderno esoterismo.

Il custode all'interno della camera del re chiese dieci dollari per farci delle foto altrimenti proibite, lo aiutammo a rompere le regole per guadagnare qualcosa. Ora avevamo le foto e il suo sorriso sdentato come ricordo. Mi chiesi se il custode, a forza di stare lì dentro, avesse avvertito le onde cosmiche come Napoleone, che aveva dormito direttamente nel sarcofago per sentire le vibrazioni dell'incrocio magnetico che nella piramide sembrava passare, una sorta di ombelico planetario che comunicava con l'universo.

Un crogiolo di energie in cui Napoleone credeva di cancellare il limite che ci separa dalla quinta dimensione, che è quella del tempo, o del *non tempo*. Quella dove lo scorrere dei minuti si sospende e tu puoi parlare con i defunti e gli spiriti, come nell'Ade dei Greci. Dove incontri la potenza dell'aldilà descritto nell'esoterismo di Eliphas Lévi, di Steiner e di Gurdjieff. Dove diventi un vero alchimista che trasforma il piombo di sentimenti grevi e pesanti nell'oro di una superiore consapevolezza.

Ricominciavamo a cascata con le domande: Napoleone aveva visto davvero gli angeli, là dentro? E Gesù Cristo, nel suo esilio in Egitto, ci avrà fatto un giretto per carpire meglio i misteri che stava studiando fin da piccolo?

A guardare il custode che sembrava un pastore, capivi come dovevano essere le persone dell'epoca, ancorate alle loro greggi e ai loro raccolti, sottomesse alla fisicità di una fatica giornaliera a cui non siamo più abituati.

Oggi, con internet, con i pochi stenti fisici che la modernità comporta, siamo tutti naturalmente astratti. Così astratti che quello che bisognerebbe insegnare all'Occidente non è come avere un'anima, ma un corpo. Mentre qui, in Egitto, eravamo in un altro tempo, quello della sopravvivenza: le strade rotte, non asfaltate, piene di polvere e immondizie, le case diroccate, interi quartieri non finiti in cui ti chiedevi se è lì che girano quei film sui sopravvissuti alla guerra nucleare, dove la gente vestita di stracci si aggira per palazzi altissimi senza rivestimento, con le finestre che sono buchi senza vetri, occupando solo qualche stanza dove arrivano sì la luce elettrica e l'acqua, ma manca tutto il resto.

L'Egitto contemporaneo era uno strappo al cuore: quanto quello antico ti nutriva e ti elevava, questo ti distruggeva.

E sull'Egitto contemporaneo si arenò il mio cuore. Sulle strade di sabbia e polvere dove viveva la gente, vie parallele alle vene principali dove scorrevano fiumi di macchine. Ciò che mi colpiva del Cairo, appena uscita dall'aeroporto, erano le fiumane di macchine e il disordine del traffico, la moto con quattro persone accavallate sopra senza il casco, come se si trattasse di un asino o un cavallo che passeggia quieto vicino a un fiume invece di un veicolo che sfreccia tra altrettante macchine veloci sull'asfalto sconnesso e pieno di buche di questa metropoli. I camion scoperti con la gente a bordo, impilata a mucchi, i furgoncini gremiti di gente con le porte spalancate in piena corsa, per farci star dentro più persone, con donne di mezza età abbarbicate al sedile nel timore di venir sbalzate fuori. Il furgoncino a nove posti che diventava un autobus.

C'era un rumore incalzante che non ti dava tregua.

Strombazzavano tutti per evitare di essere investiti, per impazienza, per rabbia.

«Se la polizia dovesse cominciare con le multe nessuno girerebbe più» mi disse la guida. La polizia quindi stava zitta, i semafori erano quasi inesistenti come le linee di spartitraffico sulle strade, presenti solo sulle arterie maggiori del raccordo, ma non su quelle normali.

Mentre percorrevo l'autostrada sopraelevata della circonvallazione, guardai in basso, questa surreale città al tramonto, quando sei appena atterrata e ti senti catapultata in un paese di sopravvissuti: case con i tetti disfatti, rottami, macerie, poi la stazione che si erge con orgoglio nuova e sovraffollata. E i cartelloni luminosi attorno, screen giganti che ti fanno sentire come se navigassi in un iPad, sospesa in un mondo internettiano all'interno di multischermi: quella è la modernità sognata e aspirata, una serie di immagini che si alternano proponendo paradisi abitati nel lusso dei nuovi satelliti urbani, in periferia, e merendine, squadre di calcio e detersivi. Coloratissimi, al neon, invadenti come nelle strade di Tokyo, e invece siamo al Cairo, la modernità è un'illusione, sta semplicemente appesa a quegli schermi televisivi come un sogno lontano.

Sotto, le strade correvano in un presente di povertà insostenibile, i posti di polizia ovunque, la guida egiziana ci spiegava di sentirsi protetta se attorno c'erano mitra e pistole. Io invece mi sentivo in pericolo: cosa stava per succedere se la polizia ci doveva perquisire all'entrata del Four Season come all'ingresso di ogni museo, sito archeologico, negozio?

La povertà era ovunque, si mescolava alla confusione che sopportavamo a fatica, finché ci decidemmo di salire sulla macchina che ci portò all'aeroporto, in anticipo, dove rifugiandoci nella lounge degli Emirates ci sentimmo finalmente protetti dal sorriso mite dei camerieri.

La chiave

Svizzera, ottobre 2017

Dopo le vacanze in Egitto passammo alla Svizzera. Avevamo una casetta lassù, tra i boschi, dove si respirava l'alito della natura.

Dove si respirava ancora.

Proprio quando entrammo in casa suonò il telefono. Che coincidenza, pensai sollevando la cornetta.

«Ho una busta per lei da portarle direttamente a casa» disse la voce all'altro capo del filo senza nemmeno presentarsi. Era ancora uno di quei vetusti telefoni a muro ormai fuori uso, con una pesante cornetta e la rotella per selezionare i numeri.

«Per me?» chiesi stupita. «Da che ditta chiama? Lei è il signor...?» e intanto mi chiedevo come qualcuno potesse sapere che eravamo arrivati in quella casa.

«Sono l'avvocato Rossetti, ho da consegnarle una busta sigillata da parte di un suo parente, credo, me l'ha data quindici anni fa, le spiego tutto quando ci vediamo...»

Dopo nemmeno mezz'ora, all'ometto calvo che si trovava di fronte a me chiesi: «Quindici anni fa?».

«Sì, sono diversi giorni che provo a contattarla e cominciavo ad avere paura di non trovarla. Ho avuto l'incarico di consegnarle questo pacchetto dopo il suo trentottesimo compleanno, molti anni fa. Dopo aver verificato che fosse tutto in regola, l'ho custodito gelosamente nella cassaforte, aspettando questo momento. Il mio cliente mi disse che esattamente oggi, probabilmente nel pomeriggio, l'avrei trovata in questa casa. Non so come avesse potuto prevederlo o se vi siate messi d'accordo, io provo a rintracciarla già da un mese credendo d'essere in ritardo ma... ecco qui!» Mi porse il pacchetto. «Sono felice di concludere questa mia missione.»

«Cosa c'è dentro?» chiesi prendendo il pacchetto rosso, con un fiocco d'oro che lo rendeva natalizio.

«Non ne ho idea, ma mi deve firmare questa ricevuta che poi dovrò spedire a una persona incaricata di riceverla.»

«Il mittente?»

«Le ripeto che non ho idea di chi sia il mittente. Io ho preso istruzioni da questa persona via telefonica, è tutto molto strano, ma mi hanno pagato generosamente la custodia in cassetta di sicurezza per tutti questi anni più il mio onorario, quindi...»

Restata sola, aprii il regalo. Sul fondo della scatola, in un cespuglio di cotone, c'era una chiave.

La chiave era attaccata a un cartellino con un indirizzo, era un posto poco lontano. Presi i bambini e mi avviai con il navigatore verso la località designata. Dopo diversi tornanti il bosco si infittì, per fortuna era pomeriggio, il sole era ancora abbastanza alto. Approdai a un piccolo villaggio, le strade di pietra dove l'auto non poteva entrare, nessun passante in vista. In questi villaggi svizzeri sembrava non esserci anima viva per la maggior parte del tempo. Poi, a un tratto, trovai il numero quattro su un vecchio portone scrostato, con placche di vernice per terra. È la casa giusta, pensai, così bussai e aprì un'anziana signora che mi regalò un sorriso sdentato.

«Tu sei Anna» mi disse con una dolcezza inaspettata, e un brivido mi percorse mentre rispondevo: «Sì...».

«E questi sono i tuoi bambini» continuò lei tenera.

Annuii.

«Vieni» disse l'anziana signora. «Hai la chiave?»

«Eccola.»

«La stanza sta al terzo piano, in cima, lì ci sono le tue cose...»

La stanzetta si trovava all'ultimo piano della casupola di pietra, con le tegole e i soppalchi davanti, come piccoli poggioli. Aprii la stanza e un regno dimenticato mi precipitò addosso. Là, cristallizzati in questo spazio polveroso, c'erano i miei quadri, tra mucchi di vestiti, scarpe, giacche, elettrodomestici obsoleti, confezioni di shampoo scadute, libri, fogli di appunti...

Eleanna.

I vestiti che ancora emanavano il profumo di allora, le scarpe alte con le zeppe di dieci centimetri come si usavano vent'anni prima, le avevo comprate io stessa a Parigi, con il mio fidanzato Akenathon.

Mi sedetti su un mucchio di vestiti chiedendomi come fosse stato possibile dimenticarmi di chi ero stata per tutto il tempo in cui sembrava che né il Maestro né io fossimo mai esistiti: come si fa a perdere la memoria?

Come era possibile che l'oblio avesse cancellato il ricordo del Maestro, del fidanzato che avevo amato così profondamente e perfino di me stessa?

Dove sei finito, Akenathon?

Feci le mie congetture: il Maestro mi aveva ipnotizzata?

Qual era il senso di questo dimenticare per ritrovarmi dopo tanti anni davanti ai miei quadri a chiedermi come avevo fatto a scordarmi d'esser stata una pittrice? Che senso aveva aver imparato tante cose se poi me le ero scordate?

Stavo sognando.

Eleanna non era mai esistita, non tornerà a vivere, il Maestro era un'invenzione della mia mente. Pensavo queste cose quando Haya mi chiamò per andare in bagno. La concretezza a cui ti ancorano i bambini in ogni istante ti rende straordinariamente pratica e realista.

Accompagnai Haya in un angolo dove c'era una scatola, non essendoci nessun altro posto dove andare, la aiutai a fare pipì, avrei buttato via dopo il contenuto.

Improvvisamente tutto tornò di nuovo chiaro alla mente. Il cappotto con il collo di pelliccia l'avevo preso al mercato delle pulci in Rue Houdon, a Parigi, quegli stivali, quelle montagne di quadri... Era davvero tutto mio, o di quello che ero stata e che stava risorgendo adesso.

Avrei voluto mettere quelle cose nella colla vinilica come faceva Arman l'artista, perché con questi oggetti non mi mancava più un pezzo di me stessa. Ero vissuta negli Emirati senza il mio passato, e ora questi scatoloni che contenevano migliaia di pagine manoscritte che mi ricordavano gli insegnamenti del Maestro, quei quadri che ritraevano l'abisso, me lo stavano raccontando...

Restai seduta sul mucchio di vestiti, con la foto del Maestro in mano che mi sorrideva da una profondità abbagliante. Sembrava l'immagine iconografica di Gesù Cristo risorto: gli occhi immersi in una calma piena di passione, il naso dritto, le labbra dolcemente serrate che invece ti raccontavano un segreto.

E il segreto era tutto qui: bisognava dimenticarsi di ogni

cosa, andare a pezzi e toccare il fondo per imparare a vivere, altrimenti si perdeva l'occasione credendosi nel giusto solo perché si stavano seguendo le orme di qualcuno che non faceva che esasperare il tuo lato poetico.

Come per incanto, ricordai all'improvviso l'addio del Maestro. Una sera che eravamo riuniti attorno a lui, davanti al fuoco, disse con una voce piena di malinconia: «Se resto, voi non entrerete nella materia, non l'amerete abbastanza e starete troppo bene nel rapimento intellettuale, come in una fuga dalle difficoltà. Così me ne vado, vi lascio in eredità tutto quel che vi ho insegnato. Domani vi sveglierete e mi avrete dimenticato, come si dimentica un sogno. Ma ciò che vi ho insegnato vivrà in voi, e mentre sperimenterete la vita vi sembrerà di ricordarlo. E da come vivrete vedrò se ho fatto un bel lavoro.

«È difficile lasciarvi perché siamo stati insieme tre anni, tre anni in cui siete cresciuti nella mia guida. Ma se non vi lasciassi voi non vi incarnereste, restereste anime astratte e per quanto belle, perse.

«Siete sulla terra per vivere da esseri umani, non da eremiti. Un Maestro come me deve tornare da dove è venuto, ma voi dovete vivere mescolandovi alla carne e riconoscere ciò che vi ho detto mentre vivete nella materia».

«Cosa intendi dire, Maestro?» avevo chiesto, visto che non capivo cosa intendesse fare con questo discorso che sembrava un addio.

Il Maestro aveva gli occhi rossi, profondamente tristi: «Se sapeste quanto vi amo».

Poi venne l'ora di andare a dormire, il Maestro fece la preghiera e condivise il pane prima di cominciare la cena, come al solito. C'era un'aria di quiete e di sospensione, come prima di un temporale.

Dormii a stento. Poi il mattino dopo, a colazione, vedendo il posto vuoto del Maestro, scoprimmo con apprensione che se ne era andato.

Da allora la vita mi si buttò addosso nella sua concretezza. Avevo dimenticato la poesia dell'arte e mi ero data da fare come giornalista prima, e poi personaggio televisivo, per sposare un uomo con il quale non avevo fatto che combattere. Con lui mi ero sfiancata a lottare. Se fossi stata solo una poetessa o un'artista contemplativa, avrei perso tante occasioni per crescere.

Il Maestro sapeva bene come allevare i suoi allievi. Precipitarli nell'oblio, far loro attraversare i deserti della materialità più estrema, farli schiacciare nella nostalgia di qualcosa che continuavano a percepire perché un tempo l'avevano conosciuto e poi, all'età giusta, liberare la mente annebbiata facendo loro ricordare chi erano.

Ma perché tutto questo succedeva dopo i trentotto anni? *Forse questo coincideva con lo sviluppo di qualche corpo spirituale?*

Mi ricordavo di tutto, ora: dei nostri sette corpi, fisico, astrale ed eterico, comprese le sottocategorie, le larve, gli spiriti... E lo spirito che avvertivo in questi ultimi tempi, chi era? Lo avvertivo così fortemente perché anni prima lo avevo conosciuto negli insegnamenti del Maestro?

«Grazie... Maestro» sussurrai con le lacrime agli occhi.

Il Maestro mi aveva ipnotizzata.

«Eleanna» mi sembrava di sentire le sue parole «anche se tua madre o tuo padre non ti avessero mai abbandonato, tu sei venuta al mondo per questa lezione. E presto calerò su di te un velo, perché la strada che devi fare è piena di grandi lotte e successi, ma anche di tanta sofferenza. Tu non sei fatta per stare in cima alla montagna, in un ashram. Tu devi conoscere il mondo da guerriera. Presto ti addormenterai e quando ti sveglierai ti sentirai sola. E da lì comincerai a praticare quello che ti ho insegnato.»

Avevo passato un periodo di estrema solitudine e povertà. Vivevo in un appartamento piccolissimo vicino al lago di Lugano e la poesia invadeva le mie giornate con i cigni che venivano a mangiare le briciole di pane che lasciavo andare dal davanzale, come in un cartone animato di Disney.

Avevi già capito la mia tendenza a sfuggire le cose concrete, a sfuggire la vita stessa, e mi ci hai precipitata dentro con furore. Mi hai fatto incontrare Mahmoud, un businessman, un uomo forte che di fronte alla mia remissività sembrava un tiranno, l'hai messo lì per insegnarmi a combattere per difendermi da lui. E Mahmoud mi ha educata a restituire un'offesa come un samurai, a non deporre le armi, a dormire con un coltello sotto il cuscino.

A diventare *umana*.

Il senso dell'abbandono con cui sono venuta al mondo e con cui ho dovuto lottare una vita... il modo in cui ho sempre percepito Mahmoud... Un uomo che, forse, mi ha ripetutamente crocifissa, e questo è stato il suo ennesimo insegnamento. Se non mi ha tradito, lo avrei inventato comunque, un tradimento. *Perché non importa cosa succede, ma la sua interpretazione.*

Il Maestro aveva la voce dello spirito: «Soffrite perché i vostri genitori vi hanno abbandonato e tutta la vita sarete abbandonati. Dall'amico preferito, dal compagno di classe e di giochi, dal marito. *Subirete tradimenti perché è quello che vi aspettate, non conoscete altro modo di essere amati.*

«Se sentite che vostra madre o vostro padre vi hanno traditi, sarete traditi dalla collega che vi soffierà il posto, sarete traditi sul posto di lavoro, tutti vi sorpasseranno, *gli altri saranno primi. Il vostro senso di abbandono giocherà contro di voi*: vi confermerà che siete dei reietti, dei rifiutati e all'apice del successo crollerete perché tutti vi tradiranno. Capite quel che vi dico?

«Dovete entrare dentro di voi e superare il trauma. Ma non lo supererete andando da uno psicologo. *I traumi non si risolvono scavando nel passato, si risolvono identificandosi con l'anima che è eterna, e superando così il passato.*

«*Perché preoccuparvi di ciò che vi è capitato da piccoli quando voi non siete davvero voi?*

«Siete più di voi stessi, siete anime più grandi del vostro piccolo io, della vostra personalità. Il vostro passato non vi appartiene più di quanto un bottone non appartenga ai vostri vestiti.

«Siate la vostra anima, *siate presenti a voi stessi adesso, e anche il passato cambierà.* Diventerà quello del vostro piccolo ego, che ha sofferto e ne soffre ancora, ma il vostro piccolo ego non siete voi.

«Guardatevi soffrire per il vostro passato e dite: dove lo senti il dolore, povero piccolo io, allo stomaco, alla gola o al cuore? E poi metteteci una mano sopra, aumentatene l'intensità e quando siete pronti, quando lo stomaco o il cuore stanno per scoppiare, liberate il dolore.

«Lasciatelo andare.

«*Il vostro dolore è un angelo che deve solo imparare a volare*».

I tiraños e Castaneda

Svizzera, ottobre 2017

Rispolverai da una cassa tutti i libri di Castaneda che avevo letto. Quando ero libera, quando nessuno mi teneva prigioniera. Mio marito non c'entrava, non erano i suoi presunti tradimenti a farmi stare male: *era stata solo la paura di perderlo.* Era stato il pendere dalle sue labbra, dal suo riconoscimento. Il metterlo al centro della mia vita rinunciando alla mia. Il permettere che il pensiero di non essere valutata da lui diventasse un'ossessione e minasse il mio senso di importanza in assoluto, in quanto essere umano, non solo ai suoi occhi.

Lui era diventato il mio tiranno perché gli avevo permesso di diventarlo. Gli avevo permesso di ricattarmi con i suoi alti e bassi, di stare bene solo quando lui era carino con me. Gli avevo permesso di tenermi in pugno con la sua rabbia, stando male, quindi inconsciamente continuavo a ubbidirgli anche se sembravo ribelle perché me la prendevo se lui rivolgeva la sua attenzione altrove.

Rinunciando al mio successo in Occidente, al mio lavoro, lo avevo messo al centro della mia vita, ma un uomo non può bastare a soddisfarti se rinunci alla tua strada.

Se rinunci all'amore verso te stessa per seguire la via di qualcun altro.

Questo non è più amore, diventa schiavitù.

Il passo più facile era dirgli addio e scappare via con i miei bambini. Ma Castaneda parlava di *tiraños*, che sono i tuoi migliori insegnanti. E cominciai a vederlo come un Maestro per scoprire dove mi portava continuare a stargli vicino e a soffrire per lui.

Non era l'ostinarsi a essere una vittima nel senso masochista, no. Era un semplice principio: non potevo cadere dalla padella alla brace. Dovevo stargli accanto per liberarmi delle catene invisibili che mi legavano ai tiranni per sempre, altrimenti ne avrei trovati altri subito dopo di lui.

Mai scappare da un tiranno prima d'esser pronta, puoi ritrovartene uno peggiore.

Tutta la vita è una recita e tu decidi di assumere un ruolo. Hai due scelte: o fai la vittima o il cacciatore. Si tratta della dualità terrena, di questa scuola che è il mondo. Ma se vuoi fare la vittima, è perché prima o poi *devi sbarazzarti di entrambe le cose: il tuo essere vittima e il tuo essere cacciatore.*

Quando scopri che nessuno di questi due aspetti è reale, sei libero.

Il Maestro

Parigi, 2001

«La libertà parte da dentro» disse il Maestro. «Per essere liberi bisogna esser puliti da ogni demone e schiavitù interiore, dalle proprie emozioni negative, perché altrimenti avrete sempre dei padroni.

«Se soffrite perché qualcuno abusa di voi e vi sentite feriti nella vostra dignità, siete uguali al vostro persecutore. Non c'è differenza, se fate le vittime, da chi vi tortura.

«Lottate invece per la vostra libertà interiore con coraggio e determinazione, e la vostra rabbia lascerà spazio alla vittoria morale e fisica sull'avversario.

«*Abitate la vostra casa controllando le vostre emozioni e nessuno potrà dominarvi.*

«*Come è dentro è fuori.*

«*Voi dovete diventare i padroni di voi stessi e i tiranni esteriori scompariranno. La libertà parte da dentro di voi.*»

Il Maestro aveva sempre questa maniera strana di parlare, ma il discorso era chiaro, lì si stava per crescere nella disciplina e nell'autocontrollo come allievi in un monastero. Lì si imparava a eseguire i propri compiti con accuratezza per non lasciare che i pensieri vagassero senza meta. Il Maestro ti insegnava a concentrarti e focalizzarti come un raggio laser su quel punto che fora il diamante.

Art Dubai

Dubai, novembre 2017

Fu allora che ricominciai a disegnare. Art Dubai ritornava, come ogni anno, a popolare la città di scambi internazionali. Invitata a parteciparvi, tra scegliere di stare confinata in uno stand o respirare l'aria della città, scelsi quest'ultima soluzione.

La mia partecipazione ad Art Dubai mi vedeva scendere nel DIFC, il centro finanziario, la Wall Street dubaiana. Uno sfondo che ricorda da una parte La Défense di Jean Nouvel a Parigi, e dall'altra il Gate Village, un distretto sospeso come un giardino pensile in una piattaforma futurista. Un mondo tra New York e una prospettiva alla de Chirico, con i palazzi che sono grossi cubi pieni di finestre e potenti linee rette a scandire un paesaggio urbano che contro l'azzurro del cielo diventa surreale.

Così, dopo aver installato la mia opera, *THE BOX*, nella piazza principale, il DIFC aveva cominciato ad animarsi di una folla che presto diventò un tal fiume di persone da costituire un blocco compatto. Il vernissage del DIFC Art Nights, mi vide protagonista di una serata all'insegna di incontri, cocktail e musica.

Mi muovevo tra la gente, spiegavo la mia installazione

artistica, una stanza piena di disegni cosmogonici in cui avevo raccontato la mia filosofia trascendente, l'origine dell'umanità tra angeli e demoni che riecheggiavano il nostro Rinascimento italiano.

La gente era interessata, mi riempiva di domande, e dopo tanti anni compresi cosa ero stata chiamata a fare, qui sulla terra: spargere la conoscenza di quello che avevo imparato.

Quella sera guardai la città, le mille luci che mi circondavano e sembravano un universo di stelle in miniatura, steso sotto e sopra di me, nelle torri dei grattacieli, la sensazione di poter spiccare il volo da un momento all'altro. *THE BOX* si era riempito di donne velate, gandura, jeans, uomini in giacca e cravatta, rare turiste con bimbi in braccio e un défilé di ragazze, tutte più o meno inerpicate su trampoli impossibili e gonne cortissime, la magia della notte a rendere meraviglioso anche il volto più insignificante.

E mentre mi rilassavo finalmente nella mia tenuta da artista, nera di maglietta e fuseaux come un addetto al backstage di un concerto rock, mi sentivo felice. Di essere al mio posto, di non dover entrare in uno di quegli allucinanti ristoranti a sette stelle che accanto a Christie's e alle gallerie più fashion mi avevano vista tanto spesso in tenuta dorata, inerpicata a mia volta su tacchi altissimi, a recitare il copione della ragazza glam.

Kuwait

Cap Kuwait, novembre 2017

Una galleria kuwaitiana d'arte molto importante mi aveva dato la possibilità di portare il mio messaggio artistico in uno stato che culturalmente stava un passo indietro a Dubai. Passare qualche giorno in Kuwait confermava la certezza che Dubai fosse la Las Vegas del Medioriente, luccicante e lussuosa, densa di avvenimenti notturni e di trasgressioni tollerate per renderla più appetibile al turismo su cui conta di vivere, almeno nel futuro.

Mi rendevo conto come questa visione aperta e avveniristica, con tutte le novità che la accompagnano – come il Louvre, o il Guggenheim – fosse un'impresa pionieristica. Perché nonostante i proventi del petrolio siano equivalenti a quelli emiratini, il Kuwait sembrava un paese povero, le strade rotte e intasate da un traffico che aumentando negli anni in misura spropositata non aveva trovato un corrispondente accrescimento delle vie asfaltate, facendo sì che l'aspetto della città restasse decadente, un nucleo moderno circondato da periferie stanche.

Anche l'aeroporto molto piccolo pure per chi fosse abituato alla semplice Malpensa non rendeva giustizia alla ricchezza nascosta di questo paese. Una ricchezza che andava in tasca a governanti che si dividevano la torta senza metterla a disposizione del progresso. E in questo caso Dubai era ammirevole, pur essendo monarchica e assolutista, non mancava di condividere la sua ricchezza verniciando di bellezza il proprio aspetto esteriore e dando la possibilità a tutti di goderne.

«E chi intasca i soldi del petrolio?» chiesi all'autista che mi era venuto a prendere all'aeroporto e che, come al solito, per me incarnava il punto di vista del popolo e della manodopera del paese in cui mi trovavo.

«I re» rispose lui, iniziando a lamentarsi per tutte le mancanze di diritti, primo tra i quali il non diritto di residenza permanente e di passaporto che faceva sì che, come in tutti i paesi del Golfo, dall'Arabia Saudita all'Iraq, chi ci lavorava ci stesse a tempo determinato e temporaneo finché, perduto il lavoro anche solo per poco e incapace di trovarne un altro, veniva rispedito nel suo paese d'origine per sempre. In barba a tutti i sindacati occidentali e alla storia delle rivoluzioni laburiste ottocentesche.

Intanto io avevo enunciato la mia filosofia, tra angeli e demoni, descrivendo *THE BOX* come un depositario della storia occidentale, dal greco Lacoonte a Michelangelo, compresa di chiese e opere sacre. Una specie di arca di Noè destinata a navigare con me e con tutti quelli che la visitavano per ripercorrere una sapienza artistica che ancora, nel Rinascimento, metteva Dio al centro della propria ispirazione prima che l'Illuminismo ne spazzasse via ogni connessione. Un punto in comune con i paesi mediorientali dove la gente andava ancora fiera di credere in Dio, anzi, si sentiva distinta dall'Occidente e moralmente superiore proprio per il fatto di esibire un Allah sempre presente nelle normali attività della giornata.

Un Dio che in fondo aveva ispirato Michelangelo e la grandezza della nostra arte, sempre in bilico tra diavoli e Madonne per esprimere il mistero dell'universo, dando un motivo e una soluzione al disordine e al caos.

Occhio non vede, cuore non duole

Dubai, novembre 2017

Con questa sensazione di arte e di poesia, non potevo certo continuare a illudermi di chiudermi nel mondo di ipocrisia in cui stavo soffocando nella routine dubaiana. Dentro di me gridava l'artista, la ribelle, la paladina della trasparenza. Per me non aveva valore girare su una Bentley o una Ferrari, io volevo solo scrivere in pace e coltivare l'anima dei miei figli.

Inoltre sentivo quei continui sospetti invadermi in ogni momento della giornata, così ripetevo a mio marito il solito ritornello: che per me l'amore era sincerità e onestà e che non si poteva ricostruire un rapporto se non potevo fidarmi ciecamente. Lui continuava a sostenere che non era successo nulla con le altre e io rispondevo che non avrebbe mai potuto ammetterlo perché quello che per lui non aveva valore, il tradimento fisico, per me ne aveva e non potevo andare a letto con uno che aveva più donne, anche se le altre erano invisibili alla società e non sarebbero mai assurte al ruolo di primadonna nella sua vita.

Ero certa che per la maggior parte degli arabi o comunque per gli uomini potenti, almeno nella cerchia che conoscevo, la moglie era insostituibile, ma intanto magari si continuava ad avere in giro avventure che non esistevano perché non se ne conservava nemmeno la foto.

La non ufficialità di una relazione sanciva la sua non esistenza.

In questa distorta prospettiva, se il sesso non aveva valore, non c'era tradimento. Mister Press avrebbe definito questo modo di ragionare frutto del capitalismo moderno, quando liberismo fa rima con libertinismo e i termini si confondono nell'atroce, inevitabile caduta dei valori.

Una sera Mahmoud si rivelò finalmente con una frase che sembrava innocente. «Non ti ho mai tradita con il cuore» mi disse «il mio cuore è stato sempre per te.»

Sembrava follemente innamorato, ma in quel momento mi resi conto di quanto tutti i miei sospetti fossero fondati. Mahmoud mi stava davvero dicendo che per lui il tradimento fisico non era tradimento! Quindi se dal suo punto di vista lui non era stato infedele, dal mio lo era sicuramente stato.

La sua quasi confessione aveva reso tutto così reale da farmi capire come il suo continuo negare non fosse che un nascondersi dietro alle parole.

Quella sera piansi come non mai, sentendo la spada del tradimento trafiggermi per l'ennesima volta. Se stare vicino a lui mi faceva ancora sentire insicura, mi avesse davvero cornificato o no, non aveva rilevanza. Io non ero pronta a stare con un uomo come lui. Ora dovevo fare solo una cosa: *crescere*.

Era estremamente necessario per me scappare da lui e abbracciare una vita più dura, ma vera. Forse avrei sofferto per cavarmela economicamente, ma dovevo sottrarmi a quell'ambiente che mi ammalava.

Al solo pensiero di andarmene, gli scoppi immotivati

d'ira dovuti alla sua estrema gelosia e i suoi repentini cambi di marcia in effusioni seduttive cominciarono a non farmi più effetto. Non riuscivo più a restare intrappolata nel meccanismo della seduzione e della conseguente umiliazione. Ero stufa.

Mi domandavo anzi come mai lui non riuscisse ad averne abbastanza di vivere in quel modo, senza mai pace, in continua tensione tra una discussione e l'altra. Per tutto questo tempo, infatti, non potendomi più sedurre, aveva cercato di catturarmi con i litigi come di solito fa una moglie isterica. Se avessi alzato la voce con lui dimostrando che era riuscito a farmi arrabbiare, l'avrei reso contento. Ma era troppo tardi. Non mi arrabbiavo più nemmeno.

Cominciavo perfino a compatire le sue possibili amanti, prevedendo il calvario che sarebbe loro toccato. Immaginando come dovevano sentirsi a stare al fianco di un uomo che non avrebbe mai lasciato la moglie, a essere considerate meno che zero.

Pensavo che persone come mio marito sceglievano donne deboli, dalle quali spremere costante attenzione e dolore.

Leggendo libri sul narcisismo, mi chiesi se uno psicologo l'avrebbe forse definito un narciso istrionico? E se lo era lui, che secondo gli insegnamenti del Maestro era il mio specchio, anch'io in passato dovevo esser stata narcisa. E pure debole.

Dovevamo per forza esser simili per esserci incontrati.

Fiaba

Dubai, dicembre 2017

Nonostante i picchi di dolcezza di Mahmoud, che a tratti si faceva remissivo come un cagnolino, continuai nella mia intenzione di tornare in Europa. Lui divenne stranamente mansueto, raggiungendomi per l'estate, impaurito che l'abbandonassi per sempre. Era tornato all'improvviso a corteggiarmi come quando eravamo fidanzati, aveva una paura smisurata che non lo volessi più vedere, che gli chiudessi la porta in faccia.

Ma la porta restò aperta e passammo le vacanze insieme. Provavo un'estrema tenerezza per lui, ora che mi mostrava il suo lato umano, ferito. Ora che me ne stavo andando, lui mi cercava come una pietra preziosa.

Io restavo distaccata da lui sia per non tornare a commuovermi del suo profondo stato di solitudine e cadere nel solito tranello, sia perché mi stavo emancipando davvero, stando bene finalmente anche da sola. E lui lì, come un cavalier servente, dimenticandosi perfino delle sue presunte amanti.

Se queste forse amanti fossero solo nella mia testa non lo saprò mai, ma non aveva nemmeno importanza che a questo punto ci fossero state veramente. Le presunte amanti erano solo un corredo a ciò che stava avvenendo tra di noi, un aiuto alla nostra crescita.

Non cercavo vendetta, solo il sollievo di poter esser presto finalmente sola con i miei bambini a contemplare la bellezza di un prato, a svegliarmi nel canto magico degli alberi e della natura.

Mi sembrò d'esser finalmente tornata alla fiaba che lui era riuscito a distruggere. O meglio: alla fiaba che con lui ero riuscita a distruggere cadendo nella trappola della paura.

L'immigrato

Svizzera, febbraio 2018

Affrontando il trasloco, dovevo preparare molte cose, oltre alla casa, anche il trasporto di Lilli, la nostra amata cagnolina. Sembrava che l'Europa fosse l'unico paese in cui era facile immigrare, non solo per le persone, ma anche per i cani. Lilli era la nostra maltesina. Per l'arrivo a Milano non ci sarebbero stati problemi, se avevi alla mano i documenti delle vaccinazioni effettuate e relativo passaporto canino, a farti recapitare il cane direttamente dal nastro con tutti gli altri bagagli. Il costo era molto basso, visto che il cane viaggiava nella stiva tra vestiti e giocattoli.

Meno facile, anzi, difficilissimo, era stato riportarla a Dubai l'estate prima. La cagnolina aveva dovuto passare attraverso procedure complesse quali assoldare un agente che seguisse le disinfestazioni da eventuali parassiti appena prima della partenza, con conseguente soggiorno in deposito attrezzato e imbarco al cargo fino a vedertelo recapitare, dopo ventiquattro ore di gabbia, alla dogana emiratina, dove andavi a prenderlo accanto a container di mobilio e oggettistica. Un processo che poteva costare fino a tremila euro.

L'importazione di animali, a Dubai, seguiva leggi ferree. Al che ci si chiedeva perché Dubai, un paese relativamente civilizzato, avesse bisogno di tanti controlli, mentre all'avanzatissima Europa bastava un certificato veterinario che uno, volendo, avrebbe pure potuto falsificare importando virus pestilenziali sconosciuti (la mia cagnolina avrebbe potuto diventare una bomba biologica?).

L'Europa apriva dunque le frontiere anche a bestie kamikaze che potevano transitare con una facilità allarmante, mentre Dubai, piena di animali asiatici visto che la popolazione era in gran parte costituita di pakistani e indiani, sottoponeva a severissimi controlli anche chi veniva dal relativamente sano e supervaccinato Occidente.

Non avremmo dovuto essere noi ad aver paura dei morbi mediorientali?

Traslocare passa sempre nella lista degli eventi più stressanti, assieme a divorzio e morte. A me sembrò di passarli un po' tutti insieme, ma mi presi del tempo. Sospesi la scrittura e il lavoro, dedicandomi all'impacchettamento della casa, buttando via quel che potevo. Invece, a parte i mobili, finii con il portare via quasi tutto, senza rendermi conto che di lì a poco i bambini sarebbero divenuti ragazzi e avrebbero smesso di giocare con bambole e macchinine. Oltretutto il salto nel digitale provocato dal Covid avrebbe spazzato via gran parte del divertimento fisico, ma di questo eravamo ancora ignari.

Il miracolo che esce da un rubinetto

Svizzera, febbraio 2018

Continuai a gustarmi, con tutti i mal di testa del trasloco (nuova scuola, nuovi dottori, nuova routine, nuovi vestiti adatti al nuovo clima), il rimpatrio in Occidente. Ogni mattina mi svegliavo e respiravo il profumo dell'erba, questa natura che a chi viveva qui da sempre sembrava così ovvia e invece per me era un miracolo.

Dubai era l'assenza del verde, striminzite piante sorrette da tubicini di irrigazione che scorrevano come serpenti sulla sabbia e mi ricordavano i tubi che collegano un malato alla sua flebo, in ospedale. L'aridità che diventava un senso più che d'oppressione, di malattia.

Chi è nato nel verde non si adatta a una società sintetica come quella degli Emirati. Puoi nutrirti di shopping mall, puoi cercare la forza della natura nel mare o nel vento che spinge le dune del deserto, ma non avrai mai attorno il respiro del verde. E in questo respiro c'è l'acqua, altra cosa così ovvia che invece sarà all'origine, o forse lo è già, delle nuove guerre. I terreni alpini sono i nuovi pozzi di petrolio, il nuovo oro in un futuro in cui il grado di siccità toccherà punte insopportabili. Gli imprenditori intelligenti già ci han fatto un pensiero in questo settore.

L'acqua da noi si può bere dal rubinetto, diversamente da Dubai, dove nell'acquedotto rischiano di girare anche bacilli di colera e per lavarti i denti, fare il minestrone o la pasta, usi sempre quella della bottiglia. Acqua stagnante comunque, che sa di plastica dopo aver viaggiato mesi o esser stata esposta all'aperto a cinquanta gradi durante il trasporto in camion. Un concentrato di bisfenolo e di chimica evaporato dalle bottiglie direttamente nei nostri stomaci.

Diversamente anche da Londra, Parigi e Milano, l'acqua che esce dal lavandino qui è come acqua sorgiva. Hai questa fortuna: di accostare la bocca e bere a volontà. Durante la doccia, o mentre lavi i piatti, i miei bambini hanno capito il gioco, li diverte, mentre per quelli nati qui è tutto scontato.

Avevo comprato dei rubinetti moderni che facevano sì che l'acqua scendesse come sul letto di un torrente: il rivolo correva sulla superficie luccicante per dieci centimetri prima di scendere nella tua mano in una musica che mi riempiva di gioia.

Non potevano essere scontate certe cose. Dovevamo salvare il mondo cominciando dai nostri lavandini, ringraziando l'acqua d'esserci per noi in questo modo, e avremmo cambiato il mondo per la nostra nuova coscienza di preservare un miracolo.

Tutto più piccolo e più vivibile

Svizzera, febbraio 2018

Quando tornavi da una megalopoli come Dubai, fosse anche per un breve viaggio, ti accorgevi della dimensione del villaggio a cui appartiene l'Europa da quella delle strade. Se prima eri abituato a un'autostrada a sedici corsie, adesso ti trovavi di fronte ad autostrade a quattro corsie, che invece a Dubai erano la grandezza di una strada comune, come quella che percorrevamo ogni mattina per andare a scuola.

E dalla strada ridimensionata passavi ai palazzi, ai centri commerciali, tutto più piccolo, più umano, più vivibile. Il villaggio che ancora non conosceva lo stordimento delle metropoli vere.

Anche New York mi sembrava piccola rispetto a Dubai, quando ci tornai. Camminavo per le strade e dicevo: «È tutta qui? Nei film sembrava più grande». Strade che nell'obiettivo quadrangolare di una telecamera si allargavano magicamente.

E New York appartiene solo al Novecento, le nostre città, invece, scavano radici nel Medioevo e la loro espansione non può raggiungere le sovradimensioni emiratine. Un po' perché lì la terra per espandersi c'è, o meglio la non terra, la sabbia del deserto trasformata in un giardino... Qui invece ogni angolino di terra sembra strappato a un bosco, a una montagna: uccidi il verde con un blocco di cemento. Laggiù è l'opposto: fai sorgere dal deserto il tuo Paradiso.

Ma in questo piccolo vecchio mondo europeo, dove le strade erano piccole, le case piccole, i negozi piccoli, ti muovevi a passo d'uomo. Incontravi facilmente qualcuno che conoscevi in posta, scambiavi le chiacchiere con il solito farmacista che era lì da anni: anche la trasformazione e la mobilità sociale erano lentissime, potevi contare sulle cariatidi dell'ufficio postale e del supermercato, sempre allo stesso posto di lavoro, il che aveva qualcosa di confortante.

A Dubai ogni mese vedevi i volti delle persone che servivano in un negozio cambiare, o negozi e shopping mall interi nascere e tramontare con la velocità di una meteora.

Ero contenta che i miei figli cominciassero a crescere in una società che non era più transitoria, ma che poggiava su solide radici.

Dubai era una terra di passaggio: tutti la usavano come si faceva con l'aeroporto, per atterrarci in transito verso nuove mete. O forse un po' ci si stufava a non trovare radici, a essere come le piante del deserto, con radici leggere, superficiali, rimpiazzabili da piante di plastica perfette, incorruttibili e sempreverdi...

Di nuovo a caccia

Svizzera, marzo 2018

In Svizzera avevo ricominciato la mia caccia alla maid perfetta e mi accorsi che le domestiche a queste latitudini parlavano tanto, soprattutto mentre scrivevo un nuovo articolo: a loro avviso, loro lavoravano mentre io, che ero al computer, stavo semplicemente giocando. Così mi interrompevano continuamente, mi giravano attorno senza tregua, fino a raggiungere quello che consideravo il traguardo della sconsiderazione più assoluta verso la datrice di lavoro: esplodevano nel canto. Cosa che sarebbe andata anche bene se io non ci fossi stata, ma non mentre cercavo di stendere un pezzo.

Mi erano bastati pochi giorni per scoprire che le domestiche credevano di andare a lavorare non in una casa, ma al bar. Quindi decisi di costruire un muro divisorio isolando quello che era prima un salone comunicante con l'atrio d'ingresso in un bunker a prova di intrusione. Avevo risolto il mio problema di privacy.

Pensavo a Dubai, dove mi sfibravo a forza di ripetere concetti al personale domestico e finivo con l'esaurimento nervoso. Avevo tentato di spiegare che le bottiglie dei bambini andavano serrate con forza prima di metterle nella borsa della scuola, altrimenti allagavano la sacca. A chiudere il frigorifero dopo che si prendeva qualcosa. A svuotare la lavatrice del tutto fino all'ultimo calzino.

Ma pure in Svizzera stavo annaspando nel vuoto, forse il part-time sarebbe stato più saggio, salvo dover vivere da formica tutto il giorno collezionando quello che i miei figli generosamente seminavano in terra. Scoprii che era impossibile vivere senza domestica anche perché i ragazzi ci erano abituati. Se urlavi: «Non sono la tua schiava, raccogli il pigiama da terra!», mi rendevo conto che prima non sapevo nemmeno che ce lo buttavano.

Essere mamma occidentale aveva dei palesi svantaggi che nell'attutito mondo emiratino non ti toccano.

Ma pur rimboccandomi le maniche e pulendo, cucinando, rassettando da mattina a sera, pur raccogliendo dove non avevo seminato, non sarei tornata indietro. La bellezza che si provava anche nel fare i lavori domestici sentendosi finalmente padrona della tua casa, sapendo dove mettere le cose, e sentendosi semplicemente sfinita dall'orchestrare una routine, non aveva eguali. Finalmente assaporavo la tranquillità dell'essere sola. L'intimità riscoperta.

Poi mi rendevo conto all'ultimo momento che mio figlio a scuola l'indomani non avrebbe avuto la camicia dell'uniforme stirata perché io non avevo mai usato un ferro da stiro e quindi non mi ero ricordata di portarlo da Dubai! In questo caso telefonavo all'ultima domestica che avevo intervistato e chiedevo: «Le andrebbe di fare una prova? Pagata s'intende. E... per caso, potrebbe portare il suo ferro da stiro per qualche ora?».

La ciste

Svizzera, marzo 2018

Stavo quindi affrontando la fatica del post trasloco e dei lavori di casa, quando mi scoppiò una ciste in bocca riempiendomi di pus. La ciste, che aveva continuato a invadermi l'osso da settimane e forse da mesi, era diventata così grande che il dentista mi mandò da uno specialista per accertarsi che non fosse un cancro. Evidentemente non ero riuscita a sfogare la tensione del trasloco, ma l'avevo covata perdendo ogni controllo su di lei fino a lasciarla divorare il mio corpo. E siccome la ciste doveva avere almeno un anno di vita, riflettei sull'ultimo anno di discussioni con Mahmoud, prima che le cose cominciassero ad appianarsi. Pensai che forse non ero riuscita a elaborare affatto lo shock di quel periodo che mi sembrava di aver seppellito sotto un caparbio sorriso.

Lo specialista, un uomo grande e grosso con un'espressione benevola, mi spaventò a morte prenotandomi un appuntamento urgente in un centro a Zurigo specializzato in questo tipo di disturbi, rimproverandomi di aver rimandato tanto il momento di vederlo, lasciando che la ciste mi distruggesse l'osso.

«È un tumore e se anche fosse benigno in ogni caso si deve operare subito. A Zurigo le faranno la biopsia.»

Dunque per questo dottore la ciste era diventata all'improvviso un tumore. E vista la sua posizione di specialista, forse c'era da credergli.

Sentii il mondo crollare. Prima il male che mi perseguitava era esterno, rappresentato dai nemici che di volta in volta mi costruivo attorno, ora era dentro di me. Il che mi dimostrava con certezza che il Maestro aveva ragione: «Il male c'è comunque, dentro o fuori di te, se non ti decidi ad affrontarlo, riconoscerlo e guardarlo dritto in faccia. Se tu non avessi nemici, ti *ammaleresti.* E quando non avrai più nemici, avrai raggiunto la salute eterna».

Ecco perché era possibile che il male che da anni mi perseguitava all'esterno fosse diventato all'improvviso un probabile cancro.

Più piangevo, più la rabbia cominciò ad assalirmi. Mentre i bambini erano a scuola, cominciai a camminare furiosamente per casa espellendo il rancore che provavo. Durante la settimana che mi separava dal secondo appuntamento a Zurigo contrassi la faccia in smorfie degne di un lottatore di sumo, finché le mascelle divennero così stanche di muoversi in quella forzata ginnastica facciale da farmi male.

Sola in Svizzera con i miei bambini, mi ero trovata di fronte a me stessa, sentendomi sciocca ad aver speso tanto tempo negli Emirati dimenticandomi di chi volevo essere. Davo tutte le colpe a Mahmoud, fissandomi solo sui lati negativi degli anni passati, delusa per aver scelto di vivere con l'uomo che si era trasformato in un torturatore, visto che non avevo deciso di seguire la strada del rispetto per me, e ora mi trovavo ammalata, a un passo da una temuta operazione.

Mentre piangevo, continuava a tornarmi in mente il viso contorto d'ira di mio marito mentre mi stringeva il polso per impedirmi di partire per il mio lavoro, un anno prima, o mentre mi fissava con occhi maniacali. Poi da quello stato febbrile di sottomissione lamentosa passavo all'azione, ed ecco che mollavo pugni sul cuscino prendendo a botte il materasso per sfogare la mia collera.

Sfogavo la rabbia antica con cui ero nata, che mi aveva accompagnata per anni facendomi innamorare proprio di Mahmoud, perché con lui questa forza si era trasformata in passione, un amore cannibalesco che ci univa a letto con una tale foga che sembrava una lotta tra le lenzuola.

Era la stessa rabbia che era esplosa in gioventù, quando avevo deciso di scappare di casa per abbracciare una vita avventurosa e le lezioni del Maestro, abbandonando mia madre o sentendomi abbandonata da lei... non aveva importanza chi fosse stato il primo ad agire in questo modo perché eravamo rispettivamente l'altra faccia della stessa medaglia.

Avevo scelto Mahmoud perché mi assomigliava e rispondeva alla stessa passione e allo stesso furore che a lungo avevo sublimato nell'arte e che con lui riscendeva a un'ottava inferiore ripiombando nella furia del sesso e dell'oblio.

Risuonavamo delle stesse vibrazioni.

E una volta nati Amir e Haya, la rabbia se ne era andata lasciando il posto all'enorme tenerezza della maternità e all'impotenza di tornare a essere un guerriero. Avevo subito le aggressioni di Mahmoud che prima arginavo con il sesso e dopo non avevo più saputo contenere.

Finché la situazione era arrivata dove eravamo. E ora mi trovavo con una ciste che non faceva che ricordarmi che nel mio corpo la rabbia era ancorata in quel punto e non voleva andare via.

Alternai rancore e pianto misti alla paura di morire per quella ciste in tutto il periodo che mi separava dall'appuntamento finché finalmente fui pronta a partire. Le mascelle mi dolevano a forza di contrarle continuamente come se dovessi mordere un invisibile hamburger nell'aria. Era uno sforzo molto intenso e tutti i muscoli della faccia ne erano coinvolti come durante un urlo prolungato. Forse avrei potuto cantare, ma non mi era venuto in mente. Sarei stata comunque bravissima come urlatrice di una banda rock.

Arrivai a Zurigo continuando a pregare. Mi sentivo come una bambina il giorno della prima comunione, sicura che quando mangerà l'ostia il miracolo avverrà.

Mi fecero lo scanner, panoramica in 3D, incontrai il medico sorridente che mi fece sedere.

«È capitata una cosa strana» mi disse. «Il tumore è una palla di due centimetri, ha mangiato l'osso ma è inspiegabilmente scoppiato, e questo è quello che resta» e mi mostrò l'immagine sullo schermo. C'era un buco chiaro nell'osso, ma come indicava il medico la ciste era aperta e la parete che la chiudeva sul davanti era scoppiata lasciando che il liquido interno, un insieme di plasma e colesterolo, fuoriuscisse.

«Capita spesso che una ciste si rompa da sola?»

«Non capita quasi mai.»

«E avete bisogno di tirarla fuori ugualmente? Non posso aspettare?»

«Possiamo aspettare al massimo due mesi e vedere se si sgonfia da sola» disse il medico con un tono scettico e meravigliato. Il mio caso sembrava sorprenderlo.

Lasciai l'ospedale sentendomi leggerissima. Andai in chiesa, ringraziando Dio per questa che mia nonna avrebbe definito una grazia.

La crocifissione è necessaria per risorgere

Parigi, 2001

«Voi siete creature che dovete vedere la vita dal punto di vista dell'anima per uscire dal circuito vittima-oppressore» disse il Maestro. «In altre maniere non si esce, ci sono sempre traumi da quando siete piccoli a quando rinascete, diventando nuovamente vittime o aggressori, a meno che non vi identifichiate con l'anima.

«I demoni si alimentano della nostra luce perché questo è il paese in cui un angelo chiamato Lucifero ha negato la comunicazione con Dio e vuole nutrirsi delle nostre rabbie e delle nostre energie negative per sopravvivere perché non può accedere all'energia divina. Noi dobbiamo sottrarci a questo vampirismo imitando il Cristo, perché non possiamo orientarci con la nostra logica, visto che quella su cui si basa la sopravvivenza dell'anima stride con la ragione. Gesù è stato crocifisso dalla nostra parte di demone terrestre e si è lasciato uccidere perché ha voluto identificarsi con l'anima che non muore.

«*La crocifissione significa crocifiggere il nostro ego per far trionfare qualcosa di più grande, così come Gesù ha crocifisso se stesso per far risorgere lo spirito del Cristo.*»

Il Maestro fece una pausa, si guardò attorno, i suoi occhi sembravano leggere le parole che scaturivano dalla densa profondità del suo sguardo.

«La crocifissione è trafiggere il nostro piccolo ego per farci attraversare da un'essenza che ci trascende e ci supera e quindi essere tutt'uno con qualcosa che esiste ovunque e che si chiama Dio.

«È diventare figli del padre.

«È permettere a Dio di agire attraverso di noi con il sacrificio del piccolo io della propria personalità limitata.

«È lasciare che il cielo scenda in terra per penetrarla e trasformarla.

«È permettere a Dio di agire attraverso di noi mentre ci dimentichiamo della nostra natura umana.

«Ecco cos'è la crocifissione e perché noi tutti dobbiamo sacrificarci ed esser crocifissi, non perché dobbiamo essere martiri, ma perché nel senso etimologico dobbiamo fare il sacro, *sacrum facere* in latino, in modo che Dio entrando in noi trasformi il nostro mondo.»

Il Maestro era bravo a umiliare l'ego dei suoi discepoli. Li obbligava a crescere con i digiuni, con l'obbedienza a una ferrea routine, con l'obbligo al silenzio. Talvolta li umiliava appositamente perché non si montassero la testa.

Li aveva scelti già sulla via della crocifissione.

Eleanna per esempio era scappata di casa sentendosi una reietta, era rimasta orfana non solo di genitori, ma anche di autostima.

Era già stata crocifissa, poteva solo risorgere.

Il suo piccolo ego era già morto, *lei trovava riscatto dipingendo perché per dipingere non doveva esistere. Come nello scrivere non aveva alcun merito di quel che veniva fuori dalla penna.*

Era un servo inutile.

Doveva sempre far posto a qualcosa di più grande che entrasse dentro di lei, quando il piccolo ego annientato e dissolto lasciava il corpo vuoto che veniva occupato dallo spirito. *Accogliere l'intuizione sapendo che l'intuizione arrivava indipendentemente da te. Affiorava quando voleva e dovevi solo ringraziarla.*

«I monaci lo hanno sempre fatto attraverso la preghiera o la meditazione, altrimenti ci pensa la vita stessa schiacciandoti con disavventure o malattie finché non ti arrendi e fai entrare in te lo spirito di Dio.

«Questo spirito apre gli occhi del cuore e ti mostra cose inaudite. Cominci a diventare fortissimo, a vedere come tutto sia perfetto» continuava il Maestro. «*E si potrebbe anche non ammalarsi, si potrebbe vivere sempre nella grazia, basterebbe non dimenticarsi che noi siamo strumenti dello spirito, che di per noi stessi valiamo molto poco.*

«Ecco che le porte dell'intuizione artistica o scientifica si spalancano, se ti apri allo spirito» proseguiva il Maestro con la sua voce cavernosa. «La chiaroveggenza. La profezia. La capacità di guarire se stessi e gli altri vedendo l'aura di chi ti sta accanto e sanando gli infermi come faceva Gesù Cristo.

«Ecco cosa io sto facendo di voi: dei guaritori.

«Ma prima, Eleanna, dovrai toccare il fondo e sentire la fitta del dolore trasformativo. Dovrai abbandonare del tutto il tuo ego. Mi dimenticherai e avrai modo di crescere nell'esperienza.»

Eleanna non capiva queste parole. A ventitré anni pensava di sapere già tutto e d'esser cresciuta abbastanza.

Diventerete dei Maestri

Svizzera, aprile 2018

Le parole del Maestro, che ora sembrava parlarmi dal passato confondendosi allo spirito, riecheggiavano dentro di me.

«Abbracciate l'amore. Questo vuol dire amare anzitutto se stessi. *Voi meritate l'amore, il vostro amore*, e se amate voi stessi, amate la pace, restate centrati nella serenità interiore, come se steste galoppando sul cavallo della libertà, niente vi può disarcionare se siete ben saldi. In una parola: non perderete mai le staffe.

«Qualcuno vi insulterà e non vi sentirete violati. Quando vi sentivate colpiti, ciò avveniva perché dovevate guarire. Vi sentivate oltraggiati? *Avreste dovuto ringraziare il vostro offensore perché vi mostrava la vostra ferita*. Così vedevate come vi sentivate in quella condizione, il vostro senso di inutilità, il vostro non valore, la vostra stupidità, e accogliendo questo malessere, lo abbracciavate, lo consolavate.

«Lo riconoscevate.

«Eleanna, il tuo torturatore, di fronte alla tua nuova consapevolezza, cercherà di ricatturarti e sedurti ma tu non ci cascare: sai chi è. E sai chi sei tu.

«Comincerai a guardarlo con compassione sapendo quanto soffre e *gli dirai addio, anche se magari gli vivrai appresso*. Ma lui noterà questo tuo distacco, questa distanza e indipendenza emotiva e comincerà a ribellarsi, a gridare, a diventare pazzo con te. Avrai due strade: sottometterti o lasciarlo. Potresti anche aiutarlo, ma di solito non si può.

«Nessuno può aiutare chi non vuole essere libero.

«Ma tu sei libera perché finalmente vedi chi sei. E ti unisci alla bambina che avevi abbandonato e sepolto dentro di te, anni prima, e che ha continuato a piangere attraverso il dolore che ti hanno inflitto gli altri. Perché, vedi, nulla di tutto questo è mai stato reale.

«Non è stato mai reale il presunto tradimento di tuo marito, l'hai voluto tu. Come hai voluto sentirti tradita da tua madre, tuo padre, dalle tue amiche e da tutti quelli che ti hanno abbandonato. Invece di aprirti all'amore e sentirti amata hai scelto di sentirti tradita.

«Chi ti ha tradito per primo?

«*Tu hai tradito te stessa per prima, abbandonando i tuoi bisogni d'essere amata*. Invece di prenderti cura di te stessa e del tuo corpo, invece di amarti, ti sei lasciata andare, ti sei abbandonata. E così hai permesso che altri facessero razzia del tuo corpo, dei tuoi sentimenti, della tua dignità, perché tu per prima hai fatto razzia dei tuoi sentimenti, della tua salute, della tua dignità.

«*Tu ti sei negata l'amore.*

«*Non occorre che gli altri ti amino, ti riconoscano. Tu devi amarti e riconoscerti, basta questo.*

«*Nessuno ti amerà mai al tuo posto. Nessuno ti amerà mai se tu non ti ami*. Tu lavorerai sempre con il tuo sospetto, la tua rabbia e la tua paura, in modo da allontanare inesorabilmente tutti coloro che desiderano amarti e avvicinarsi a te. In modo da dimostrare a te stessa che sei un essere inutile, che solo gli altri sono degni dell'amore, delle cure, dell'attenzione.

«*Solo gli altri... gli altri, o le altre, che sono sempre superiori a te...*

«Mahmoud non ha fatto altro che ricordartelo, in eterno. Con i suoi presunti tradimenti ti ha ricordato di farti sentire l'essere inutile che pensi di essere.

«Ti ha ricordato che non vali proprio niente.

«Che devi subire tutto perché te lo meriti.

«*Che sei uno schiavo.*

«Il tuo errore è stato di soffrire per quel che sembrava ti facesse anziché vedere che lo stavi facendo a te stessa.

«Perché prendersela perché un marito forse ti tradisce? Non è forse un *suo* problema? Tu puoi stare benissimo lo stesso, puoi dedicarti a tutto il resto, come hai sempre fatto, e restare centrata sulla tua vita, sulla bellezza della vita, se non diventa pericoloso starci vicino per la tua incolumità fisica puoi vivere con lui, altrimenti puoi sempre andartene...

«Ricordatevelo bene: *l'altro, marito o amico che sia, non potrà mai amarvi più di quanto voi non facciate già con voi stessi. E se voi non amate voi stessi, nemmeno l'altro saprà amarvi.*

«*Gli altri non sono una compensazione dell'amore che non provate.* Se non lo provate da soli, non lo proverete nemmeno in compagnia.

«*Il tradimento non è che una vostra mancanza d'amore.*

«Riempitevi di amore, traboccate d'amore, e gli altri correranno ad attingere alla vostra luce.

«Sarete un faro per tutti.

«Amerete tutti senza attaccarvi a nessuno se non all'amore sconfinato per la vita e per la luce che brilla in ognuno di noi. Saprete vedere solo quella.

«*Diventerete dei Maestri.*»

Libertà

Dubai-Lugano, aprile 2018

Abbracciando la libertà, la decisione di non forzare più le cose, di volare in alto senza più preoccuparmi degli altri, di chi stesse sentendo Mahmoud, dimenticandomi di controllarlo perché stando bene non sentivo il bisogno di tenerlo d'occhio, *anche lui si trasformò*.

Mi resi conto che nell'ultimo anno avevo vissuto nel sospetto e quindi mi ero comportata come una guardia carceraria verso di lui, facendolo continuamente sentire in prigione, allo stesso modo in cui io mi sentivo messa in prigione da lui, che mi considerava sua proprietà privata.

Con il mio comportamento sospettoso animavo in lui il sospetto, con la mia chiusura fomentavo la sua gelosia.

Eravamo l'uno lo specchio dell'altra.

Lui mi vedeva partire per Roma spaventata e costruiva scenari dei miei tradimenti quanto io li costruivo su di lui.

Ci eravamo sempre amati, per questo avevamo lottato fino allo scontro fisico. Ma trasformato il mio animo, smisi di trattarlo da nemico.

Si quietò nei miei confronti, e il suo cuore cominciò ad aprirsi come può fare il cuore di un businessman, abituato a restare contratto nello sforzo del sospetto continuo d'essere fregato.

Compresi che Mahmoud a suo modo mi amava immensamente, mi aveva sempre amato, quando la mia foto gli scappò dal portafoglio per sbaglio. Tra le mille foto che poteva tenere nel portafoglio, c'era proprio la mia. Si affrettò a nasconderla prima che la vedessi, ma io feci finta di nulla. Lui aveva la sua dignità, non poteva svelarmi di portarmi sempre con sé.

Provai infinita tenerezza.

Cominciò un nuovo idillio, una vita ritrovata. Solo che da parte mia non c'era più la necessità estrema di essere amata. L'amore che gustavo ogni giorno in quello che facevo, nella poesia dell'esistenza, nel mio lavoro d'artista, era talmente coinvolgente che faceva assomigliare la mia vita a un eterno sorriso. Ero piena, e lo sarei stata con o senza di lui. Lui poteva solo condividere una risata, un dialogo piacevole, una meravigliosa passeggiata tra le lenzuola.

Finché un rapporto d'amore si basa sull'altro, sia un partner o un amico, ci saranno sempre frustrazioni e carenze. Stai con l'altro perché vuoi qualcosa in cambio: sesso, affetto, soldi, stabilità, figli... ma quando stai con l'altro non più per prendere qualcosa, ma per condividere la gioia dello stare al mondo, non dipendi dai suoi umori, da quello che ti dà o da quello che non ti dà. Tu sei amore e non trattieni nessuno con la forza, in questo modo diventi una calamita, entri in uno stato di costante felicità che assomiglia alla fase creativa in cui un artista produce un quadro, o uno scienziato raggiunge un'intuizione. Entri nella dimensione più alta della vita, quella dell'ispirazione continua e di quello che viene definito dalla nostra cultura religiosa un eterno stato di grazia.

In questo stato tutto avviene come lo desideri: coincidenze, guarigioni, miracoli.

Mahmoud era passato all'adorazione più profonda, come all'inizio della nostra storia ero la sua regina. Capii che lui aveva bisogno di dominare o d'essere dominato, non era uscito dal circuito di vittima-carnefice. Io invece provavo una grande tenerezza verso la sua sofferenza, lo chiamavo Wolfi e Baby come ai tempi d'oro, come se fosse davvero mio figlio oltre che il mio uomo, e la differenza tra oggi e ieri per me riguardava solo l'accettazione che lui forse non sarebbe mai cambiato, che ero io a dover restare diversa. La vita era meravigliosa e non poteva dipendere da un uomo. Svegliarsi ogni mattina era una benedizione.

Compresi che Mahmoud non mi avrebbe mai lasciato e mi amava con l'intensità con cui si adora qualcuno che non puoi veramente conoscere perché te ne sfugge la logica. Mi amava perché gli mostravo che si poteva vivere in un'altra dimensione.

In un certo senso, diventando puro amore come una madre, gli permettevo di tornare bambino e recuperare l'anima candida che aveva dimenticato da decenni.

Finalmente si sentiva capito. Emanava fascino e potere, come sempre... era il mio Mahmoud. La separazione era stata necessaria, avremmo dovuto vivere lontani e vederci ogni mese per una settimana. Cominciammo invece a vederci più di prima, a vivere insieme anche due mesi di seguito senza litigare.

La guerra non mi apparteneva più, non volevo farmi male.

Incredibilmente anche andare d'accordo con gli altri era diventato estremamente facile.

La vita è molto semplice quando comprendi che nessuno ha il potere di farti arrabbiare perché nessuno è più importante della tua pace.

Aeroporto

Abu Dhabi, giugno 2020

È strano partire in tempo di Covid. L'aeroporto è deserto e non ti lasciano nemmeno portare il trolley nella cabina. I negozi vuoti, i manichini e i banchi espositivi incellofanati, sembra la scena di un film catastrofico. Siamo solo all'inizio di una trasformazione che durerà decenni, lo sento, e questo mi rattrista. Non ci sarà più una normalità.

Mentre sono sull'aereo squilla il telefono, è Mahmoud. Ha la voce rotta dai singhiozzi, piange come un bimbo. È straziato dal fatto che noi partiamo, che per mesi magari non ci vedremo proprio per la pandemia.

Lo consolo con le mie parole. Gli mando baci e carezze, si calma. Un gigante buono.

Progettiamo di vederci presto, lui è terrorizzato dall'epidemia, la sera stessa fissa le date per un giro nel Mediterraneo sul suo yacht. «Saremo solo noi con i bambini, i domestici e il capitano. Tutti testati, tutti al sicuro. Perché voi siete la mia famiglia, e io vi amo.»

Sogniamo di riunirci al più presto, ci scriviamo a tutte le ore del giorno. Soprattutto mio marito ora soffre della lontananza, gli manchiamo tutti e tre e stare lontano dai ragazzi per lui è una sofferenza. È sempre stato un padre fantastico, so già come agirà per combattere il dolore: tornerà a mettere la corazza del guerriero. Tornerà implacabile e senza sentimenti. Ma almeno quando ci sente ora se la toglie, torna a essere affettuoso. Le parole che prima dedicava solo ai figli, ora le dedica pure a me.

Forse per questa trasformazione nei miei confronti devo ringraziare anche la pandemia che ci ha riuniti, facendoci capire quali sono i veri valori. La pandemia è una lezione, la più dura che poteva capitarci, ma forse la più fertile.

Il Covid ha davvero diviso in due la nostra era: quella pre e quella post pandemia, dove siamo costretti a vivere in una situazione di emergenza. Siamo vicini alla minaccia di un nuovo lockdown tra grafici che giornalmente ci mostrano il saliscendi dei contagi e delle vittime, rendendo questa malattia la vera protagonista della nostra epoca. E con l'epidemia il senso di precarietà perpetuo, tra la minaccia di perdere il proprio posto di lavoro e quello di rimetterci la salute, se non di ammalarsi in modo grave, forse subendo qualche danno neurologico ancora sconosciuto.

In una parola, con il Covid è entrata nella nostra vita la paura, cosa a cui alle nostre latitudini non eravamo molto abituati, vista la nostra sicurezza di stare bene e avendo più o meno tutti una casa, un lavoro, e la certezza che la medicina possa risolvere molte delle malattie conosciute. E con la paura ha fatto ingresso anche la sua temibile sorella, quella che abbiamo cercato sempre di nascondere nell'ultimo secolo, quella da non nominare mai trovando pseudonimi ed eufemismi per non pronunciare apertamente in pubblico il suo nome: *la morte*.

Non a caso prima la si nascondeva sotto i termini gentili di «scomparso, venuto meno, mancato»... Con il Covid è tornata la morte e la sua immagine cruenta nelle foto delle bare e dei carri funebri, come in un quadro rinascimentale. Onnipresente da mattino a sera nei telegiornali, nelle mascherine calcate sul volto e nei guanti di plastica mentre digito i tasti di un bancomat per difendermi dal contagio, la morte è sempre là che mi fa l'occhiolino, come la sorella morte dei conventi medioevali che ti sorrideva da un teschio posto sul tavolo da scrivano.

Da millenni la morte è stata compagna dell'umanità, durante le guerre e altrettante epidemie è stata la più grande produttrice di creatività per quel senso del sacro e del mistero che veniva espresso attraverso rituali religiosi o manifestazioni artistiche che il genio umano produceva sentendosi costantemente sull'orlo dell'abisso. Prima c'era il timore di Dio, della sua vendetta, e la morte con la falce che seminava terrore era ben ritratta nei quadri rinascimentali e barocchi, e pure nell'inferno dantesco, a mietere vittime con il suo ghigno tetro.

È la paura della morte che ha riportato la gente all'interno delle mura domestiche, a riscoprire il tepore di casa e a conoscersi, mentre prima la casa veniva considerata un albergo, ci si vedeva in fretta al mattino o alla sera. Ora, costretti a una convivenza forzata, si è avuto modo di notare di avere figli e mogli più simpatiche di quello che ci si aspettava. Non sono mancate le violenze, ma questo è un altro discorso...

È la stessa morte che ti suggerisce di lasciar andare preoccupazioni o incomprensioni inutili quando l'importante è star bene nell'anima, se ce l'hai, o perlomeno nel corpo, se credi solo a quello.

Nostra sorella morte ci sta educando ai valori della vita, allo stesso modo in cui spesso un malato terminale comincia a vedere il dono meraviglioso dell'essere al mondo proprio quando sta per andarsene...

Noi che per amare intensamente qualcosa dobbiamo per forza temere di perderlo.

Yacht

Malta, 20 luglio 2020

Finalmente raggiungiamo Mahmoud a Malta dove ci imbarchiamo. L'Italia esige la quarantena, tutto è in stretto controllo, e noi siamo alla vigilia di una vacanza meravigliosa che ci vede finalmente insieme. Come a dire: il Covid ha spazzato via tutte le ovvietà che prima non ci permettevano di apprezzarci vicendevolmente.

Visitiamo La Valletta, con le sue meravigliose strade piene di bandiere, il sapore di borgo medioevale, l'eco della cultura araba nei balconi dei palazzi, e questo panorama che spalma d'azzurro il cuore tra mare e cielo.

Malta è il regno della preistoria e ti pone domande: la storia è davvero cominciata cinquemila anni fa con le piramidi assiro-babilonesi e poi egizie o siamo eredi di una storia più antica, distrutta dalle inondazioni dell'ultimo periodo glaciale nel 9500 avanti Cristo? È esistita davvero la cometa che ha posto fine a una evolutissima civiltà che sembra risalire non solo a dodicimila anni fa, ma a ventimila, secondo le recenti scoperte a Göbekli Tepe? A quante rovine megalitiche si riesce a dare risposta e collocazione storica se non ribaltando il paradigma dell'archeologia moderna? E il platonico mito di Atlantide, andata distrutta proprio con il diluvio post cometa del 9500 avanti Cristo, sembra invece prendere forma in templi e rovine rinvenute proprio sotto i fondali marini mediterranei, americani e giapponesi che a quel tempo erano fertili coste abitate...

Mi butto sui libri di Thomas Hancock e i suoi misteri, passo le giornate divisa tra il visitare le rovine dei templi maltesi, il bagno e le pagine affascinanti di questo archeologo. Mahmoud si chiede come mai sia così interessata all'archeologia, ma in fondo mi conosce, sono sposata da anni alle chiese, ai templi e alle antichità più che a lui. Visitiamo la Sicilia tra musei e arene romane, ogni giornata è una pagina di storia. Ormai non devo più nascondermi dietro a due tacchi a spillo: posso confessare liberamente il mio interesse per l'archeologia più che per le orribili borsette firmate che vorrebbe regalarmi, e la cosa comincia a piacergli pure.

Non puoi fingere a lungo di essere quello che non sei.

Un oceano di bellezza

Venezia, agosto 2020

Dopo la Sicilia voliamo a Venezia, soggiornando al Danieli. L'hotel è affascinante come sempre, nelle sue stanzette con i letti alti da principesse medioevali e i tendaggi che assopiscono i rumori nel brusio soffuso di un museo. I ragazzi però sono immuni dal respiro della storia, schiamazzano sulle scale e si buttano sull'iPad appena rientrati in stanza senza notare i ritratti antichi appesi nei corridoi.

Oltretutto c'è un clima di soffocante paura per il Covid, ogni servizio è limitato e ti assale la sensazione di trovarti sempre in un luogo contaminato fin dalla colazione.

Anche per strada vige lo stato di allerta, c'era anche in Sicilia ma non ce ne accorgevamo perché stavamo quasi sempre a bordo del nostro yacht, liberi perché isolati dal mondo. Invece qui non puoi salire su un vaporetto senza la tua protezione rigorosamente calcata su bocca e naso. Lo stesso capita nei negozi e nei ristoranti semivuoti, ci si trova sullo sfondo di una Venezia inedita.

Ma visti i pochissimi turisti, Venezia finalmente ti appartiene. Puoi salire sul campanile di San Marco senza far la fila, entrare in chiese deserte gustandoti statue e opere d'arte. Davanti alla nostra cena in un ristorantino di Campo Santo Stefano, la vita mi sembra un soffio: era ieri che percorrevo questa piazza con le mie tele sottobraccio per andare all'Accademia, mentre oggi Amir spaventa i piccioni con il raggio laser, colpendoli da lontano. Sta diventando il suo sport preferito in questo soggiorno.

Mi sorprende che i piccioni non ci siano più a San Marco, eppure è da anni che le bancherelle che vendevano i sacchettini di grano per attirarli sono state cacciate, con multe salate anche per i turisti che cedono alla tentazione e io non me ne sono mai accorta. Il numero dei piccioni è inversamente proporzionale a quello dei gabbiani che hanno cominciato ad animare la piazza.

Non ho mai osservato i gabbiani così da vicino, ero abituata ad ammirarli dal basso, mentre si levavano in volo con maestosa eleganza. Adesso i gabbiani camminano tra di noi circospetti e rubano i sandwich ai miei figli, con aggressiva insolenza.

Mentre assistiamo a un gabbiano che si avventa su un piccione e comincia a mangiargli lo stomaco mentre l'altro ancora dibatte le ali, mi accorgo che i gabbiani sono fratelli degli avvoltoi, hanno lo stesso sguardo feroce e la stessa sfacciata invadenza. E mi crolla un mito: Jonathan Livingston ha sbagliato titolo con il suo libro inneggiante alla libertà dello spirito. I gabbiani non sono liberi, sono crudeli. E Jonathan Livingston era probabilmente un egoista libertino... Il tempo ti rivela le cose proprio qui a Venezia, una generazione dopo, dipingendoti il mondo così diverso da quando non ero mamma.

Amir e Haya sono cresciuti a Dubai, conoscono il mare, il sole e un concetto di bellezza che non assomiglia al mio. Mentre ho assunto una guida che ci spieghi (e si faccia ascoltare meglio di me) la meraviglia di questa città, Amir è più interessato al perché le gondole abbiano quella specifica forma che al Tintoretto. I quadri e gli interni delle chiese, a loro che sono cresciuti nella lucida e scintillante modernità delle architetture postmoderne, sembrano vecchiume.

Nonostante le loro resistenze percorro gli spazi dorati di San Marco, l'atmosfera rosata che evapora dalla pietra morbida dei Frari, ma mi accorgo che i quadri sono davvero antichi e che il mondo non è solo quello, come credevo da giovane. Per me, una volta, esisteva solo il tempio dell'arte e della storia.

Mentre io me ne starei ore a contemplare i colori vividi di un Bellini, loro sbirciano scettici le frondute cornici marmoree degli altari non vedendo l'ora di uscire dalla chiesa, così decidiamo di uscire a gustarci il mercato del pesce e la vita di Venezia.

Immagino il Settecento libertino, quando il carnevale durava mesi e Venezia era l'antica capitale del divertimento, una sorta di Las Vegas. Quando i nobili uscivano al mattino dal casino dove passavano la notte a perdere denaro e stordirsi nel gioco. Quando i poveri non potevano permettersi di cambiarsi d'abito e il bagno veniva fatto solo una volta al mese. Quando ci si cambiava d'abito, anche a corte, dopo svariate settimane. Quando tutta l'Europa dal Medioevo in poi aveva cancellato l'uso di lavarsi e di costruire fognature dimenticandosi l'impero romano, i suoi acquedotti e le sue terme.

Se andassimo indietro nel tempo, ci sorprenderemmo di quanto tutti i dipinti di Venezia siano nati circondati da puzze terrificanti, che tra sudore ed escrementi ricordavano all'essere umano quanto siamo animali, e quindi lo facevano aspirare a un mondo sublime e divino dove questo afrore non si sentisse: il Paradiso.

Forse Dio, e con lui l'arte che lo celebra, è scomparso proprio perché la puzza è stata rimpiazzata dall'asettica e metallica vibrazione di un computer?

Dopo Venezia salutiamo Mahmoud che sale sul taxi che dal Danieli lo porterà all'aeroporto per Abu Dhabi.

«Quando torni a casa?» mi domanda intimorito, quasi con il fiato sospeso. C'è un incantesimo tra di noi, e non ho più paura di perderlo.

Rispondo «presto» forse troppo frettolosa. «Devo proprio dirtelo adesso? Quando i bambini hanno le vacanze, giusto?»

Lui mi guarda spalancando gli occhi, con attesa: «È che conto i giorni, Bimbi...».

Senza corazza, Mahmoud è di una dolcezza infinita. Ora è un padre e un marito affettuoso.

Esce dalla barca, ci riabbraccia, stringe i bambini come se non dovesse più rivederli, poi parte.

Mi manca già, in un oceano di bellezza.

Lo spettro di una scuola assente

Svizzera, 4 settembre 2020

Con la fine dell'estate ci auguriamo tutti un ritorno alla normalità. Le mamme sono preoccupate per il destino oscuro che sta coinvolgendo i figli: che siano alle porte dell'adolescenza o all'asilo, il mondo a cui si affacciano risulta privo di abbracci e sorrisi, in quel distacco che fa crescere isolati i bambini, distanti da contatti umani. Sono già girate le circolari in cui si prevede l'uso della mascherina entrando e uscendo da scuola e durante l'attività sportiva senza il giusto distanziamento. Mi chiedo quanti bambini finiranno all'ospedale respirando la propria tossica anidride carbonica.

Ma al di là dello spettro di un'impossibile maturazione dei rapporti sociali, si aggiunge quello ancora più pericoloso della mancanza di educazione culturale, visto che se si continua con il lockdown a singhiozzo si avrà una generazione acritica, in cui l'istruzione piatta e distante prenderà il sopravvento su quella tramandata con pazienza e amore da insegnanti in carne e ossa che amano il proprio mestiere affrontandolo più come una missione che come un lavoro.

Come sto prevedendo già da tempo, ho estrema paura di risvegliarmi in un mondo digitale, dopo questo isolamento: un mondo dove lo smart working sarà la nuova forma di lavoro, dove la smartschool diventerà la nuova scuola, dove tutto sarà vero e finto nello stesso tempo...

La Matrix tecnologica diventerà il nostro mondo e noi saremo intrappolati come in un sogno senza la libertà di vedere chi realmente siamo. Come in film di fantascienza, dove le forze del male tramano per rinchiudere gli umani nelle loro prigioni digitali. E per farlo usano le catene della paura e del distanziamento sociale in modo che il corpo dell'altro evapori in un'idea astratta per tenerlo lontano dalla fisicità di un abbraccio.

Imbavagliato in un silenzio imbarazzante, il mondo assumerà colori grigi. Manca già il sorriso di chi sull'autobus scolastico ti accoglie anche se non ti conosce. Manca perfino quello che ti prende in giro, ghignando, ma dice pur sempre qualcosa. Invece tutti siamo assopiti in una meccanicità che è già dovuta alle ore mattiniere e con il bavaglio si aggrava facendoci sembrare esseri automatici con lo sguardo vitreo.

Già bastavano le foto da passaporto a schedarci come burattini, con lo sguardo fisso senza sorriso per renderci tutti banditi in partenza. In giro cominciano a mancare pure i saluti cordiali tra gli sconosciuti, che per la necessità di distanziamento ti sgusciano attorno con lo sguardo angosciato di chi cerca di evitare con te la tua presunta malattia.

A scuola i miei bambini siedono tra due pareti di plexiglass, dentro a un box, mascherati come ostaggi legati a una sedia.

E respiro al pensiero che siano già ragazzi: tredici e dieci anni appena compiuti, sono cresciuti fusi agli altri.

Ho assistito alle lotte a scuola, alle umiliazioni, ai gesti di bullismo che noi mamme risolvevamo con un abbraccio, facendo fare la pace ai nostri ragazzi. Ho visto i miei figli attaccarsi all'amichetto-amichetta del cuore, la mia casa a Dubai era aperta, i figli dei vicini entravano senza chiedere il permesso, restavano da noi pomeriggi interi come cugini, si facevano pranzi e cene insieme.

I miei figli sono cresciuti sapendo che con gli amici è inevitabile litigare e fare la pace, e quando si dice: «Non sarai più mio amico», il giorno dopo ci si riabbraccia. È ancora la normalità adesso, ma lo sarà anche in futuro?

Immaginiamo i bambini che andranno al primo anno di asilo distanziati, senza la possibilità di toccarsi. Se tra cinquant'anni potremo scegliere come esseri umani se restare fisici o vivere in un videogame dove tutto viene edulcorato in sfondi diversamente paradisiaci, siamo sulla buona strada.

Niqab

Svizzera, settembre 2020

Siamo iperosservati in questo periodo, esposti a controlli di temperatura e movimenti, e poi paradossalmente ci ritroviamo a girare irriconoscibili come banditi. Me ne sono resa conto quando a scuola mi sono presentata con la mascherina e gli enormi occhiali: sorridevo a direttori e professori ottenendo sguardi alquanto perplessi.

Nessuno mi riconosceva.

Questo potrebbe, relativamente, avere dei vantaggi. Potresti sfilare davanti a una telecamera all'aeroporto ed essere un fuorilegge, il Covid permette di mimetizzarsi nell'anonimato, nonostante si prometta l'individuazione dei tratti somatici con le nuove tecnologie. Oppure si potrebbe spiare il fidanzato che ti tradisce, magari infilando i capelli mori sotto una parrucca rossa e così bardata, tra occhialoni da mosca e tovagliolo sul viso, scoprire verità insospettate. Potresti entrare in un negozio, puntare una pistola e minacciare il cassiere di consegnarti i soldi sfuggendo all'occhio della telecamera, e così via con diverse infrazioni all'ordine pubblico, dove il riconoscimento facciale è fondamentale.

E cosa dire della mascherina all'aeroporto? Non mi

hanno chiesto di mostrare il mio volto quando sono passata ai controlli di Abu Dhabi (ma laggiù forse sono già abituati al burqa).

Siamo tutti possibili pirati legalizzati.

Oppure possiamo permetterci di girare scarmigliati, assonnati, con le occhiaie profonde da vampiro tanto nessuno ti riconosce. Puoi passare accanto alla nemica rompiscatole e subire offese con animo magnanimo: a essere colpito è solo un paio di occhiali sopra una mascherina chirurgica azzurra.

Azzurra perché odio le mascherine colorate, quelle di stoffa con le ciliegine e i fiorellini, o quelle brandizzate... per favore no! L'anonimato non può distinguersi in due gruppi: quello firmato, dunque ricco, e quello povero, che si accontenta delle mascherine da dentista.

Allora meglio un democratico niqab arabo, tutto nero a coprirti pure i capelli e il corpo, integralmente, con il privilegio dell'invisibilità cui solo un mantello di Harry Potter può fare concorrenza. E mi sorge una domanda: tutte le norme antiburqa in favore dell'identità e del riconoscimento della persona dove sono finite? Le leggi per preservare l'ordine contro possibili mascheramenti criminali, come in Austria o in Svizzera, devono per forza esser rivedute?

In passato si denunciava la donna musulmana che usava la mascherina chirurgica per coprirsi il volto e simulare un niqab nei paesi dove il burqa è vietato, e adesso siamo coperti dal niqab sanitario per legge?

Forse cominceremo a comportarci tutti come le donne arabe, che riservano il loro prezioso sorriso solo nell'intimità delle proprie famiglie, mentre fuori vige il silenzio, del corpo e dell'anima, senza parole.

La costituzione di casa

Svizzera, 30 settembre 2020

Con la pandemia sono dunque cambiate le nostre relazioni, ci siamo chiusi in casa e aperti ai nostri stretti familiari ricostituendo quel nucleo da focolare che sembrava aver ceduto al peso dello stress della vita metropolitana.

Chiuse le strade e gli uffici, con lo smart working i genitori si sono trovati a contatto continuo con i propri figli. Alcuni l'hanno vista come una benedizione. Padri che hanno riscoperto le mogli e i figli che hanno ricominciato a parlare con i genitori. Talvolta le tensioni sono cresciute, i divorzi magari moltiplicati, ma molta gente finalmente si è incontrata e ha avuto modo di vivere insieme come non avveniva da anni. Ai tempi della scuola normale, tra orari scolastici, sport pomeridiani e cellulari, le case sembravano spesso alberghi dove passare la notte e scambiarsi qualche chiacchiera, forse, a cena.

La vita con il virus assomiglia a una lunga estate senza colonia o campus esterni in cui svagarsi. Senza amici in casa con cui giocare. Mi sono quindi inventata un sistema molto utile per mantenere la disciplina e farla apparire un gioco, anche se i miei bambini sono ormai ragazzi e la disciplina dovrebbero averla assimilata da tempo. Invece no: lasciata a loro, la casa diventa come un villaggio devastato da un'orda di unni. Non solo: non passa giorno che non ci sia una lotta fisica che comincia per gioco ma poi finisce con qualche ferito.

E le dispute? «Mi ha detto, hai detto, ti ho detto, ma no, sì, ma va...», il tutto in inglese, visto che tra di loro non parlano l'italiano. Un sottofondo costante che bruscamente, da toni mansueti, schizza a mille su un panorama da esaurimento mentale per le povere madri destinate al ruolo di poliziotta a tempo indeterminato.

Per salvarmi dal ruolo di strega cattiva, ho copiato quell'abominevole metodo attuato per ora fortunatamente solo da qualche città cinese che consiste nella famigerata conta dei punti. Un limite alla libertà collettiva che assomiglia ai punti tolti alla guida di una macchina o a quelli guadagnati nei videogame quando si conquista un tesoro, solo che in Cina si estende a tutte le azioni della giornata.

Un sistema che prevede che tu nasca con un tot di punti e li perda via via che infrangi le regole. Se rubi, se non paghi le tasse, se butti una buccia di banana per terra, se inganni l'assicurazione, ti mangiano punti fino ad arrivare a zero perdendo l'accesso alla tua carta di credito, diventando improvvisamente un paria della società. Sembra raccapricciante, ma in casa funziona.

Seduta per terra con i miei figli abbiamo dunque steso insieme la costituzione, partendo dal fatto che uno inizia ogni giorno con dieci punti e se si fanno brutte azioni si scende a zero. In quel caso salta l'uso dell'iPad o dei giochi digitali, del telefonino o della televisione per due giorni. Le varie manchevolezze assommano punti: lasciare vestiti per terra meno un punto, usare l'iPad oltre al tempo permesso cinque punti, svegliarsi e buttarsi sul telefonino, litigare, offendere, rispondere a un'offesa... una lista ancora da completare.

Ci sono anche le azioni riparatrici che garantiscono pure un acquisto di punti: aiutare la mamma in cucina, a fare la spesa, prodigarsi in complimenti sinceri, cantare una bella canzone e suonare per mezz'ora il pianoforte, seguire online le lezioni di inglese o matematica con la maestra, fare lavoretti come dipingere o bricolage, leggere l'obbligatorio romanzo serale per mezz'ora.

La moneta di scambio, la carta di credito, consiste dunque in tempo da spendere nel mondo digitale sottraendosi a quello vero.

Scrivere una costituzione familiare è un metodo che suggerisco a tutte le mamme sull'orlo di una crisi di nervi.

Il Ministero della Felicità

Svizzera, 3 ottobre 2020

Fatta la costituzione privata rivedrei quella pubblica. Negli Emirati anni fa è stata eletta la ministra della Felicità, cosa che peraltro era avvenuta anche in Germania e in Venezuela.

Anch'io vorrei in Italia il Ministero della Felicità. Se fossi io la ministra, istituirei subito una censura mediatica tipo quella in vigore negli Emirati, solo che invece di censurare il sesso censurerei la violenza.

Metterei una password sui telegiornali in modo che i piccoli non crescano con la possibilità di vedere cadaveri e armi, alzerei il limite di età per guardare film di violenza e di orrore, per bere alcol, guidare macchine e fumare.

Istituirei un compenso assistenziale a chi, dopo esser stato ricoverato, si mantiene in salute e dimostra di star bene, a cadenza regolare: una visita di controllo per il cancro e se è tutto a posto ti rimandano a casa più ricco. Piuttosto metterei una multa a chi semina in giro tristezza: agli eterni piagnucoloni, agli infelici cronici (per poco coraggio, per invidia, per rabbia) e a tutta la letteratura che invece di seminare amore e speranza ci ha insegnato a precipitare nell'inferno della depressione.

Ma senza arrivare al mio ideale estremo di un paese in cui tutto deve per forza essere rosa, una via di mezzo non guasterebbe. Meno sangue sui giornali, un po' di notizie felici, una versione disneyana della cronaca nera.

Perché, in fondo, questo mondo rosa è quello a cui tutti aspiriamo sperando di diventare ricchi. Quelle isole incantate, quei resort da Paradiso dove sì manca il traffico a incatenarti, ma soprattutto dove la televisione non ti insegue. Perché l'inferno nasce nell'anima e basterebbe poco per rendere il tuo appartamento un'isola felice. Pure nella periferia di una metropoli da cui puoi scappare se credi in qualcosa, in un'idea sublime, appigliandoti a un desiderio.

Ecco, come ministra della Felicità insegnerei, come materia obbligatoria a scuola, la fiducia che credendo in una cosa la puoi fare, e soprattutto la sicurezza in se stessi. Insegnerei che imparare a essere felici è molto più difficile che lasciarsi andare alla malinconia, e che difendersi dal malessere che ti vuole aggredire nel mondo, attraverso internet, cronache tragiche e perfino il gossip di certi amici, è un *dovere*.

La quarta rivoluzione industriale

Svizzera, gennaio 2021

È ufficiale: stiamo percorrendo la quarta rivoluzione industriale. Come nell'Ottocento, quando dalla ruralità si passò alla fabbrica e poi nel Novecento dalla manualità ai primi robot della meccanica, facendo perdere moltissimi posti di lavoro facilmente sostituibili dalle macchine, ora sta avvenendo la stessa cosa: stiamo trasferendo l'industria e la società nel cloud. Per questo la nuova parola d'ordine è distanziamento sociale: *vogliono* (Mahmoud direbbe che *nessuno vuole*, che si tratta solo di *progresso inevitabile* e che tutti i benefattori del progresso come lui non fanno che desiderare in buona fede un miglioramento generale dell'umanità) che diventiamo digitali anche nelle nostre relazioni escludendo gli abbracci e il contatto umano, cercandolo solo nel web attraverso il finto mondo delle amicizie social.

Stiamo perdendo i negozietti di quartiere che non appartengono alle grosse catene commerciali dei colossi dell'e-commerce. La ferramenta dove mio padre andava a prendere i chiodi, la bottega dove mia madre comprava le camicie da notte di qualità, la profumeria della vicina di casa... sono tutti destinati a perire. E con loro anche il valore aggiunto di un rapporto diretto che dispensava sorrisi e una certa amicizia tra cliente e commerciante.

Bisognerà che gli stati si affrettino a imporre qualche dazio a questi colossi che non avendo una localizzazione determinata non possono essere tassati che in modo vago, sommario. Paga i contributi Amazon per vendere i suoi prodotti in Italia? Non parlo di tasse sulla merce venduta, ma sul capitale ammassato da queste vendite... chi sta regolando questo processo di mondializzazione? I governi locali o un futuro governo mondiale a cui ci stiamo velocemente adattando?

Intanto, per scegliere un vestito basterà il catalogo internet, in fondo risparmieremo tempo e benzina, ma non vedremo più nessuno. Quindi assisteremo alla rarefazione dei contatti umani in questa nuova società dove continuerà il *distanziamento sociale*. Per questo anche gli uffici sono destinati a sparire come luogo fisico visto che con lo smart working si lavora già da casa. Questo se da una parte permette di controllare tuo figlio di tre anni che gioca tra le tue gambe mentre stai processando un ordine, evitando di affidarlo a un asilo nido, elimina quella socialità che d'altro canto rendeva piacevole anche l'ufficio e in un modo o nell'altro ti faceva sentire inserito socialmente in un contesto.

Adesso, pure al posto del consulente che ti risponde dall'altro capo del telefono già con tono abitualmente meccanico, ma che in un certo senso lasciava sempre posto a un fondo di umanità, ci sarà la voce di un robot che svolgerà le stesse mansioni con più efficienza, visto che non ha bisogno di pause lavorative, aiutandoti a risolvere un problema di rete e accompagnando i suoi commenti con qualche bella risata, essendo fornito di senso dell'umorismo e pure di una bella dose di compassione. In Giappone abbiamo già questi operatori digitali in grado di rispondere con accuratezza e una dose di emotività discretamente credibile (e sicuramente molto simile all'asettica gentilezza di un operatore telefonico bancario) a qualsiasi tua richiesta, un corpo digitale che nello schermo assume la credibilità di un individuo in carne e ossa.

Presto comparirà anche il tuo dottore digitale, un programma di computer in cui, scelto il sesso e il tono di voce del tuo dottore online preferito, potrai essere assistito nel narrare i tuoi sintomi e ottenere diagnosi e cura. Tutto passerà attraverso lo schermo e forse i nostri occhi non basteranno: dovremo sostituirli con quelli meccanici, innestati direttamente nel cervello visto che saremo collegati perennemente nel cloud.

Il primo passo sarà quello di indossare occhiali digitali, che mentre sei in giro ti segnalano le identità delle persone che incontri, il loro nome e le loro abitudini. Ce li faranno apparire come cose buone, in fondo eviteremo di fare figuracce mentre incrociamo una vecchia conoscenza a un meeting e non ci ricordiamo il nome, ma in realtà saremo ipercontrollati, usciremo come se avessimo una targa sul petto che ci identifica anche nel nostro stato sociale, professione, età, malattie e *hobbies*... Tutto questo sarà possibile perché i microchip tra una ventina d'anni potranno essere della grandezza di una cellula (già ora esistono i transistor della dimensione di un atomo) e i *nanobot*, così li chiameremo, gireranno direttamente nel nostro sangue con i globuli rossi.

Anche questo ci verrà proposto come un grandioso progresso: ci diranno che ogni mattina il nostro *biobot* ci potrà annunciare come sta il nostro corpo, se abbiamo troppo colesterolo o zucchero e se dobbiamo cambiare dieta. Anziché pillole chimiche potremo magari connetterci al web per una dose di onde positive per armonizzare il nostro corpo su certe frequenze salutari, un po' come la biorisonanza propone oggigiorno.

In realtà diventeremo degli ibridi uomo-robot, la nostra corteccia cerebrale continuamente connessa al cloud farà sì che resteremo perennemente collegati a tutta la sapienza matematica, filosofica e artistica della nostra storia. Saremo tutti dei geni, quanto a intelligenza.

Allo stesso tempo tra cinquant'anni si potrà scegliere, come ho ricordato ormai diverse volte, se vivere nella Matrix di un videogame collettivo o restarne fuori, da esiliati, alla periferia del progresso, nelle favelas dell'ignoranza primitiva dei ribelli.

Ecco la fine che faranno infatti coloro che non si adatteranno al cambiamento. Mentre sui malfattori, sui trasgressori, sui pericolosi, si opererà una sorta di morte digitale. Vale a dire che visto che il denaro sarà solo digitale, se tu contravverrai alle regole, ti sarà bloccato l'accesso al conto in banca, quello che possiedi, semplicemente con un clic. Ti sarà tolta anche l'identità, diventerai un paria senza nome. Non occorreranno più sbarre o confinamenti, in questa civiltà del cloud basterà un clic per eliminarti dal sistema.

Mi sto attrezzando per vivere da eremita con il mio orticello di pomodori.

Singularity

Svizzera, 2080

Sono vecchia, non anziana, proprio vecchia... quando mi guardo indietro, sessant'anni fa, e mi vedo nelle mie battaglie a Dubai, nel mio rapporto difficile e straordinario con mio marito, nella crescita dei miei figli, capisco che la vita è un soffio, e quando la guardi da lontano resta solo la bellezza.

Quelle preoccupazioni su mio marito che mi tenevano sveglia la notte, i drammi, i litigi, le riappacificazioni, la passione e l'amore rinato che ci hanno accompagnato fino alla fine... tutto questo è la meraviglia dell'essere umani.

La storia di Eleanna e di Anna, visto che ora sono ancora un'altra, una vecchia signora che vive nella sua casa in Svizzera, in questo giardino immacolato, e passa il tempo a scrivere libri che raccontano favole che sembrano miti da quanto sono remote.

Mi manca l'antico modo di essere umani, ora che è difficile riconoscere se il tuo interlocutore sia un robot o un essere vivente. Ora perfino gli insegnanti scolastici sono stati sostituiti da insegnanti privati digitali, personalizzati sulle esigenze dei ragazzi, robot a cui è stata data un'espressione, con il riflesso di compatire, condividere sentimenti, dubbi e tracce d'amicizia.

Studiando la meccanica del nostro corpo, gli scienziati hanno imparato a costruirne di bionici, immortali, dove quella che i transumanisti chiamano coscienza si possa incarnare.

Se Mahmoud fosse ancora vivo mi direbbe che non esiste l'aldilà, che lui morirà con una grassa e dissacrante risata portandosi via la sua coscienza. Certo, questo forse lo ha aiutato a vivere all'estremo ogni cosa, a spingere al massimo. Lui sarebbe stato un accanito sostenitore del transumanesimo.

Vista l'evoluzione che ha avuto la nostra specie non posso che dare ragione al Maestro: *la nostra libertà non sta nel perfezionare la nostra macchina umana, in un corpo incorruttibile, con un software immortale ma pur sempre prevedibile come un programma che segue le sue leggi. Per diventare liberi avremmo dovuto trascendere le leggi meccaniche del nostro corpo che ci rendono robot, per liberare il nostro spirito nella realtà immateriale dell'anima.*

Negare l'anima, credere che l'immortalità appartenga alla materia è stata la nostra condanna. Credere che la coscienza sia limitata alle reazioni della mente e del fisico, al pensiero cosciente e alle sensazioni emotive, è un errore.

Noi siamo quello che resta oltre alla coscienza e oltre alla materia.

Noi siamo quello che gli antichi, oltre il mondo dell'anima, hanno sempre designato come spirito.

Noi siamo oltre l'intelligenza.

Noi siamo cuore e amore.

Ma io sono vecchia, vecchissima, e quello che vi ho raccontato in questo libro è stato come dipingere un quadro di quel che siamo stati nel passato. E un aiuto a non dimenticarsi che la carne, la passione e il dolore umano sono tutte porte verso la comprensione e vanno prese come un dono per liberarci della schiavitù del nostro corpo che ci rende automatici, macchine umane.

Non dobbiamo dimenticare il contatto emozionale con l'altro, perché finché non sfuggiamo al nostro prossimo, finché non sfuggiamo alle nostre emozioni negative, ma le guardiamo e le riconosciamo come amiche, siamo salvi.

Dobbiamo conservare la possibilità di interagire umanamente con il prossimo senza astrarci in un videogame. Dobbiamo poter decidere, di fronte a un compagno, a dei figli o a dei genitori spinosi, di affrontarli con coraggio e sforzarci di costruire la nostra meravigliosa libertà interiore.

Quando diventiamo interiormente indipendenti da loro, sia dall'approvazione che dalla disapprovazione, siamo liberi. E nella libertà cominciamo a vedere quanto meravigliosa e piena di vibrazioni sia la vita. Ci apriamo all'intuizione e alla grazia, e la nostra vita si riempie di successo e benessere e, ovviamente, dell'amore che cerchiamo.

Ecco perché il distacco dal contatto fisico e dall'incontro-scontro è così pericoloso. Ecco perché la tecnologia, se ci porta ad astrarci, ad allontanarci dagli altri, a isolarci dietro uno schermo comunicando con gli altri chiusi nella propria stanza, ha solo il compito di addormentarci.

Bisogna attraversare le terre del sentimento e delle emozioni con gli altri, le carezze e le sberle, per raggiungere quel grado di grandezza interiore in cui si compiono miracoli e si dominano i mostri, come il profeta Daniele ha domato un leone con lo sguardo, mentre era nella fossa per diventare il suo pasto. O come Gesù Cristo che padroneggiava i demoni e guariva i lebbrosi.

Ci vuole quindi disciplina e rigore per dominare la propria vita e per non diventare schiavo di sé e degli altri. Bisogna percorrere la via spinosa del *sacrificio. Quella che ti mostra che la tua sofferenza non è che una mancanza d'amore. E ti indica che quello che vedi nell'altro non è altro che te stesso, la parte orrenda di te stesso se non ti piace, o quella meravigliosa, se già la riconosci e la ami.*

Meglio litigare e scontrarsi che stare nel silenzio della solitudine tecnologica, se proprio non si conosce ancora come fare ad amare se stessi e il prossimo.

Per questo credo che Dio ci metta davanti una scorciatoia: i nostri nemici. Quelli che non sopportiamo, quelli che ci fanno sgambetti e ci fanno soffrire: questi sono chiavi preziose per aprire nuove porte.

Così mi riecheggiano nel cuore le parole del mio mentore, come un saziante respiro: «*Amate i vostri nemici. Non fuggite dai torturatori e a chi vi dà uno schiaffo porgete anche l'altra guancia.*

«*A chi vi toglie una parte del mantello dategli anche l'altra. Perché non dovete scappare da chi vi fa soffrire: piuttosto guardatevi soffrire, studiate la vostra sofferenza, scoprite cosa ci sta dietro. Perché i vostri nemici sono gli alleati più preziosi.*

«*Perché il tuo più grande nemico è anche il tuo più grande Maestro*».

Ringraziamenti

Ringrazio voi cari lettori
perché siete il corpo vivente dei miei libri.

Ringrazio gli editori Rossella Biancardi e Urbano Cairo, gli editor Elena e Fabiola; i redattori, i correttori di bozze e uno staff così numeroso che non si può neanche immaginare cosa stia dietro a un libro.

Ringrazio i miei due meravigliosi bambini che sono la cosa più divertente che mi sia capitata nella vita; mia madre Lidia, per la dolcezza con cui mi è sempre stata accanto; mio marito Omar, per il supporto che continua a darmi; le amiche di Dubai che hanno ispirato parte di queste pagine.

I miei agenti Enzo, Paolo, Fabio, Rosi e Antonella.

Ringrazio Andrea perché siamo cresciuti insieme.

Ringrazio tutti gli amici e i parenti che mi vogliono bene.

Mi verrebbe da dire: ringrazio la vita e le sue esperienze difficili perché sono maestre. O chi porta la lirica nella vita, con la sua bellezza e il suo candore.

E ringrazio, finalmente, il Maestro. Hai fatto un buon lavoro. Ovunque tu sia, su qualche montagna o nel deserto, starai esercitando l'arte della vita.

Amen.

Indice

Questo libro è stampato fabbricato da Grafica Veneta S.p.A.
con un processo di stampa e rilegatura certificato 100% carbon neutral
in accordo con PAS 2060 BSI

Finito di stampare nel mese di marzo 2022
per conto di RCS MediaGroup S.p.A.,
da Grafica Veneta S.p.A., via Malcanton 2, Trebaseleghe (Padova)
Printed in Italy